Hilde Artmeier
Die Tote im Regen

PIPER

Zu diesem Buch

Anna di Santosa, Nachfahrin eines verarmten toskanischen Adelsgeschlechts, hat wie so oft Geldsorgen. Da die Einkünfte ihrer Boutique für preiswerte Designermode in Regensburg nicht ausreichen, beschließt die ehemalige Polizistin, eine Detektei zu eröffnen. Als ihr früherer Liebhaber Nikolai um ein Haar ermordet wird und ins Koma fällt, erteilt die eigenwillige Viertelitalienerin sich selbst den ersten Auftrag: Sie will herausfinden, wer den Arzt töten wollte. Die Ermittlungen bringen Anna in die Privatklinik, in der Nikolai arbeitete. Führten Neid und Eifersucht zum Mordanschlag oder steckt etwas anderes dahinter? Wer löst den Fall schneller – der leitende Kripokommissar (und zugleich Annas geschiedener Mann) Paolo oder die frischgebackene Privatdetektivin? Die Lage spitzt sich zu, als eine Leiche aus dem Regen geborgen und ein weiterer Mordanschlag auf Nikolai verübt wird. Und dann gerät auch Anna in Lebensgefahr …

Hilde Artmeier, geboren 1964 in Oberbayern, schrieb schon als Zehnjährige Kinderkrimis für ihre Mitschülerinnen. Nach dem Abitur verbrachte sie ein halbes Jahr in Schottland, später war sie als studierte Biologin und Fremdsprachenkorrespondentin tätig. Heute lebt sie mit Mann und zwei Kindern bei Regensburg, wo sie als Übersetzerin und Autorin arbeitet. »Die Tote im Regen« ist der erste Fall für Anna di Santosa.
Weiteres zur Autorin: www.hildegunde-artmeier.de

Hilde Artmeier

Die Tote im Regen

Ein Fall für Anna di Santosa

Piper München Zürich

Mehr über unsere Autoren und Bücher:
www.piper.de

Alle Personen und Handlungen dieses Romans sind frei erfunden; das Bistro »Rosarium« und das »Café Lila« in Regensburg sowie die Weinstube »Bacherer« in Bach an der Donau sind real, alle damit verbundenen Personen und Handlungen jedoch ebenfalls reine Phantasieprodukte.

Mix
Produktgruppe aus vorbildlich bewirtschafteten Wäldern und anderen kontrollierten Herkünften
www.fsc.org Zert.-Nr. GFA-COC-001223
© 1996 Forest Stewardship Council

Originalausgabe
Dezember 2010

Umschlag: semper smile, München
Umschlagmotiv: Ullstein Bild – Imagebroker.net
Autorenfoto: Wiedamann
Satz: Kösel, Krugzell
Papier: Munken Print von Arctic Paper Munkedals AB, Schweden
Druck und Bindung: CPI – Clausen & Bosse, Leck
Printed in Germany ISBN 978-3-492-25838-8

Für Sebastian

1

»Hast du mich eigentlich geliebt?«, hatte Nikolai mich vor zwei Tagen gefragt.

Und nun sah ich seinen leblosen Körper im Licht der Autoscheinwerfer vor mir liegen und fragte mich verzweifelt, warum ich ihm keine Antwort gegeben hatte. Kaum nahm ich die Gestalt wahr, die sich über ihn beugte, so laut klopfte mein Herz.

Nein, dachte ich. Bitte nicht.

Ich hielt auf dem Parkplatz vor der Klinik an, sprang aus dem Wagen. Die Gestalt hob den Kopf. Eine junge Frau mit bleichem Gesicht. Sie starrte mich an, sah jedoch durch mich hindurch, als wäre ich ein Geist. Dann beugte sie sich wieder nach unten, ihr dicker, dunkler Zopf fiel nach vorn. Sie legte den Kopf auf Nikolais Brustkorb, horchte, tastete mit routinierten Bewegungen seinen Brustkorb ab, lauschte wieder.

»Die Kollegen sind gleich da.« Sie sprach langsam und betonte jedes einzelne Wort, als fiele es ihr schwer, es richtig auszusprechen. Ihre Stimme klang ungewöhnlich rauchig.

»Was ist passiert? Ist er tot?« Ich war wie erstarrt. »Eben haben wir doch noch telefoniert …«

Neben Nikolai lag ein Handy, in sämtliche Einzelteile zersprungen.

»Lange kann es nicht mehr dauern, bis jemand kommt.« Die Frau klang, als wollte sie nicht mich, sondern sich selbst beruhigen. Der Aussprache und ihrem Aussehen nach zu urteilen, war sie Ausländerin, vermutlich aus Asien. »Ich habe ihn gefunden. Gerade eben, als ich zum Wagen gehen wollte.«

»Wer sind Sie?« Kaum erkannte ich meine eigene Stimme wieder. »Sagen Sie doch – was ist geschehen?«

»Er hat eine schwere Kopfverletzung.«

Erst jetzt bemerkte ich, dass der Asphalt unter Nikolais Hinterkopf nass glänzte. Im Dämmerlicht der wenigen Straßenlaternen, die ein trügerisch warmes Licht verbreiteten, wurde die kleine dunkle Lache stetig größer.

»Er atmet«, fügte die Frau auf ihre bedächtige Weise hinzu. »Herzschlag und Puls sind schwach, aber spürbar. Vielleicht ist er ausgerutscht. Wo es doch so glatt ist.«

Er atmet, hatte sie gesagt.

»Ich brauche etwas Warmes, etwas zum Zudecken.«

Mit einem Mal löste sich meine Erstarrung. Ich rannte zum Wagen, dessen Tür noch offen stand, zerrte am Kofferraumdeckel. Er ging nicht auf. Wo war der Schlüssel? Kein klarer Gedanke. Er atmet. Nur das war wichtig. Ich war einfach ausgestiegen, der Schlüssel musste noch stecken. Also zurück zum Fahrersitz. Auf dem Weg dorthin geriet ich ins Rutschen, der Boden war tatsächlich glatt. Ja, da war der Schlüssel.

Warum war ich nur zu spät gekommen? Warum hatte ich Nikolai nicht gesagt, was mir auf der Seele lastete, als ich die Gelegenheit dazu hatte? Und warum hatte ich seine verfluchte Frage nicht beantwortet? Was, wenn er jetzt starb, in dieser Winternacht, auf diesem schwarzen, eiskalten Asphalt?

Mit einer muffeligen Wolldecke in den Händen, die ich das ganze Jahr spazieren fuhr, lief ich zurück. Die Frau mit dem langen Zopf, die Krankenschwester oder Ärztin zu sein schien, deckte Nikolai so sanft zu, als wäre er ein frierendes Baby.

»Dieser Wagen!«, erinnerte ich mich plötzlich. »Vorhin, auf dem Weg zur Klinik, da hat mich jemand fast gerammt. Der Kerl ist gefahren wie ein Wahnsinniger. Der muss doch von hier gekommen sein. Haben Sie ihn gesehen?«

Die Frau sah mich mit leeren Augen an, blieb stumm. Dann widmete sie sich wieder ihrem Patienten.

Ein feiner, eisiger Wind strich an mir vorbei, winzige Flocken streiften meine Wangen. Auf einmal spürte ich, wie kalt meine Zehen und Finger waren. Die Handschuhe lagen irgendwo im Auto. Ob es an Weihnachten endlich richtig schneite?

Er atmet, hatte sie gesagt.

Dann endlich Fußgetrappel, Stimmen, knappe Anweisungen, etwas Schweres rollte durch die Nacht. Gestalten in weißen Anzügen unter dick wattierten Parkas drängten an mir vorbei, eine Krankentrage auf Rädern kam zum Stillstand, die Frau mit dem Zopf trat zur Seite, wechselte leise Worte mit einem hageren Mann. Jemand untersuchte die Wunde an Nikolais Kopf, man schnitt seine Jacke auf, Infusionen wurden angelegt, alles wirkte so professionell und routiniert. Ein anderer Mann, dessen Atem nach Pfefferminzbonbon roch, bat mich, Platz zu machen. Nebenbei orderte er telefonisch den Rettungshubschrauber, der Nikolai in die Uniklinik bringen sollte.

Er atmet, hatte sie gesagt.

Vor einer Woche hatte Nikolai mich angerufen, wie aus dem Nichts nach jahrelanger Funkstille, und um ein Treffen gebeten. Meine Nummer hatte er im Internet erfahren. Also hatten wir uns verabredet. Und vor zwei Tagen stand ich ihm dann gegenüber, in einem Bistro in Regensburg. Die erste Begegnung nach drei Jahren. Es war der zweite Adventssonntag, an einem unsagbar kalten Nachmittag.

Zuerst redeten wir über dies und das, doch jeder von uns scheute sich, die Vergangenheit zum Thema zu machen. Warum ich der Verabredung zugestimmt hatte, wusste ich von Anfang an: Ich wollte ihn um Verzeihung bitten, endlich dieses Schuldgefühl loswerden, das mich seit drei Jahren verfolgte. Was Nikolai sich von unserem Wiedersehen erhoffte, verstand ich jedoch nicht sofort. Aber ganz egal, ob er von seiner neuen Stellung als Oberarzt in einer Privatklinik in der Nähe von Regensburg oder der kürzlich bezogenen Wohnung erzählte, ob er sich nach meinem Sohn erkundigte, meiner Boutique – immer wieder schien sich diese eine Frage zwischen uns zu drängen, die auch ich mir seit unserer letzten Begegnung so oft gestellt hatte. Ich sah sie in Nikolais moosgrünen Augen brennen, entdeckte sie in den jungenhaften Grübchen neben seinen Lippen, die mit einem Mal ganz schmal wurden, und auf seiner nicht mehr ganz so glatten Stirn.

Wie gerne hatte ich sie früher berührt, liebkost, geküsst.

Und tatsächlich fragte er mich irgendwann mitten im Gespräch: »Hast du mich eigentlich geliebt?«

Erst seit einer knappen halben Stunde saßen wir an diesem kargen, rauchgrauen Tisch, umgeben von dem Gemurmel der anderen Gäste und den Marilyn-Monroe-Filmplakaten an den Wänden, die Nikolai immer wieder angespannt betrachtete. Ich brauchte noch ein wenig Zeit, um über meine Gefühle von damals reden zu können. Also drückte ich nur sanft seinen Arm und deutete auf den Verband an seinem linken Handgelenk.

»Was ist mit deiner Hand passiert?«, fragte ich, strich mir eine meiner langen roten Haarsträhnen aus dem Gesicht und trank einen Schluck Espresso. Er schmeckte bitter.

Nikolai warf mir diesen prüfenden Blick zu, an den ich mich noch gut erinnerte. Als ob er rätselte, warum ich nicht Gedanken lesen konnte. Wie damals, als ich ihn nach der ersten Nacht gefragt hatte, ob er zum Frühstück Kaffee oder Tee bevorzuge.

»Vermutlich hat sich ein Patient mit einem Messer auf dich gestürzt«, neckte ich ihn. Dann lud ich einen großen Löffel Zucker in die Tasse und rührte um. »Wolltest du ihn etwa ohne Narkose operieren?«

Er lachte, und mit einem Mal wirkte er so unbeschwert wie früher. Plötzlich war nichts mehr zu spüren von dieser fiebrigen Unruhe, die ich schon beim Betreten des Bistros an ihm bemerkt hatte. Sie klebte an ihm wie die feine, zu enge Hautschicht einer Schlange, die sich bald häuten wird. Ob er aus dem gleichen Grund nervös war, aus dem ich den Zucker zuerst vergessen hatte?

»Ein kleines Missgeschick.« Er winkte ab. »Vorgestern, auf der Adventsfeier mit den Kollegen. Mein Sektglas ist zerbrochen.«

»Schlimm?«

»Nur eine Fleischwunde. Drei Stiche, kein Problem.«

»Wie hast du das denn angestellt?«

»Betty war stocksauer, weil ich ihr den Abend verdorben hab.« Er verzog das Gesicht und starrte aus dem Fenster.

Das Bistro befand sich auf der Wöhrdinsel. Man hatte direkten Blick auf die Donau, die mittelalterliche Steinerne Brücke und den Salzstadel, ein historisches Lagerhaus. Am anderen Ufer drängten sich die Häuser der Altstadt, mit ihren schiefen Gauben, verzierten Erkern, Türmen und neckischen kleinen Säulen zwischen den in der Nachmittagssonne glänzenden Rundbogenfenstern. Über den Dächern tauchte da und dort eine der vielen Kirchturmspitzen Regensburgs auf, in der Ferne sah man die Zwillingstürme des Doms. Ich liebte dieses Panorama. Aber Nikolai schien es kaum wahrzunehmen.

»Dabei wollte sie sowieso nicht mit«, fuhr er missmutig fort. »Und dann musste sie auch noch heimfahren, nach, ich weiß nicht, wie viel Glühwein, Sekt und …«

»Wer ist Betty?«

Eine üppige Blondine mit roter Zipfelmütze knallte das zweite Pils für Nikolai so übermütig auf den Tisch, dass es überschwappte.

»Meine Frau«, sagte Nikolai, als sie wieder weg war. Er sah mir nicht in die Augen, sondern fixierte das Poster neben unserem Tisch, das Marilyn Monroe in ihrer Rolle als Sängerin Sugar in *Manche mögen's heiß* zeigte.

Als wäre es ihm unangenehm, in meiner Gegenwart von seiner Frau zu reden, fing er unvermittelt an, von seiner Reise nach Indien zu erzählen. Als rechte Hand des Chefs einer neurologischen Privatklinik, in der er erst seit sieben Wochen arbeitete, musste er seinem Vorgesetzten schon jetzt die eine oder andere Dienstreise abnehmen. So war Nikolai vor zwei Wochen nach Mumbai geflogen, zu einem internationalen Ärztekongress. Mit Fünfsternehotel, Frühstücksbuffet am Morgen, Sechsgängemenü am Abend, dazwischen Vorträge über die neuesten Erkenntnisse der Medizin. Im Hotelgarten ein Palmenmeer, auf den Straßen die lauten Farben der Saris, Gelächter, Geschrei, das Rattern uralter Motorräder und Autos, überall fremde exotische Gerüche, die Klänge unbekannter Sprachen. Bei Nikolais Erzählung sah ich die Bilder, roch die Düfte, spürte aber auch diese brütende, feuchte Hitze, die einem den Atem raubte. Wie der Anblick der bettelnden, dürren Kinderhände, kaum dass man die Welt außerhalb des Hotels betrat.

»Ein schreckliches Land«, schloss Nikolai seine weitschweifige Erzählung mit düsterem Blick. »Aber es ist ja überall das Gleiche. Wo man hinguckt, nur Elend, Ungerechtigkeit. Und dann diese verdammte Korruption!« Er betrachtete das Bierglas, das er noch nicht angerührt hatte, nahm einen tiefen Zug und trommelte mit den Fingerspitzen einen hektischen Rhythmus auf die Tischplatte. Auf einmal klang er wütend. »Es macht mich wahnsinnig, dass man nichts dagegen machen kann. Was sagst du dazu – als Expolizistin?«

»Willst du auswandern und in Indien für Recht und Ordnung sorgen?«, fragte ich halb amüsiert, halb erstaunt. »Du bist doch gerade erst hierhergezogen.« Sofort verbesserte ich mich: »Ich meine natürlich, *ihr* seid hierhergezogen. Du bist ja inzwischen verheiratet.«

Ein durchdringendes Piepsen ertönte. Mit geübtem Griff fischte Nikolai sein Handy aus der Tasche seiner Steppjacke. Nach einem kurzen Wortwechsel, der von seiner Seite nur aus einigen kaum hörbaren Jas und Okays bestand, sprang er auf und winkte der Bedienung.

»Sorry, Anna«, sagte er mit dem gleichen Bedauern wie vor drei Jahren.

Damals war er mitten im aufregendsten Liebesspiel aus dem Bett gesprungen und zur Klinik gefahren.

»Wieder mal ein Notfall?«, fragte ich spöttisch.

Er nickte und schlüpfte in seine Jacke. Auch ich stand auf und wartete, bis er den Reißverschluss zugezogen hatte. Nikolai war nicht übermäßig groß, überragte mich aber dennoch um fast eine Kopflänge.

»Dann reden wir das nächste Mal darüber«, schlug ich vor und wusste nicht, ob ich erleichtert oder enttäuscht sein sollte. Vielleicht hätte ich die Gelegenheit vor wenigen Minuten doch nutzen sollen?

»Worüber?«

»Warum alles so gekommen ist.«

»Mit uns?« Er lächelte, beugte sich zu mir und flüsterte mir ins Ohr: »Ich weiß nicht, wie oft ich bei dir angerufen hab, wie viele SMS und Mails ich dir geschickt hab. Versprich mir bitte, dass du dich in Zukunft meldest, wenn ich dich brauche.«

Wir einigten uns auf Dienstagabend am selben Ort. Es gab weiß Gott stimmungsvollere Bars für eine seit drei Jahren überfällige Aussprache, ein Rendezvous, was auch immer. Doch aus irgendeinem Grund bevorzugte er dieses Bistro.

Als Nikolai mir zum Abschied sanft die Wange küsste, kam sein Gesicht dem meinen näher als nötig. Und wieder leuchtete diese eine Frage in seinen Augen auf, und wieder sagte ich nichts.

Und nun war also Dienstagabend und ich in der Uniklinik. An der Pforte sagte man mir, Nikolai Baum liege auf der neurochirurgischen Intensivstation. Ich hastete durch die riesige Klinik. Immer wieder eilten Ärzte, Pfleger, Schwestern an mir vorbei. Schließlich fragte ich einen älteren Arzt mit Rübezahlbart und tiefen Augenrändern nach dem Weg. Er schickte mich ins Untergeschoss.

Während ich durch die langen, nach stickiger Luft und Krankheit riechenden Korridore schritt, wie in Zeitlupe einen Fuß vor den anderen setzte, versuchte ich zu verstehen, was in der letzten Stunde geschehen war. Um Viertel vor sieben, eine halbe Stunde vor unserer geplanten Verabredung, hatte Nikolai mich angerufen und gebeten, ihn vor der Klinik in Bach abzuholen. Aufgrund der Kälte war sein Wagen nicht angesprungen. Die Privatklinik, in der er arbeitete, lag etwa zwanzig Kilometer östlich der Stadt bei Wörth an der Donau. Als ich auf der Autobahn war, hatte er sich wieder gemeldet und gefragt, warum es so lange dauerte, voller Aufregung und Ungeduld. So hatte ich ihn noch nie erlebt. Mir blieb kaum Zeit, ihm zu erklären, dass ich in dieser eisigen Winternacht nicht so schnell fahren konnte wie sonst. Plötzlich hörte ich eine Stimme etwas rufen, Nikolai legte auf. Kurz bevor ich den Parkplatz erreichte, rammte mich dann fast dieser Verrückte. Und wenige Minuten später entdeckte ich Nikolai, reglos am Boden liegend, neben ihm das Handy.

Endlich bog ich in den Flur, an dessen Ende sich die Intensivstation befand. Ich läutete, bekam dann aber zu hören, man dürfe nur die engsten Angehörigen über den Zustand der Patienten informieren. Enttäuscht ging ich vor der Station auf und ab, in der Hoffnung, vielleicht doch noch einen vorüberlaufenden Arzt in ein Gespräch verwickeln zu können. Irgendwann, als ich immer noch nichts erfahren hatte, setzte ich mich in den Wartebereich. Gegen Mitternacht beschloss ich dann allerdings doch, nach Hause zu fahren und am Morgen wiederzukommen. Allmählich spürte ich, wie hart die Bank war, auf der ich nun schon so lange saß.

Gerade als ich aufstehen wollte, hastete eine atemlose Frau mit dunkelblonden Locken an mir vorbei. Der Plüschmantel, den sie trug, war dem meinen ähnlich, wobei meinen ein Leopardenmuster zierte, ihren hingegen das eines Tigers. Ihre Stiefel hatten flache Absätze und waren aus einem feinen, braunen Leder gearbeitet. Was mir in ihrem Gesicht zuerst auffiel, war die breit gerahmte Brille in Kobaltblau, die nur um wenige Nuancen heller leuchtete als die knallig blauen Augen hinter den Gläsern. Die Frau, die wie ich Mitte dreißig sein musste, stellte sich dem Arzt an der Tür zur Intensivstation als Betty Baum vor. Er murmelte etwas von der vorläufigen Diagnose eines schweren Schädel-Hirn-Traumas. Auch das Wort »Koma« glaubte ich zu hören.

Ich setzte mich wieder und brauchte einen Moment, um mich von diesem erneuten Schrecken zu erholen. Dann musterte ich unauffällig Nikolais Frau.

Das war sie also.

Sie war nicht wirklich schön, aber auf eine herbe Weise ansprechend. Vermutlich entstand dieser Eindruck durch ihre ungleich geformten Lippen. Die Oberlippe war schmal, die Unterlippe hingegen voll und sinnlich. Ich fragte mich, wann der melancholische Zug um ihre Mundwinkel entstanden sein mochte. Es wirkte, als entstammte er einer anderen Zeit, einem anderen Schmerz.

Sie setzte sich ausgerechnet auf die Bank mir gegenüber. Zuerst schien sie mich gar nicht wahrzunehmen. Aber als ich schließlich doch irgendwann in den Mantel schlüpfte, bemerkte ich, dass ihr Blick gleichgültig auf mir ruhte. Mit einem Mal flackerte er auf, als hätte sie mich erkannt, obwohl ich sicher war, ihr noch nie begegnet zu sein. In ihren Augen entdeckte ich plötzlich Unsicherheit, Angst, Verzweiflung. Und tiefste Abneigung.

Es war Viertel vor eins, als ich das Portal meiner Jugendstilvilla aufschloss. Ein eiskalter Wind schnitt mir ins Gesicht. Ich war müde, halb erfroren, und alles, was ich wollte, war so schnell wie möglich ins Bett.

In der Diele erwartete mich eine angenehme Überraschung: Das Haus war warm. Wie es schien, hatte Mona nicht nur alle Heizkörper aufgedreht, sondern auch den Kamin im Salon angeschürt. Oder vermutlich hatte mein Sohn Vincenzo meiner Untermieterin, die das zweite Stockwerk meines dringend renovierungsbedürftigen Anwesens bewohnte, bei Letzterem geholfen. Die Zentralheizung in dem riesigen, alten Haus funktionierte nicht zuverlässig, sodass ich oft mit den offenen Feuerstellen zuheizen musste. Wenn ich irgendwann einmal nicht knapp bei Kasse sein sollte, würde ich den Heizungsbauer anrufen, beschloss ich zum hundertsten Mal in diesem Winter.

Es war ruhig im Haus. Auf dem Vertiko lag eine Notiz von Mona. Nach *Wer wird Millionär* war mein elfjähriger Sohn zwar nicht klaglos, aber doch einigermaßen bald ins Bett verschwunden, las ich. Meine Untermieterin sprang oft als Babysitter ein, wenn Paolo, mein Exmann, wieder einmal keine Zeit hatte.

Semiramis, Monas kohlrabenschwarze Katze, näherte sich auf lautlosen Pfoten und begrüßte mich schnurrend. Ich streichelte ihr dichtes Winterfell, hob sie hoch, nahm sie mit in die Küche und füllte ihren Futternapf, was Mona offenbar wieder einmal vergessen hatte. Dann machte ich mir eine Tasse heiße Schokolade mit großzügig bemessenem Sahnehäubchen. Auch heute hatte ich es wieder nicht geschafft, die nötigen Einkäufe zu erledigen. Aber die Sahnesprühdose war glücklicherweise noch vom Wochenende übrig. Zum Schluss bestreute ich die ganze Pracht mit Zimtpulver. Nach diesem Abend brauchte ich ein wenig Trost.

Behutsam trug ich meine bis zum Rand gefüllte Lieblingstasse mit abgesprungener Goldkante in den Salon und setzte mich vor den Kamin. Die Asche glühte noch. Semiramis sprang mir auf den Schoß und machte es sich auf meinen Knien gemütlich. Ich umfasste die Blümchentasse aus dem Porzellanbestand von Nonna Emilia mit beiden Händen, suchte Halt im Ohrenbackensessel aus besticktem Brokat und versuchte, an etwas Erfreuliches zu denken. Doch es gelang mir nicht.

Warum war ich nur zu spät gekommen? Okay, ich nahm es

mit der Pünktlichkeit selten genau. Wie dieses alte Haus, die Möbel und das Porzellan war vermutlich auch das ein Erbe von Nonna Emilia, meiner italienischen Großmutter. Aber an diesem Abend konnte ich nicht einmal etwas für meine Unpünktlichkeit. Das Wetter war schuld, der Winter, die Straßenverhältnisse.

Die Gedanken kreisten unablässig in meinem Kopf. Ob Nikolai vielleicht nicht ausgerutscht wäre, wenn ich ihn früher abgeholt hätte? Oder gab es etwa einen anderen Grund für seine Verletzung? Ich musste an seine Aufregung am Telefon denken, diese Unrast, die ich noch nie an ihm erlebt hatte, seine letzten Worte am Handy: »Ich hab die Nase voll, nach diesem ganzen Mist, ich will hier weg, verdammt!« Und an den fremden Wagen …

Ob man Nikolai inzwischen operiert hatte? Was, wenn er die Nacht nicht überlebte? Sollte ich in die Klinik zurückfahren? Oder anrufen?

Ich trank einen Schluck, schmeckte aber weder die Schokolade noch den Zimt. Ich dachte an die vielen Toten, die ich während meiner Zeit im Polizeidienst zu Gesicht bekommen hatte. Das war jetzt zwölf Jahre her. Dieses Elend war mir schon damals immer eine Spur zu nahe gegangen. Und dennoch war jenes Gefühl von Ohnmacht – beim Anblick eines toten Körpers oder angesichts des Schmerzes der Hinterbliebenen – meilenweit von dem entfernt, was ich jetzt empfand. Persönliche Betroffenheit macht alles tausendmal schwerer. Und Schuldgefühle tun ihr Übriges.

Semiramis sprang von meinen Knien, streckte sich auf dem Teppich und fing an, sich zu putzen. Ich hatte die Tasse geleert, ohne es zu merken. Langsam erhob ich mich, ging in die Bibliothek nebenan, die zugleich mein Arbeitszimmer war, schaltete den Computer ein. Ich war nicht weniger erschöpft als vor einer halben Stunde. Aber ich wusste, ich würde keinen Schlaf finden.

In der Mailbox warteten sechsunddreißig neue Nachrichten. Doch die interessierten mich nicht. Bald hatte ich die entdeckt, die ich suchte.

> *Meine liebe Anna, eben bin ich aufgewacht und habe als Allererstes Dich vor mir gesehen. Wie Du nackt am Fenster stehst, mit Deinem Haar über den Schultern, den Vollmond und die Sterne betrachtest, in dieser wundervollen Nacht, an die ich immer wieder denke. Du bist ganz in Dich versunken. Als bräuchtest Du nichts und niemanden außer Dir selbst und die Weite dort oben. Manchmal habe ich Angst, es könnte Dir zu eng werden, in einer neuen Beziehung, mit mir. Gleichzeitig liebe ich genau das an Dir. Ist das nicht seltsam? Eine Frau, die mir so viele Rätsel aufgibt, und ich kann es kaum erwarten, sie zu lösen. Du bist genau die, nach der ich immer gesucht habe, vielleicht ohne es zu wissen.*
> *Bis später, ich melde mich aus der Klinik.*
> *Zwei Küsse für Dich, such Dir aus, wohin.*
> *Nikolai.*

Das war der Anfang gewesen.
Das Ende klang dann so:

> *Anna, warum antwortest Du nicht, zum Teufel noch mal? Hab ich Dich so verletzt? War es, weil ich mitten im herrlichsten Sex gehen musste? Oder weil ich Dir von dieser Frau erzählt hab, die ich neulich kennengelernt habe? Sie findet mich umwerfend, na und? Es tut mir leid. Hörst Du? ES TUT MIR LEID. Bitte, schick mir ein paar Zeilen, eine Erklärung, irgendwas. Warum bist Du einfach verschwunden, Du wolltest doch bei mir übernachten? Ich kann die nächsten zwei, drei Wochen hier nicht weg, zu viele OPs und*

Termine. Aber ich muss wissen, was los ist, bitte melde Dich.
Nikolai.
PS: Wenn Du dieses Mal wieder nicht reagierst, dann kann ich nicht mehr. Verstehst Du? Sag mir doch bitte, warum?

Ja, dachte ich und schaltete den Computer aus, warum?

2

»Der Typ ist verheiratet?«

Am nächsten Mittwochmorgen starrte Mona mich so entsetzt an, als wäre ich eine haarige schwarze Spinne, die an ihrem nackten Bein hochkroch. Sie stand im rechten Schaufenster und widmete sich ihrer Lieblingsbeschäftigung, der Auslagendekoration.

»Wir wollten uns doch nur auf ein Bier treffen«, wiederholte ich zum vermutlich zwanzigsten Mal, während ich die mit Lammfell gefütterten und unzähligen Fransen verzierten Wildlederstiefel unter den Ladentisch meiner Boutique *BellaDonna* stellte und in die High Heels mit Krokolederoptik schlüpfte. Bis auf die verregnete Nacht von Montag auf Dienstag herrschte seit Mitte November eine fast arktische Kälte, und an diesem Morgen war es besonders kalt.

»Seit wann trinkst du überhaupt Bier?«, fragte Mona und nieste so heftig, dass die Lichterkette mit den goldenen Engelchen in ihren Händen wild herumschlenkerte und sich fast in den gespreizten Fingern der Schaufensterpuppe verfangen hätte. Gerade noch rechtzeitig machte Mona eine elegante halbe Drehung und drapierte das Kabel mit den Engeln und blinkenden Lämpchen dekorativ um das Abendkleid aus brombeerfarbener Seide, das meine Lieblingspuppe trug.

Nellie, so nannte ich sie, hatte das gleiche lange, tizianrote Haar wie ich und unverschämt freche Sommersprossen.

»Nikolai hat Bier getrunken, ich zwei Espresso«, versetzte ich.

Hauptberuflich war meine Untermieterin und umsatzstärkste Ladenhilfe eigentlich diplomierte Literaturwissenschaftlerin. Trotz unzähliger Bewerbungen hatte sie aber noch immer keine Anstellung gefunden und hielt sich nur durch den Job in meiner Boutique und als Bedienung in einer Kneipe über Wasser. Heute hatten wir vereinbart, uns schon lange vor den Öffnungszeiten im *BellaDonna* zu treffen. Während der Adventszeit war meine Secondhandboutique für preiswerte Designermode von halb zwölf bis acht Uhr abends geöffnet.

Wie üblich übernahm Mona an diesem Vormittag die Dekoration, während ich die Post und einige Bestellungen zu erledigen hatte. Später musste sie zu einem Vorstellungsgespräch, hatte sie mir aufgeregt erzählt. Ich war froh, durch die Arbeit im *BellaDonna* auf andere Gedanken zu kommen, und auch Mona lenkte mich durch ihre muntere Art ab, eine Eigenschaft, die ich sehr an ihr schätzte. Sonst hätte ich vermutlich unentwegt an Nikolai gedacht. In aller Herrgottsfrühe hatte ich in der Uniklinik angerufen. Aber wieder hatte man mir keine Auskunft erteilt.

»Hattest du denn gar keine Gewissensbisse wegen seiner Frau?«, fing Mona wieder an. Dieses Thema schien sie weit mehr zu beschäftigen als der Umstand, dass mein ehemaliger Liebhaber jetzt vermutlich im Koma lag.

»Zum hundertsten Mal, Mona«, stöhnte ich, »mein Treffen mit Nikolai sollte kein Vorspiel zu einer heißen Liebesnacht sein, sondern eine Aussprache.«

Sie bedachte mich mit einem skeptischen Blick und zog ihr übliches Schmollmündchen. Ich war endlich in meinen High Heels, ging in die winzige Küche und setzte Teewasser auf.

Mir war es wie Nikolai ergangen. Auch ich konnte mich

nicht mehr erinnern, wie oft ich in den vergangenen drei Jahren nach dem Hörer gegriffen oder eine SMS zu tippen begonnen hatte. Aber jedes Mal hatte ich wieder aufgelegt, die Nachricht gelöscht. Und noch gestern Abend, auf dem Weg zur Klinik in Bach, hatte ich nicht gewusst, wie ich ihm erklären sollte, warum ich damals Schluss gemacht hatte. Im ersten Moment war ich natürlich sauer gewesen, als sein Operationstermin wichtiger war als ich. Aber der letztendliche Grund war ein anderer.

»Ja ja, so fängt das immer an«, seufzte Mona, als ich wieder im Verkaufsraum stand.

Ich ging zum knallroten Samtsofa, dem unumstrittenen Prunkstück meines Ladens, auf dem ein Stapel ungeöffneter Briefkuverts lag. Mona streifte sich die Überziehschuhe von den schmalen Fesseln und kletterte flink vom erhöhten Schaufenster herab. Ihr blondes Lockenhaar hatte große Ähnlichkeit mit dem der Engelchen, die jetzt meine Auslage zierten. Allerdings war alles an ihr zart, filigran, der Teint fast durchsichtig, und so erinnerte sie weniger an einen pausbäckigen Barockengel als an eine allzeit zwei Zentimeter über dem Boden schwebende Elfe.

»Und wenn er wieder aufwacht, dann liegt er irgendwann in deinem Bett, und du fragst dich, wie er da hingekommen ist«, philosophierte sie düster. »Und dass es für die Katz ist, weißt du von vornherein.«

Natürlich hatte sie recht. Und sie wiederholte ja nur, was ich selbst ihr in ähnlichen Situationen oft genug gepredigt hatte. Ich hielt schon lange nichts mehr von Affären mit verheirateten Männern. Ich hatte es nicht nötig, einer anderen den Gatten auszuspannen. Adel verpflichtet. Und außerdem habe ich meine Prinzipien. Auch wenn ich mich nicht immer an sie halte.

Bei Nikolai ging es mir aber ohnehin um etwas anderes. Doch inzwischen hatte ich keine Lust mehr, Mona wieder alles von vorn zu erklären. Meine Liebe zu ihm war Vergangenheit … Oder täuschte ich mich? Liebte ich ihn etwa immer noch und war deshalb so betroffen von seinem Unglück?

Kaum hatte ich das erste Briefkuvert geöffnet, ertönte die Handymusik mit Pavarottis kräftigem Tenor: *La donna è mobile qual piuma al vento – oh wie so trügerisch sind Frauenherzen …*

Ich drückte auf die grüne Taste.

»Das war kein Unfall«, hörte ich nach einer knappen Begrüßung Paolo sagen, meinen geschiedenen Mann und Kriminalhauptkommissar bei der Kripo Regensburg. »Jemand hat versucht, Nikolai Baum umzubringen.«

Nebenan summte der Teekessel. Ich sank aufs Sofa.

»Mir ist zwar nicht klar, warum ausgerechnet eine Anna di Santosa in dieser Telefonnotiz mit der Uniklinik auftaucht«, fuhr mein Ex fort, »aber ich brauche dich als Zeugin. Am besten sofort.«

»Was war das für ein Wagen?«, fragte mich Paolo eine halbe Stunde später zum zehnten Mal. »Was für ein Kennzeichen? In welche Richtung ist er gefahren?«

Ich saß in seinem Büro in einem der ehemaligen Kasernengebäude in der Bajuwarenstraße und versuchte, mich bei seinen vielen Fragen halbwegs zu konzentrieren. Paolo, der eigentlich Paul hieß, war seit heute Morgen leitender Ermittler im Fall des versuchten Tötungsdelikts zum Nachteil von Nikolai Baum, wie er mir noch am Telefon hochoffiziell erklärt hatte. Die Hoffnung, Nikolai wäre nur ausgerutscht, war durch die ärztlichen Untersuchungen widerlegt worden. Die Verletzung musste durch massive Gewalteinwirkung auf den Hinterkopf entstanden sein. Es war ein Wunder, dass Nikolai den Angriff überlebt hatte. Ob und wann er wieder zu Bewusstsein kommen würde, konnten die Ärzte nicht sagen. Er lag noch immer im Koma.

Ich zwang mich, nicht daran zu denken, dass er jede Sekunde sterben konnte.

»Irgendwas Kleines, Dunkles«, sagte ich. Die halbe Nacht hatte ich mir den Kopf darüber zerbrochen. »Vielleicht ein VW Polo oder Opel Astra, womöglich auch was Größeres. Aber die Scheinwerfer haben mich geblendet, ich konnte nichts erkennen.«

»Waren die rund oder viereckig?«

»Die Scheinwerfer?« Ich ärgerte mich, dass ich auf dieses Detail nicht geachtet hatte, ließ es mir aber nicht anmerken. »Ich hab nicht aufgepasst – ich musste ja bremsen.«

»Du bist eine hundsmiserable Zeugin.«

»Die Straße war glatt, ich kannte die Gegend nicht«, brachte ich zu meiner Verteidigung vor. »Und dann kommt dieser Idiot um die Ecke geschossen, der hat mich ja fast gerammt. Und außerdem – woher sollte ich wissen, dass das irgendwann mal wichtig werden könnte?«

»Und diese Stimme im Handy, im Hintergrund? War das ein Mann oder eine Frau?«

Wieder überlegte ich. »Das ist alles so verdammt schnell gegangen. Ich kann es einfach nicht mit Sicherheit sagen.«

»Vielleicht doch ganz gut, dass du damals nach deinem Erziehungsurlaub die Branche gewechselt hast.« Mein Ex verzog das Gesicht.

»*Non lo credo!*« Das ging nun entschieden zu weit. »*Che cazzo sei! Non mi rompere le …* «

»Vorsicht!« Endlich verlor Paolos Stimme diesen amtlichen Tonfall, den ich nicht ausstehen konnte. »Ich weiß, du kannst wunderbar fluchen. Aber das kann teuer werden, hier in meinem Büro.« Er schaffte sogar ein halbes Lächeln. »Aber ich will mal so tun, als verstünde ich kein Italienisch. Und jetzt denk bitte nach, Prinzessin.«

Ich überhörte den Kosenamen, der mich wohl mein Leben lang verfolgen würde, und lehnte mich zurück. »Sie klang auf jeden Fall sehr dunkel, diese Stimme.«

»Also ein Mann?« Paolo trommelte mit den Fingern auf die Schreibtischplatte, die Nägel wie immer perfekt manikürt, die Haut mit einem Stich ins Dunkelbraune. Im Gegensatz zu mir sah er mit seinen schwarzen Haaren und fast ebensolchen Augen wie ein waschechter Italiener aus. »Was hat er gerufen?«

»Hab ich nicht verstanden.«

»Herrgott, du musst doch irgendetwas …«

»Es kann auch eine Frau mit tiefer Stimme gewesen sein.« Ich strich mir eine Haarsträhne aus der Stirn.

Stöhnend schob Paolo den blauen Drehstuhl nach hinten und stand auf. Mit lauten Schritten durchquerte er den Raum und griff nach einer Gießkanne aus gelbem Plastik. Als er an mir vorbeipolterte, stieg mir sein Eau de Toilette in die Nase. Ein neuer Duft, ungewohnt blumig. Ob er eine neue Freundin hatte?

Während er seinen Urwald aus Grünlilien, Farnen und Efeuranken mit Wasser versorgte, beschwerte er sich ausgiebig darüber, dass er wieder mal viel zu wenige Leute für diese Soko hatte. Insgesamt sechs, ihn selbst eingeschlossen. Auch in München, wo ich die Polizeischule besucht und Paolo später bei einem Einsatz als Schutzpolizistin kennengelernt hatte, war es schon so gewesen. Ständig zu wenig Personal, ständig zu viele Überstunden.

»Wo ist bloß die Tatwaffe abgeblieben?«, murmelte er vor sich hin, nachdem er genug geschimpft und sich wieder gesetzt hatte. »Ich hab alles absuchen lassen. Zweimal. Aber da war nichts. Ob dieser Kerl, der dir fast reingefahren ist, sie mitgenommen hat? Und irgendwo unterwegs beseitigt?«

Seit wir einander kannten, hatten wir immer wieder den jeweils aktuellen Fall miteinander diskutiert, gleichgütig, ob im Dienst, wie zu Beginn unserer Bekanntschaft, oder nach Feierabend, wie in späteren Zeiten. Das war auch so geblieben, als ich mich nach den Erziehungsjahren neu orientiert und die ersten Schritte in die Modewelt gewagt hatte. Wer einmal eine Spürnase hat, der hat sie für immer. Vermutlich hatte ich auch aus diesem Grund in den letzten Monaten hin und wieder darüber nachgedacht, ob ich nicht in meinen alten Beruf zurückkehren sollte. Doch sicherlich würde man mir wieder nur einen faden Bürojob anbieten, wie nach dem Erziehungsurlaub. Mit der Boutique kam ich zwar gut über die Runden – das *BellaDonna* hatte sich als Geheimtipp für edle und zudem bezahlbare Mode herumgesprochen –, aber neben Vincenzo, mit den für sein Alter typischen, unentwegt wachsenden Ansprüchen, verschlang besonders auch die Villa immer mehr von meinem Geld.

Ich schloss kurz die Augen, dachte wieder an die nächtliche Szenerie auf dem Parkplatz. Draußen auf dem Flur trippelte jemand vorbei, irgendwo läutete ein Telefon, eine Tür fiel ins Schloss.

»Da lag nur das Handy«, sagte ich.

»Deine Nummer ist übrigens die letzte, die Nikolai Baum gewählt hat.« Paolos Blick wurde misstrauisch. »Seit wann kennst du den Kerl eigentlich?«

»Das geht dich nichts an.«

»In diesem Fall geht mich alles was an, Prinzessin.«

»Wann wirst du endlich lernen, dass ich nur eine Contessa bin?«, entgegnete ich theatralisch.

Natürlich fiel Paolo nicht auf mein Ablenkungsmanöver herein. »Wo und wann hast du ihn kennengelernt?«, fragte er eisig.

Ich schwieg.

»Was für eine Beziehung hattest du zu ihm?«

Langsam schlug ich das linke Bein über das rechte und sah ihn herausfordernd an.

»Es ging also um Sex.« Er zog die Stirn in Falten. »Du weißt ja sicher, dass dein Lover verheiratet ist.«

»Ist das jetzt der Moment, wo ich meinen Anwalt anrufen sollte?«

»Ich kann dir gern den Kollegen Pfeiffer schicken.« Über Paolos linker Augenbraue fing ein Muskel an zu zucken. »Der liebt schlüpfrige Details.«

»Zuerst will ich eine Tasse Kaffee.«

»Hier gibt's nur Filterkaffee, der schmeckt dir sowieso nicht.«

Als ich schließlich antwortete, war mein Lächeln süßer als Zucker. »Ich hab dich mit Nikolai betrogen, *amore mio.*«

Endlich hielt er den Mund.

Es war kurz nach zehn, als ich das Kripogebäude verließ. Auf der Bajuwarenstraße war wie immer viel Verkehr, schwere Laster rumpelten vorbei. Es roch nach Abgasen und kaum merklich nach kommendem Schnee. Nach dem verregneten Wochenanfang war es zwar wieder etwas heller, dafür aber umso kälter, und die Sonne war nur als blasse Scheibe hinter einer dichten Wolkendecke zu erahnen.

Ich überlegte, ob ich in die Uniklinik zu Nikolai fahren oder noch einmal in der Boutique nach dem Rechten sehen sollte. Nach Paolos Anruf hatte ich keine Zeit mehr für die Post und die Bestellungen gehabt. Um Vincenzo brauchte ich mir zum Glück keine Gedanken zu machen. Wie immer am Dienstag und Mittwoch würde er nach der Schule mit dem Bus zu seiner Tagesmutter fahren und um sechs Uhr wieder nach Hause. Wenn Mona nicht in der Boutique Dienst hatte, war sie um diese Zeit normalerweise in der Villa. In der Kneipe fing sie selten vor neun Uhr abends an. An den anderen Nachmittagen kam Vincenzo nach der Schule ins *Bella-Donna* und erledigte dort seine Hausaufgaben. Von Freitagabend bis Sonntagmittag blieb er bei meinem Ex. Heute Abend hatten die beiden ihren wöchentlichen Squashabend. Wegen Paolos unvorhergesehener Dienste musste ich jedoch oft meinen Terminplan ändern oder bei Mona und manchmal auch bei Vincenzos Tagesmutter anklopfen, wenn ich selbst nicht einspringen konnte.

Mein vierzig Jahre alter Maserati Quattroporte mit acht Zylindern stand auf dem Parkplatz. Die riesige Limousine war eine Augenweide in Bordeauxrot, mit cognacbraunen Lederbezügen und ausladenden, edel geschwungenen Kotflügeln. Eigentlich war hier auf dem ehemaligen Kasernenhof nur für Anwohner reserviert. Aber wie so oft hatte ich mich auf mein Glück verlassen und den Wagen nicht im Parkhaus abgestellt. Und tatsächlich erwartete mich kein hinter den Scheibenwischer geklemmtes Knöllchen.

Was ich bereits in der Nacht befürchtet hatte, war nun zur Gewissheit geworden: Jemand hatte versucht, Nikolai zu töten. War er mit jemandem in Streit geraten? Oder hatte er sich in kriminelle Machenschaften verstrickt? Weder das eine noch das andere konnte ich mir vorstellen. Ich kannte Nikolai als umgänglich und humorvoll. Er liebte seinen Beruf, war belesen, interessierte sich für Kunst und Kultur genauso wie für die Schicksale der Menschen, die ihm begegneten. War er vielleicht nur im falschen Moment am falschen Ort gewesen? Einem Junkie über den Weg gelaufen, der Geld für den nächsten Schuss brauchte? Zwar lag die Klinik abseits, aber wer wusste schon, wer sich in diese Gegend verirrte, wenn es dunkel wurde. Allerdings war Nikolai dem ersten Anschein nach nicht beraubt worden, in seiner Brieftasche hatte man zwei Kreditkarten und an die hundertfünfzig Euro gefunden.

Was auch immer geschehen war – so versuchte ich mir einzureden, als ich über die Landshuter Straße stadteinwärts fuhr –, Nikolai würde den Angreifer identifizieren, sobald er wieder bei Bewusstsein war.

Ich bog in die Gabelsbergerstraße, passierte die großen, perfekt renovierten Villen, in denen sich vorwiegend Büros und Kanzleien befanden. Weiter ging es vorbei an der Königlichen Villa, mit ihrem verwunschenen Park direkt an der Donau gelegen, und schließlich durchs Ostentor, eines der mittelalterlichen Stadttore mit darüber errichtetem Turm und flankierenden Achtecktürmchen. Wie all die anderen geschichtsträchtigen Bauwerke in Regensburg liebte ich dieses Tor, nein, vielmehr wie die Stadt selbst. Dieses Kleinod an der Donau, das manche als nördlichste Stadt Italiens bezeichnen, ist in meinen Augen die einzige deutsche Stadt, in der man leben kann.

In der Ostengasse holte ich mein Lieblingsjackett aus der Reinigung, ein Patchwork-Unikat aus unzähligen verschiedenfarbenen Samtflecken. Als ich wieder im Wagen saß, musste ich plötzlich an Nikolais Unruhe am Sonntagnachmittag im Marilyn-Monroe-Bistro denken, seine bedrückte Stimmung. Hatte er sich etwa doch in irgendeine zwielichtige Geschichte hineinziehen lassen? Zum hundertsten Mal rief ich mir den Ablauf des gestrigen Abends ins Gedächtnis, versuchte, mich an Nikolais Anrufe zu erinnern, Wort für Wort, den wie aus dem Nichts auftauchenden Wagen, alle sonstigen Details, die irgendwie wichtig sein könnten. Aber mir fiel nicht mehr ein, als ich schon zu Protokoll gegeben hatte. Sollte Paolo recht haben – war ich wirklich eine so schlechte Ermittlerin?

Sofort erwachte mein Widerspruchsgeist. Ich entstammte einem alten toskanischen Adelsgeschlecht, hatte bis zu meinem elften Lebensjahr in Italien gelebt und war dazu erzogen worden, das zu tun, was ich für richtig hielt. Deshalb hatte ich mich auch vor sieben Jahren gegen den Polizeidienst entschieden. Nach der langen Erziehungspause wollte ich mich damals wieder mit Eifer in die Arbeit stürzen, irgendwann bei der Kripo arbeiten, mein Traum, seit ich bei der Schutzpolizei angefangen hatte. Doch alles, was man mir als Teilzeitkraft anbot, war ein zum Sterben langweiliger Schreibtischjob. So war meine Kündigung nur eine Frage der Zeit gewesen. Vielleicht war ja jetzt die Gelegenheit, meine Fähigkeiten unter Beweis zu stellen? Ich konnte und wollte zwar nicht mehr zur Kripo, aber schließlich gab es noch eine andere Möglichkeit: mein allererster Auftrag als Privatdetektivin …

Zugegeben, mein Honorar würde ich mir vermutlich selbst bezahlen müssen. Aber ich würde vor Paolo herausfinden, wer Nikolai um ein Haar getötet hätte.

An der Einfahrt ins Parkhaus am Schwanenplatz, wo ich

einen Stellplatz für meinen Wagen gemietet hatte, beschloss ich, doch noch kurz zur Uniklinik zu fahren. Heute würde ich mich nicht mehr abwimmeln lassen. Und so konnte ich vielleicht auch endlich mit dem zuständigen Arzt sprechen.

So sieht also ein Mensch aus, der nicht sterben kann. Und doch ist er tot, denn er lebt nur, weil Maschinen für ihn arbeiten.

Ich weiß nicht, wie oft ich das dachte, während ich stumm auf Nikolais bleiches Gesicht starrte, dessen einziger Farbtupfer die kleine, blassrote Narbe über seiner linken Augenbraue war. Aus der Nase kam ein dünner Schlauch, durch den zähe Flüssigkeit tropfte. Die Magensonde, hatte Schwester Luisa mir erklärt. Auch an Nikolais Handgelenken, in seinem Mund und am Kopf befanden sich Schläuche, die zu Infusionsgestellen und Monitoren führten. Unter dem dünnen, schürzenähnlichen Hemd war er völlig verkabelt. Ein Gewirr von bunten Drähten führte zu grauen Geräten, die Herzrhythmus, Pulsfrequenz, intrakraniellen Druck und vermutlich noch etliche andere Körperfunktionen überwachten. Es sah zum Fürchten aus.

»Immerhin, er muss nicht mehr künstlich beatmet werden«, meinte Schwester Luisa, als sie mein Gesicht sah. »Der Sauerstoffschlauch kommt vielleicht heute noch raus.«

Dieses Mal war es überraschend einfach gewesen, in die Intensivstation vorzudringen. Die Krankenschwester hatte weniger Interesse an meiner Person als angeblicher Cousine und ehemaliger Verlobter gezeigt als an Nikolais Zustand und der jüngsten Entwicklung ihrer eigenen Karriere. Sie war Mitte zwanzig, rotbackig und überglücklich, endlich auf einer so abwechslungsreichen Station gelandet zu sein, hier auf Intensiv in der Neurochirurgie. Immer sei hier irgendwas los, hatte sie mir erklärt, eigentlich wollte sie nämlich Medizin studieren.

»Kann er hören, was wir sagen?«, fragte ich.

Automatisch sprach ich leise. Bis auf die Schläuche und Kabel, den riesigen Kopfverband und die blasse Gesichtsfarbe sah Nikolai aus wie immer. Als könnte er jeden Moment die Augen aufschlagen und mich mit seinem unverschämten Jungengrinsen davon überzeugen, dass die vergangene Nacht nur ein böser Traum gewesen war.

»Wer weiß das schon?«, entgegnete die Schwester leichthin. Flink prüfte sie die Apparaturen, drückte irgendwo einen Knopf, kontrollierte, ob die Infusionskanülen noch richtig saßen. »Kommen Sie nur her, er beißt nicht.« Sie strich die Bettdecke glatt. »Er braucht jetzt körperliche Nähe. Das ist wichtig bei Komapatienten.«

Noch immer stand ich drei Schritte vom Bett entfernt, wie ich erst jetzt bemerkte. Ich erwachte aus meiner Starre und schob den einzigen Hocker ans Bett. Er machte ein kratzendes Geräusch. Draußen auf dem Flur ratterte etwas vorbei. Ein Pfleger rollte ein Bett durch den Korridor, jemand lachte.

»Sie können ihm auch eine Geschichte erzählen.« Mit einem Mal veränderte sich Schwester Luisas jugendliches Gesicht, es wurde weise und sanft, und in die vor Energie sprühenden Augen schlich sich Stille und Güte. »Durch Nähe und Vertrauen können Sie ihn vielleicht aus seiner anderen Welt herauslocken.«

Zögernd setzte ich mich, während sie mit raschen Schritten hinaustrippelte. Die Schiebetür zum Flur, der in den zentralen Monitorraum der Intensivstation mündete, ließ sie offen.

Ich blickte mich um und stellte fest, dass ich bis auf Nikolais wächsernes Gesicht und das Durcheinander aus Schläuchen und Kabeln noch kaum etwas wahrgenommen hatte. Neben Nikolai waren drei weitere Patienten hier untergebracht, alle wie er reglos und an eine Reihe von Geräten angeschlossen, überall summte und brummte es. Sonst gab es nur noch ein Waschbecken, zwei Wagen mit Spritzen und Ampullen sowie mehrere große Abfallbehälter neben der Tür, die mich aus irgendeinem Grund noch mehr deprimierten als die Elektroden und die ganzen technischen Geräte. Es roch nach abgestandener Luft und Desinfektionsmittel, alles hier war steril. Nirgendwo ein Farbklecks, keine Genesungskarte, kein duftender Blumenstrauß. Nicht einmal das aufmunternde Cremeweiß an den Wänden konnte darüber hinwegtäuschen, dass irgendwo hier der Tod saß und geduldig wartete.

Einige Zeit saß auch ich nur da, horchte auf die Geräusche im Raum und auf der Station, sah weiß oder blau gekleidete Gestalten hereinhuschen, kurz ein Gerät oder einen Patienten kontrollieren und wieder verschwinden. Ich betrachtete Nikolais bleiches Gesicht. Wie schlafend lag er da, so friedlich, als wäre er mit sich und der Welt vollkommen im Reinen. Ich rückte näher. Wieder kratzte der Hocker über den Linoleumboden. Nikolai regte sich nicht. Vorsichtig, als täte ich etwas Verbotenes, streckte ich die Finger aus, berührte seinen linken Unterarm, an dem im Gegensatz zum rechten keine Infusion angelegt war, und fing an, ihn zu streicheln, behutsam, fast zärtlich. Seine Haut fühlte sich kühl und trocken an.

»Kannst du das spüren?«, flüsterte ich und erschrak über den fremden Klang meiner Stimme. »Kannst du mich hören?«

Aber natürlich blieb alles, wie es war. Dennoch fuhr ich fort, Nikolais Unterarm zu liebkosen, seinen Handrücken. Auch wenn er nichts spürte, zumindest mir taten die Berührungen gut. Hin und wieder warf ich einen Blick durch die Fensterscheiben nach draußen, wo sich inzwischen ein Sonnenstrahl durch die dünner werdende Wolkendecke stahl. Da und dort zeigten sich blaue Himmelfetzen und ließen einen hier im Warmen fast vergessen, dass draußen tiefster Winter war.

Damals vor drei Jahren, als ich Nikolai in München kennenlernte, war ein ähnlicher Tag gewesen. Vincenzo hatte an jenem Vormittag in der Schule einen kleinen Unfall. Man rief mich an. Sofort brachte ich meinen Sohn in die nächstgelegene Notaufnahme. Der zuständige Arzt hatte freundliche, moosgrüne Augen, dunkelbraunes Fransenhaar, eine kleine Narbe über der linken Augenbraue und lenkte Vincenzo so gekonnt von seinem blutenden Ellenbogen ab, dass mein Sohn am Ende sogar anfing zu lachen.

Eine Woche später begegnete ich dem Arzt wieder, ganz zufällig in einer Kneipe in Schwabing, wo wir damals wohnten. Eigentlich wartete ich auf Paolo und erkannte Nikolai zuerst nicht, ohne den weißen Kittel. Aber natürlich entging mir nicht, dass dieser gut aussehende Mann an der Bar mit den vielen Lachfalten im Gesicht immer wieder zu mir herüberguckte.

Auf einmal stand er an meinem Tisch.

»Wie geht's Ihrem Sohn?«, fragte er. »Alles wieder gut verheilt?«

Auch er sei nicht sicher gewesen, erfuhr ich später, ob diese schöne Frau im Abendkleid dieselbe war wie diejenige, die eine Woche zuvor mit ihrem Kind wie ein Tornado in die Notaufnahme gestürmt war.

»Mein Mann und ich haben Karten für die Oper.« Ich deutete auf den Stuhl neben mir. »Er müsste jeden Moment da sein. Wollen Sie so lange ein Glas Wein mit mir trinken?«

Paolo versetzte mich an jenem Abend wieder einmal wegen eines dringenden Falls, und so leistete mir Nikolai zwei Stunden lang Gesellschaft. Anfangs plauderten wir über dieses und jenes. Irgendwann fragte er mich, warum ich so traurig sei. Ich erzählte ihm, dass wenige Tage zuvor meine geliebte italienische Großmutter gestorben war. Insgeheim war ich erleichtert, nicht in die Oper zu müssen, mit Karten, die ich vor drei Wochen reserviert hatte, sondern über das reden zu dürfen, was mich unentwegt beschäftigte: die Trauer über Nonna Emilias Tod, die Erinnerung an die unzähligen glücklichen Momente, die ich mit ihr erlebt hatte – in Regensburg an der Donau, in der vernachlässigten Villa, von der ich damals noch nicht ahnte, dass es bald meine sein würde.

Eines war jedoch klar: Nikolai wusste von Anfang an, dass ich verheiratet war.

Ein Gesicht erschien an der Glastür und holte mich zurück in die Gegenwart. Ich straffte den Rücken. Was saß ich hier tatenlos herum und grübelte über die Vergangenheit? Ich hatte Besseres zu tun. Ich musste denjenigen finden, der meinem ehemaligen Geliebten das angetan hatte.

Ein letztes Mal strich ich mit den Fingerspitzen über seine Hand, stand auf, ging in Richtung Ausgang. In diesem Moment fing etwas an zu trillern. Vor Schreck blieb ich stehen, fuhr herum. Ich hatte doch keines der komplizierten Geräte berührt?

Plötzlich standen eine dürre Schwester mit toupierter, gelblich weißer Haarpracht und ein hochgewachsener Arzt mit Brille im Zimmer.

»Das EKG.« Der Arzt drückte verschiedene Tasten, der durchdringende Ton verstummte. Auf seinem Schildchen stand *Dr. Maximilian Engel.* »Ein Anstieg des Herzschlags.«

»Ist es ein gutes oder schlechtes Zeichen, dass dieses Ding losgegangen ist?«, fragte ich.

Der Arzt öffnete den Mund zu einer Antwort. Doch bevor er etwas sagen konnte, schaltete sich die Schwester ein.

»Sie sind doch nicht Frau Baum?«, fragte sie mich streng.

»*No, sono sua cugina,* Herrn Baums Cousine. Ich bin erst heute Morgen aus Florenz angereist«, erklärte ich mit meinem italienischen Akzent, den ich mir für Momente wie diesen aufsparte. Schließlich wollte ich Nikolai noch öfter besuchen, und außerdem war jetzt vielleicht die Gelegenheit, das eine oder andere zu erfahren, was für meine Ermittlungen interessant wäre.

Wahrheitsgemäß fügte ich hinzu: »Mein Name ist Anna di Santosa.«

»So geht das aber nicht«, verkündete die Schwester mit schwindelerregend weit nach oben gezogenen Augenbrauen. »Cousine hin oder her, in diesem frühen Stadium dürfen nur die engsten Angehörigen den Patienten besuchen. Wer hat Sie überhaupt reingelassen?«

»Die Luisa, wetten?« Doktor Engel grinste mich an, mit einer Mischung aus Unschuld, verstecktem Schalk und Wärme, die etwas in mir zum Klingen brachte. Er hatte schöne, regelmäßige Zähne, ein markantes Gesicht mit einer glatten hohen Stirn und mochte Mitte vierzig sein.

Ich schluchzte auf, schielte auf das Namensschildchen der Schwester und sagte mit meinem Kleinmädchenblick: »Aber, Schwester Irmgard, wir wollten heiraten, Herr Baum und ich, damals vor drei Jahren. Wir waren ver-looobt. So sagt man doch, *vero*?«

Ich nestelte ein Taschentuch aus der Handtasche. Aus den Augenwinkeln sah ich, dass die Schwester mich immer noch finster anblickte.

»Bei uns in Italia geht das«, fügte ich mit tränenerstickter Stimme hinzu. »Dass Cousin und Cousine heiraten.«

»Hier geht das auch.« Der Arzt zwinkerte mir zu. Er hatte warme braune Augen mit lustigen, gelben Pünktchen und war mir schon nach diesen wenigen Minuten unsagbar sympathisch. »Sobald wir das EKG ausgewertet haben, kann ich Ihnen mehr sagen, Frau di Santosa. Wenn Sie bitte kurz draußen warten wollen?«

3

»Herr Baum hat eine schwere Schädelfraktur«, erklärte mir Doktor Engel zwanzig Minuten später mit mitfühlendem Blick. »Auch einige Blutgefäße sind verletzt worden. Es ist möglich, dass Gehirnareale irreversibel geschädigt sind. Aber erst im weiteren Verlauf der Therapie wird sich zeigen, ob längerfristige Schäden vorliegen – Lähmungen etwa, Sprach- oder Sehstörungen.«

Wir standen im Korridor vor der Intensivstation. Menschen mit teils sorgenvollen, teils undurchdringlichen Mienen hasteten an uns vorbei, ein grauhaariger, gebeugter Mann in gestreiftem Bademantel schob einen Infusionsträger neben sich her. Vor der geschlossenen Aufzugtür blieb er stehen.

»Kann man nicht vielleicht schon irgendeine Prognose abgeben, wie lange Nikolai im Koma liegen wird?«

»Manche Patienten verlieren nur ein, zwei Tage das Bewusstsein, andere für Wochen, Monate oder sogar Jahre.« Der Arzt lächelte mir aufmunternd zu. »Aber schon seit den frühen Morgenstunden hat sich der Zustand Ihres – ähm – Cousins verbessert. Und wir werten es als positives Zeichen, dass es schon so bald zu einem Anstieg des Herzschlags gekommen ist. Auch der Blutdruck hat sich übrigens während Ihres Besuchs verändert.«

»Es tut ihm gut, wenn ich komme?«

Doktor Engel nickte nachdrücklich und ernst.

»Was denken Sie – womit hat der Täter zugeschlagen?«

»Die Kopfverletzung ist tief, weist aber keine Ausfransungen auf, die Wundränder sind glatt.« Er legte die Stirn in Falten. »Ich bin kein Rechtsmediziner, aber ich würde sagen, mit einem schweren, langen Gegenstand, den man gut halten kann. Vielleicht mit einem dicken Stock oder einer Metallstange. Sicher wird die Polizei das bald wissen, mehr kann ich Ihnen im Moment leider nicht sagen.« Er drückte warm meine Hand. »Nur, dass Geduld jetzt die wichtigste Tugend ist.«

Der Aufzug öffnete sich mit lautem Ding-Dong. Er verschluckte den grauhaarigen Mann im Bademantel und entließ eine mittelgroße, schmale, fast zart wirkende Frau mit hohen Wangenknochen, leicht schräg stehenden Augen und einem über der Schulter liegenden Zopf. Als sie mich sah, zögerte sie. Aber dann steuerte sie entschlossen auf uns zu, mit schnellen und zugleich anmutigen Bewegungen.

»Ich möchte zu Nikolai Baum«, sagte sie mit ihrer rauchigen Stimme auf ihre bedächtige Art zu dem Arzt an meiner Seite. Sie war fast ebenso blass wie gestern Abend und schien noch sehr jung zu sein, höchstens Mitte zwanzig, wie mir erst jetzt auffiel. Bei unserer Begegnung auf dem Parkplatz hatte ich kaum einen klaren Gedanken fassen können. Mir warf sie nur einen scheuen Blick zu, aber ich war sicher, dass sie mich erkannt hatte.

»An der Pforte hat man mir gesagt, er liegt auf der Intensivstation.«

Ich reichte ihr die Hand. »Anna di Santosa. Wir haben uns gestern Abend schon gesehen.«

Widerstrebend nickte sie, sah zur Seite, als wäre ihr die Begegnung unangenehm, ergriff aber dann doch meine Hand. Ihr Händedruck war kurz und fest. Sie murmelte einen fremdländisch klingenden Namen, von dem ich nur den Anfang verstand: Jazira.

Bevor ich nachhaken konnte, schaltete sich Doktor Engel ein.

»Im Moment können Sie leider nicht zu Herrn Baum«, erklärte er der Frau aus der Privatklinik. »Erst, wenn er auf der normalen Station liegt.«

Er nickte mir zu und ging zurück zur Intensivstation.

Längst hätte ich wieder in meinem *BellaDonna* sein sollen. Aber an diesem Vormittag hatte ich noch nicht einmal Zeit für eine anständige Tasse Tee gefunden. Der Filterkaffee, den Paolo mir am Ende doch gegönnt hatte, war tatsächlich scheußlich gewesen. Ob diese merkwürdig zurückhaltende Jazira mich in die Cafeteria begleiten würde? Eine gute Gelegenheit, sie ein wenig auszufragen.

Aber als ich sie ansprechen wollte, sah ich nur noch, wie sie in Richtung Treppenhaus davoneilte. Sie blickte nicht nach links oder rechts, sondern schien im Laufen etwas in ihr Handy zu tippen. Ich rief ihr nach. Sie drückte nur die Tür zum Treppenhaus auf und verschwand.

Der Himmel zwischen den hohen Häusern der Altstadt sah aus wie gemalt. Da ein weißer Tupfer, dort ein kaum erkennbarer Schleier, dazwischen unberührtes Blau. Die Luft war klar und so kalt, dass sich mein Gesicht nach wenigen Minuten wie taub anfühlte. Dennoch genoss ich die frische Luft und die Sonnenstrahlen auf meinem Weg von der gemieteten Garage zum *BellaDonna*. An einem Tag wie diesem verwandelte die Wintersonne die gestern noch grauen Straßen in silbern schimmernde Passagen.

Ich passierte den Alten Kornmarkt mit seinen farbenfrohen Patrizierhäusern und überquerte den lang gestreckten Domplatz. Wieder einmal verschwand ein Teil des Seitenschiffs hinter Gerüsten. Seit ich in Regensburg lebte, war der imposante Kirchenbau aus dem Mittelalter mit seinen vielen steinernen Dämonenfiguren an den Fassaden eine Dauerbaustelle.

Frauen auf hohen Absätzen mit prallen Einkaufstüten und gehetzten Mienen klapperten über das Kopfsteinpflaster, irgendwo ertönten Violinenklänge. Inzwischen war es halb zwölf, und ich musste mich beeilen. Mona war mittlerweile vermutlich bei ihrem Vorstellungsgespräch. Ich bog in die Pfarrergasse. Das Gebäude, in dem sich meine Boutique befand, stach als Erstes ins Auge. Unter den vielen mittelalterlichen Häusern ringsum war es das einzige in Ochsenblutrot. Weiße Stuckarbeiten hellten die Fassade auf, und die beiden ausladenden Schaufenster meiner Boutique lugten unter breit gewölbten Bögen hervor. Ich blieb kurz stehen und betrachtete die Auslagen. Mona hatte wie üblich gute Arbeit geleistet. Mit all den geschickt drapierten Glitzerlämpchen und Rauschgoldengeln wirkten die ohnehin schon extravaganten, von Hand geschneiderten Abendkleider aus der Toskana noch einmal so edel. Was würde ich nur ohne meine blonde Elfe machen, mit ihrem Händchen für pfiffige Dekorationen?

Ich sperrte den Laden auf und sah schon zwei Stammkundinnen laut schnatternd um die Ecke biegen. Sie winkten, ich wartete. Wir begrüßten uns so lautstark, als wären wir in Italien, und betraten gemeinsam das *BellaDonna*.

Carmencita Ballados, die erste Kundin, stammte aus dem andalusischen Córdoba, war Physikerin und arbeitete nebenberuflich als Pornodarstellerin für eine Filmproduktionsfirma, wie sie jedem ohne Scheu erzählte. Vermutlich verdiente sie mit ihren gelegentlichen Auftritten in billig produzierten Filmchen ein Vielfaches dessen, was sie jedes Monatsende von der Softwarefirma bezog, bei der sie angestellt war. Trotzdem achtete sie auf ihre Ausgaben und kaufte dankenswerterweise fast ihre komplette Garderobe bei mir. So konnte sich Carmencita ihre beiden Leidenschaften leisten: Fernreisen zu exotischen Zielen und junge, oft nicht weniger exotische Männer.

Bärbel Reitmeier dagegen, die sich bei ihr eingehakt hatte, war Regensburgerin in fünfter Generation. Im verflixten siebten Jahr war ihre große Liebe, ein smarter Investmentbanker, mit einer jüngeren, vielleicht auch hübscheren Frau nach Frankfurt durchgebrannt. Seither verdiente Bärbel, die als ausgebildete Sozialpädagogin nur kurz in diesem Beruf gearbeitet hatte, als Taxifahrerin den Lebensunterhalt für sich und bis vor Kurzem auch für ihre Tochter. Was mich an Bärbel, einer Frau Anfang vierzig, am meisten beeindruckte, war ihre trotz vieler beruflicher und persönlicher Enttäuschungen ansteckend gute Laune.

Wie ich erfuhr, war Bärbel auf der Suche nach einem Geschenk für ihre Tochter. Sara hatte schon vor Monaten ihre Ausbildung als medizinisch-technische Assistentin abgeschlossen und jetzt endlich eine Stelle gefunden, bei einem angesehenen Laborarzt im Osten Regensburgs. Da ich Bärbels finanzielle Situation kannte, empfahl ich ihr die reduzierten Accessoires aus Mailand. Begeistert begann sie, in den Körbchen neben dem Eingang zu kramen.

Carmencita hingegen wollte wie üblich nur ein wenig gucken, entdeckte aber bald eine Hose aus schwarzem Stretch, die mit Pailletten in derselben Farbe bestickt war. Auch sie gehörte zu der in der Toskana gefertigten Kollektion.

»Genau das Richtige für einen heißen Abend an der Hotelbar.« Schwungvoll warf Carmencita ihr dunkles Lockenhaar nach hinten. »Nächste Woche geht's ab nach Kuba, Ladys!«

»Mit Massimo oder mit Hendrik?«, fragte ich schmunzelnd, während ich den gelben Klebezettel studierte, den Mona für mich an der Kasse hinterlassen hatte. Jenny, meine zweite Aushilfe, hatte am Vormittag angerufen. Eigentlich hätte sie mich heute ab drei im Laden vertreten sollen. Doch es würde später werden, las ich, weil sie Besorgungen für ihre angeblich chronisch kranke Tante zu erledigen hatte. Ich warf das Post-it in den Papierkorb, und die Kasse erstrahlte wieder in ihrem alten Glanz – ein handwerkliches Meisterwerk mit reichen Blumenornamenten aus dem Jahre 1925 und ein Erbstück von Nonna Emilias deutschem Ehemann, meinem Großvater. Als Hutmacher hatte er den Grundstein gelegt für das ausgeprägte Modebewusstsein in meiner Familie.

»Mein Süßer heißt Robin.« Carmencita hielt sich die Hose vor die Hüften und drehte sich vor dem Spiegel. »Geil, oder?«

Ich hatte sofort gewusst, dass sie in der Hose hinreißend aussehen würde. Aus den Augenwinkeln bemerkte ich, wie Bärbel ein Paar tannengrüner Samthandschuhe aus dem Körbchen mit den nicht reduzierten Accessoires zog und ehrfürchtig begutachtete. Sie reichten fast bis zu den Schultern und waren mit silberfarbenem Glanzgarn bestickt.

»Arg deier?«, erkundigte sie sich zaghaft, was so viel heißen sollte wie: Ziemlich teuer?

»Vierzig Euro«, antwortete ich. »Bei der Neuware muss ich die normalen Preise verlangen.«

Seit einiger Zeit bot ich in meinem Secondhandladen für hochwertige Designermode neben Kommissionsware auch neu gefertigte Einzelstücke aus Italien an. Zum einen die Accessoires aus Mailand, zum anderen die phantasievollen Kreationen von Gina Pirelli, meiner alten Freundin aus Lucca. Das brachte zwei Vorteile mit sich. Einerseits sprach es sich bei meinen Kundinnen herum, dass Ginas Modelle so manches Designerstück der bekannten Modehäuser in den Schatten stellten – allerdings zu wesentlich günstigeren Preisen –, andererseits bot sich mir so die Gelegenheit, alle paar Wochen in meine toskanische Heimat zu fahren.

Während Carmencita in die Hose schlüpfte, fragte ich die beiden ungleichen Freundinnen, ob sie einen Cappuccino wollten. Natürlich wollten sie. Also schaltete ich die Maschine in der winzigen Küche an, setzte für mich Teewasser auf und überlegte, ob ich es vielleicht vor Weihnachten noch einmal schaffen würde, einen Abstecher nach Lucca zu machen. Bis auf die im Schaufenster ausgestellten Abendkleider, die Paillettenhose, die gleich weg sein würde, und das eine oder andere Top hatte ich alles von Ginas Meisterwerken verkauft.

Der Teekessel begann zu summen. Ich goss den Tee auf und ging in den Verkaufsraum zurück.

»Ich wette, Robin findet die Hose genauso scharf wie ich«, tönte es aus der Umkleidekabine. »Er kommt aus Wales. Die Jungs von dort haben ein Stehvermögen, kann ich euch sagen ...«

Bärbel befingerte immer noch die Handschuhe. »De depperte Mieterhöhung«, murmelte sie. »Und dazua für Weihnachtn der neie Fernseher. Mei, dann muass die Sara sich de Handschuah halt sölber kaffa.« Sie seufzte. »Bloß, ois Anfängerin, mit dem bissal Gehalt, do is des halt net so einfach, göll?«

»Sag deiner Sara, sie soll mal zu einem Casting der Erotic-TV-Company kommen«, riet Carmencita, als sie aus der Umkleidekabine stolzierte. »Die suchen immer Nachwuchs, und hübsch ist sie ja.«

Bärbel zog die Geldbörse aus der Tasche und begutachtete mit zusammengezogenen Augenbrauen den Inhalt. »Mei, dann gibt's halt net bloß an Heiligobnd Würschtl, sondern aa no an de Feierdog«, sagte sie plötzlich wild entschlossen.

Carmencita inspizierte jetzt ein nostalgisches Rüschentop in blassem Lila, das an einer Stange neben dem Ladentisch hing. Als sie auch mit diesem in Richtung Umkleide tänzelte, machte die Espressomaschine nebenan glucksende Geräusche.

Während ich die Milch für den Cappuccino aufschäumte, kam mir eine wunderbare Idee. Ich nahm die vollen Tassen, stellte sie samt Milchkännchen und Zuckerdose auf ein ziseliertes Silbertablett und trug alles in den Verkaufsraum.

Bärbel, die sich immer noch nicht hatte entscheiden können, saß mit betrübter Miene auf dem knallroten Samtsofa. Es war so kitschig, dass es schon wieder schön war. Vor allem die ganz jungen Kundinnen, die noch über alles staunen konnten, und die nicht mehr ganz so jungen, die über sonst nichts mehr staunten, blieben hin und wieder mit offenem Mund davor stehen.

Ich stellte das Tablett auf dem Rattantischchen vor dem Sofa ab, reichte Bärbel den Cappuccino und setzte mich neben sie.

»Saras Freundinnen von der MTA-Schule sind sicher auch inzwischen untergekommen«, sagte ich.

Bärbel nickte und blies in ihre Tasse.

»Ich mach dir einen Vorschlag. Du kriegst die Handschuhe für zwanzig Euro. Dafür hört sich Sara bei ihren Freundinnen um. Vielleicht weiß ja eine was über die Privatklinik in Bach an der Donau?«

Das breite Lächeln, das ich so an ihr mochte, erschien auf Bärbels Gesicht. »Wos genau wüllst'n wissn?«

Kurz erklärte ich ihr, worum es ging. Bärbel grinste immer breiter und versprach, ihre Tochter würde sich bei mir melden. Zufrieden packte ich ihr die Handschuhe ein und nahm den Zwanziger in Empfang.

Fünf Minuten später kassierte ich auch den Preis für Carmencitas neue Errungenschaften. Während sie den inzwischen abgekühlten Cappuccino schlürfte und uns vom kubanischen Klima und ihrem standfesten Waliser vorschwärmte, trug ich die Ständer mit den Sonderangeboten vor den Laden.

Jetzt war kein einziges Wölkchen mehr zu sehen, doch die Sonne war schon hinter den Häusern verschwunden. Ein eisiger Wind strich vorbei. Aus dem *Café Lila* schräg gegenüber kam Jazzmusik. An den kleinen Tischen saßen heute nicht die üblichen Gäste in Pulli und Jeans, sondern im ganzen Café drängten sich schick gekleidete Damen und Herren um einen ergrauten Mann im Zweireiher. Sie lachten, plauderten, stießen mit Sektkelchen an. Vielleicht ein runder Geburtstag oder eine Weihnachtsfeier.

Als ich meinen Laden wieder betrat, saßen Bärbel und Carmencita immer noch auf dem Samtsofa und unterhielten sich kichernd. Ich ging in die Küche und holte mir eine zweite Tasse Tee. Auch der dunkle Assamtee mit einem Schuss Sahne war ein Erbe meiner Großmutter. Immer wenn ich in Regensburg auf Besuch gewesen war, hatte sie mir von ihrer ersten Liebe erzählt, einem erfrischend unkonventionellen Count of Norfolk. Noch heute erinnerte ich mich an ihren verträumten Blick, wenn sie einen Spritzer Sahne in den fast schwarzen Tee gab, auch ihrer Lieblingsenkelin Anna eine Tasse einschenkte und von den lange vergangenen, gemeinsamen Mondscheinbädern in versteckten Seen und Teichen unweit des gräflichen Schlosses erzählte.

Die Ladentür bimmelte. Eine Frau in getigertem Plüschmantel erschien. Mit auffallend blauen Augen und kobaltblauer Brille. Sie gab sich große Mühe, Interesse an meiner Ware zu heucheln. Dennoch wusste ich sofort, dass sie nicht wegen der Mode ins *BellaDonna* gekommen war.

Es war Betty Baum, Nikolais Frau.

Bald hatten Carmencita und Bärbel ihre Tassen geleert, bedankten sich überschwänglich und verließen plappernd die Boutique.

»Kann ich Ihnen helfen?«, fragte ich.

Nikolais Frau, die inzwischen lustlos sämtliche Winterpullis und Cordröcke inspiziert hatte, drehte sich um, starrte mich angriffslustig an, schwieg aber.

»Gibt es was Neues von Nikolai?«

Sie blieb stumm.

»Es tut mir sehr leid«, sagte ich leise.

»Was? Dass Nikolai nicht Sie, sondern mich geheiratet hat?«, fragte sie mit ungewöhnlich tiefer, hasserfüllter Stimme.

»Nein«, antwortete ich. »Dass ihm das zugestoßen ist.«

»Sie wollen ihn mir also immer noch wegnehmen, wenn er wieder aufwacht?«, fauchte sie. »Wollten Sie sich deshalb mit ihm treffen, gestern Abend? Kein Wort hat er mir gesagt, dieser Dreckskerl …«

»Das zwischen Nikolai und mir, das ist lange her.«

»Und warum hat er dann immer noch Fotos von Ihnen?« Sie warf den Kopf in den Nacken. »Wie oft hab ich ihn gebeten, dieses alte Album in den Müll zu werfen. *Wie kommst du dazu, in meinem Büro herumzuschnüffeln*, hat er bloß geschimpft.«

Ich hätte ihr einen Vortrag darüber halten können, was ich von Frauen hielt, die in den Unterlagen ihres Liebsten wühlten. Aber ich fragte nur: »Warum sind Sie nicht bei Nikolai?«

»Was soll ich dort?«

»Dort ist *Ihr* Platz. Er ist *Ihr* Mann.«

»Soll ich Ihnen was sagen?« Ihr Lachen zersprang wie Glas, das zu Boden fällt. »Ich habe genau gewusst, was er vorhat, gestern Abend. *Es wird später, Schatz, die viele Arbeit in der Klinik …*« Mit einer heftigen Bewegung schob sie ihre Brille nach oben, die ihr fast bis zur Nasenspitze gerutscht war. »Hätte er sich nicht was Originelleres einfallen lassen können, wenn er mich schon betrügt?«

»Er hat Sie nicht betrogen. Zumindest nicht mit mir.«

»Und warum ist er dann so anders, seit wir hierhergezogen sind?«

»Neue Arbeit, neue Kollegen, neue Stadt?«

»Sogar zu Hause war er ständig mit den Gedanken irgendwo, nur nicht bei mir«, sagte sie rau, als hätte sie meine

Worte nicht gehört. »Seit er von Mumbai zurück ist, war es besonders schlimm. Er hat fast nur noch gegrübelt.«

»Er hat ganz sicher nicht an mich gedacht. Einmal hat er mich angerufen. Das war letzte Woche. Am Sonntag haben wir uns in einem Bistro getroffen, nach einer halben Stunde musste er weg. Und das war alles.«

»Ich weiß genau, dass er mir etwas verheimlicht hat.« Sie kam näher, machte vor der Kasse halt, betrachtete mich feindselig. »Diesen Job hier in Regensburg, den wollte er unbedingt haben.« Langsam hob sie die rechte Hand und zeigte mit dem ausgestreckten Finger auf mich. »Und zwar nur wegen Ihnen!«

»Wo waren *Sie* eigentlich gestern Abend?«

Immer das fragen, womit dein Gegenüber am wenigsten rechnet. Eine der ersten Lektionen bei der Kripo.

»Ich?« Sie maß mich mit einem abschätzenden Blick. »Zu Hause. Wo sonst? In diesem Kaff kenn ich ja niemanden.«

»Kann das jemand bezeugen?«

Plötzlich wurde ihre Miene hochmütig, und sie reckte die Nase in die Luft. Ohne Gruß drehte sie sich um, stolperte zur Tür und verließ den Laden.

Ich trank einen Schluck Tee und sah ihr lange nach.

4

Professor Richard Schubert, Leiter der Neurologischen Privatklinik in Bach an der Donau, streckte mir seine leicht gebräunte Rechte entgegen, begrüßte mich mit kurzem, festem Druck und musterte mich mit diesem sachlich-fürsorglichen Blick, den ich von Nikolai kannte.

»Ihre Großmutter leidet also an Alzheimer, Frau di Santosa?«, fragte er so mitfühlend, als wäre ich selbst die Kranke.

Ich machte ein ernstes Gesicht und nickte. Insgeheim bat

ich Nonna Emilia um Verzeihung. Sie war im stolzen Alter von vierundneunzig gestorben und hatte sich bis zu ihrem überraschenden Tod bester Gesundheit erfreut. Allerdings war Großmütterchen immer für kleine Scherze zu haben gewesen und hätte an meiner Darbietung vermutlich ihren Spaß gehabt.

Professor Schubert stellte mir einige Routinefragen zum Zustand der Patientin in spe. Ohne mit der Wimper zu zucken, konnte ich sie beantworten. Dabei sah er ständig auf die Uhr und bot mir auch keinen Platz an. Inzwischen war es kurz vor fünf.

Wider Erwarten war meine Aushilfe Jenny doch schon um halb vier im *BellaDonna* aufgetaucht. So hatte ich beschlossen, mich zuerst ein wenig über die Klinik zu informieren und dann einen Abstecher nach Bach zu machen. Während Jenny eine Kundin bediente, hatte ich mich an den Computer gesetzt und mich ins Internet eingeloggt. In der Privatklinik, einer Spezialklinik für Neurologie und Autoimmunerkrankungen mit fünfundvierzig Betten, behandelte man Krankheiten wie multiple Sklerose, Alzheimer und Parkinson. Anschließend hatte ich Jenny eine Weile mit Fragen gelöchert. Ihre Tante war nämlich vor zwei Jahren an Alzheimer erkrankt, wie sie mir heute lang und breit erklärt hatte.

»Leider bin ich ein wenig in Zeitnot.« Der Professor strich sich durchs volle braune Haar, in dem nur da und dort Spuren von Grau aufblitzten. Er war ein ungewöhnlich großer, stattlicher Mann Anfang fünfzig und trug wie alle hier ein einfaches, weißes Shirt mit passender Hose. »Am besten, ich schicke Ihnen meinen Oberarzt, Doktor Griaux. Er wird Ihre Fragen gerne beantworten.«

Er deutete auf die Sitzgruppe in der Ecke und verschwand so schnell, dass ich nicht mehr als einen kurzen Gruß murmeln konnte.

Während ich wartete, betrachtete ich das Büro des Professors. Es erinnerte eher an den Empfangssalon eines Barockfürsten als an den Besprechungsraum eines Arztes. Schwere, alte Perserteppiche auf dem schimmernden Parkett, ein Sekretär aus Ebenholz, der Schreibtischsessel fast wie ein Königsthron mit purpurfarbenem Bezug und unzähligen kleinen Quasten. An den Wänden hingen neben einigen gerahmten Fotos mit vorwiegend weiß gekleideten Männern und Frauen alte Stiche mit Abbildungen der Seerouten nach Amerika, die so aussahen, als entstammten sie der Zeit von Christoph Kolumbus. Nur die vielen medizinischen Nachschlagewerke sowie die bunten Plastikmodelle menschlicher Nervenzellen und Synapsen in millionenfacher Vergrößerung machten klar, wo man sich befand.

Gerade, als ich aufstehen und die Fotos betrachten wollte, sprang die Tür auf, und ein Mann erschien, so groß und breit wie ein Bär. Er trug einen Seemannsbart, Ohrring und Pferdeschwanz und begrüßte mich mit einem so strahlenden Lächeln, als wäre ich eine gute alte Bekannte. Er stellte sich als Doktor Griaux vor und trug im Gegensatz zu allen anderen, die ich hier gesehen hatte, einen weißen Kittel.

Nachdem der Arzt mir ausgiebig die Hand geschüttelt hatte, setzte er sich auf den Sessel mir gegenüber. Pflichtbewusst stellte ich ihm die eine oder andere Frage, die für eine an Alzheimer erkrankte Frau interessant hätte sein können, und lauschte aufmerksam seinen Antworten. Er erklärte mir ausführlich den genauen Ablauf einer stationären Behandlung. Sein Akzent war kaum wahrzunehmen, aber dennoch war unverkennbar, dass er Franzose war. Während ich auf eine günstige Gelegenheit wartete, um den Angriff auf Nikolai zur Sprache zu bringen, fiel mein Blick immer wieder auf die drei gerahmten Fotos an der Wand. Doch der Redefluss meines Gegenübers schien nicht enden zu wollen. Nur sein Blick schweifte ab. Immer wieder glitt er über meine Beine, die in einer hautengen Stretchhose steckten.

Nach einer geschlagenen halben Stunde erhob ich mich schließlich. »Meine Großmutter wird das alles sehr interessant finden. Der Überfall auf diesen Arzt hat hoffentlich keine Auswirkungen auf die Behandlung? Er liegt im Koma, habe ich gehört.«

»Steht das etwa schon in der Zeitung?« Doktor Griaux musterte mich überrascht und stand ebenfalls auf. »Es ist doch erst gestern Abend passiert.«

Ich erzählte ihm etwas von einer Unterhaltung zwischen zwei Patienten, die ich im Aufzug mitgehört hatte.

»Ja, der Kollege Baum war sehr beliebt.« Nervös zupfte er an seinem reich verzierten Ohrring, der aus Silber gearbeitet war. »Eine schlimme Geschichte.«

Ich erinnerte mich nicht, diesen großen, auffallenden Mann beim Rettungsteam gesehen zu haben, das Nikolai versorgt hatte. »Waren Sie auch dabei? Ich meine, haben Sie irgendetwas mitgekriegt?«

»Nein, ich...« Hastig schluckte er. »Aber machen Sie sich keine Sorgen, Ihre Großmutter ist bei uns in den besten Händen.« Plötzlich lächelte er wieder und streckte mir seine Hand entgegen.

Doch ich übersah sie und deutete auf eines der Fotos an der Wand. »Sind das *Sie* auf diesem Bild hier?«

Auf der Abbildung war eindeutig der Franzose zu erkennen, mit leicht verkniffenem Gesichtsausdruck und inmitten von weiß gekleideten Kollegen vor dem Portal der Privatklinik. Neben ihm der Professor und Nikolai mit seinem Jungenlächeln.

»Ja«, sagte er mit Blick auf seine Armbanduhr, eine Rolex. »Ich muss mich jetzt leider verabschieden.«

Ich nahm das nächste Bild ins Visier. »Nein – ist das etwa der frühere Ministerpräsident?«

Er war es unverkennbar. Mit euphorischer Miene klopfte er dem Professor auf den Rücken, der wie auf der ersten Abbildung mit etwas zu strenger Miene in die Kamera blickte, aber so souverän, wie ich ihn zuvor kennengelernt hatte. Sonst war auf dem Foto nur Doktor Griaux zu sehen, dieses Mal mit seinem gewinnendsten Lächeln.

»Vor zwei Jahren ist der frühere Ministerpräsident hier behandelt worden, er hält sehr viel vom Institut, unseren Publikationen, überhaupt unserer Arbeit«, antwortete der Franzose, mit einem Mal ganz offensichtlich nicht mehr in Eile. »Unsere Klinik hat ein ausgezeichnetes Renommee, auch auf internationaler Ebene. Wir sind nämlich auch in der Forschung tätig, müssen Sie wissen.«

»Und wer ist das hier?«

Ich deutete auf das letzte Foto. Der Mann, der hier vor dem Eingang der Klinik posierte, trug ebenfalls die typische Ärztekluft, war um einiges älter als der Professor, sah diesem jedoch verblüffend ähnlich. Außerdem war eine blonde Frau zu sehen, die sich sehr gerade hielt und ein hochmütiges Gesicht zur Schau stellte. Sie trug eine mehrreihige Perlenkette und ein perfekt sitzendes Kostüm, dem Schnitt nach zu urteilen, von einem Modedesigner der französischen Hautevolee und sicherlich nicht aus zweiter Hand.

»Doktor Schubert, der Vater des Professors und frühere Klinikleiter, mit seiner Frau«, sagte Griaux. »Er hat die Klinik gegründet, vor über dreißig Jahren schon. Nach seinem Tod hat der Professor die Leitung übernommen.« Sein Blick verfing sich im Ausschnitt meiner bunten Wolltunika. »Was halten Sie davon, wenn wir alles Weitere in Hinblick auf Ihre Großmutter bei einem Glas Wein besprechen? Vielleicht heute Abend?«

»Da muss ich mich leider um meinen kleinen Sohn kümmern«, versetzte ich. »Waren Sie damals auch schon hier, als der frühere Chef gestorben ist?«

»Nein.« Griaux bleckte die Zähne. »Ich bin erst seit vier Jahren dabei.« Sein Handy meldete sich. Sichtlich enttäuscht zog er das Gerät aus der Kitteltasche, kontrollierte das Display. »*Je suis désolé* – tut mir leid, aber ich muss.«

Er ging zur Tür und hielt sie für mich auf. »Und wie sieht's Freitagabend aus?«

»Genauso schlecht«, schwindelte ich und ließ ihn stehen.

Nach dem Abstecher in Professor Schuberts Klinik hielt ich in der Stadt nach Weihnachtsgeschenken Ausschau. In zweieinhalb Wochen war Heiligabend, und ich hatte noch immer nichts besorgt. Prompt fand ich im ersten Laden ein Paar Eishockeyhandschuhe für meinen Sohn. Von ihm hatte ich bisher nichts gehört, offenbar klappte es diesmal mit dem Squashabend.

In dicke Wintermäntel eingepackte Männer und Frauen kamen mir entgegen, als ich durch das Gewirr der mittelalterlichen Straßen und Gassen in Richtung Neupfarrplatz ging, vorbei an den imposanten Bürgerhäusern der Altstadt. Ich machte einen Umweg zum Goldenen Turm in der Wahlenstraße, dem höchsten Wohnturm nördlich der Alpen. Überall in Regensburg trifft man auf Schmuckstücke dieser Art, manche versteckt, manche unübersehbar. Auch das ist eine Gemeinsamkeit mit den Städten meiner toskanischen Heimat, in denen das Mittelalter noch in allen Winkeln und Gassen lebendig ist.

Auf dem Christkindlmarkt, der jedes Jahr vor dem ersten Advent rund um die Neupfarrkirche aufgebaut wurde, herrschte noch nicht das Gedränge, das einen umschloss, wenn es dunkel wurde. Ich ließ mich treiben, umgeben von Gelächter und fremden Stimmen. Der Geruch von gebrannten Mandeln, Bratwürsten und gerösteten Maroni lag in der Luft.

Wie immer musste ich bei diesem Duft an das erste Mal denken, als ich den Regensburger Weihnachtsmarkt besuchte. Ich war gerade sechs geworden, und meine Mutter brachte mich in jenem Jahr nicht während der Sommerferien, sondern in der Weihnachtszeit nach Deutschland zu meiner Großmutter. An einem verschneiten Winterabend schlang

Nonna Emilia mir einen dicken Wollschal um den Hals und führte mich auf den Christkindlmarkt. Überall funkelten Lichter, Christbaumkugeln leuchteten in Rot und Gold, es duftete nach Bienenwachskerzen, Zimt und Glühwein, an den Verkaufsbuden feilschte man um selbst gestrickte Handschuhe und Silberschmuck, während man nebenher lautstark den neuesten Klatsch austauschte. Das Wundervollste war jedoch das Kinderkarussell, mit seiner Leierkastenmusik, den bunten Märchenbildern und all den Pferden, Elefanten, Giraffen, die nur darauf zu warten schienen, die kleine Anna im Kreis zu drehen. Auch nach der tausendsten Fahrt auf meinem verwegenen Lieblingstiger hatte ich immer noch nicht genug. Meine Großmutter konnte mich nur mit dem Versprechen fortlocken, ich bekäme den größten, leckersten und selbstverständlich schönsten Mandellebkuchen auf dem ganzen Markt. Natürlich aß ich ihn nicht auf, sondern trug ihn stolz über meinem Mantel zur Schau. Vorher hatte ich Deutschland, die Heimat meiner Mutter, einer Halbitalienerin, gemocht, an diesem Abend aber habe ich mich in dieses Land mit seinen merkwürdigen Bräuchen und geheimnisvollen Gerüchen verliebt. Als ich am Ende der Weihnachtsferien schweren Herzens wieder in den heimatlichen Palazzo in den Bergen bei Volterra zurückkehren musste, zeigte ich den Lebkuchen voller Stolz meiner Familie. Mit leuchtenden Wangen und der Erinnerung an den ersten Schnee, der länger, viel, viel länger als vier, fünf Stunden liegen geblieben war.

Als ich in der Goliathstraße an einem Copyshop vorbeilief, kam mir ein Gedanke. Jede Detektivin brauchte Visitenkarten. Sie drucken zu lassen war mir zu teuer. Sicher konnte man doch auch am eigenen Computer welche entwerfen?

Ich betrat den Laden. Die Verkäuferin erklärte mir, das Entwerfen und Ausdrucken von Visitenkarten sei heutzutage keine Kunst mehr. Dann weihte sie mich in sämtliche Details ein und reihte alles vor mir auf, was dafür nötig war. Mit Vorlagebögen aus Pappe, einer CD mit der entsprechenden Software und nur ein paar Euro weniger im Portemonnaie verließ ich den Shop gut zwanzig Minuten später. Sicherlich würde Vincenzo mich bei diesem Vorhaben begeistert unterstützen. Als mein persönlicher Computerspezialist war er immer zur Stelle, wenn ich ihn brauchte.

Da der Abstecher in den Copyshop länger gedauert hatte als geplant, verschob ich den restlichen Einkaufsbummel auf einen anderen Tag. Ich wollte noch einmal kurz nach Nikolai sehen. So machte ich mich auf den Weg zurück zum Parkhaus.

Ich bog in die Gasse Unter den Schwibbögen. Da sah ich in der Ferne unter einer Straßenlaterne einen vertrauten schwarzen Haarschopf, dazu der unverkennbare federnde Gang. Tatsächlich, mein Sohn, neben ihm ein Freund. Das war an und für sich nichts Ungewöhnliches. Wenn Vincenzo die Hausaufgaben erledigt hatte, durfte er sich nach Rücksprache mit Natalja, seiner Tagesmutter, jederzeit mit einem Freund treffen. Aber erstens hätte Vincenzo um diese Uhrzeit längst zu Hause sein sollen – inzwischen war es schon nach halb sieben –, und zweitens kannte ich den anderen Jungen nicht. Er war um einiges kleiner als Vincenzo und trug wie er einen Rucksack über der Schulter, außerdem eine Mütze. Unter der übergroßen Jeansjacke wirkte der fremde Junge schmal, fast zierlich. Sein bester Freund Daniel konnte es nicht sein.

Als ich nach Vincenzo rief, verschwand er im selben Moment in einem mehrstöckigen Haus. Ob sein neuer Freund dort wohnte?

Ich zog das Handy aus der Handtasche und drückte die Kurzwahltaste für Vincenzos Nummer. Nach einer knappen Begrüßung erklärte ich ihm, wo ich war. »Sag mal, was treibst du eigentlich hier?«

»Ich bin mit Alex unterwegs. Natalja hat gemeint, das geht ausnahmsweise in Ordnung. Mit Papa hab ich ausgemacht, dass er mich heute am Dachauplatz abholt.«

»So spät noch? Und wer ist überhaupt Alex?«

»Kenn ich aus der Schule. Sorry, Mama, aber es geht gleich los, und Alex wartet.«

»Was geht gleich los?«

»Erklär ich dir nach dem Squash, okay? Ciao dann!«

Bevor ich noch etwas sagen konnte, hatte er schon aufgelegt.

Irritiert steckte ich das Handy in die Tasche. Einen Moment überlegte ich, ob ich Vincenzo noch einmal anrufen sollte. Diese kurz angebundene Art kannte ich sonst nicht von ihm. Da ich es nun aber wirklich eilig hatte, beschloss ich, der Sache später auf den Grund zu gehen.

Als ich auf der Höhe des Hauses ankam, das mein Sohn und sein Freund betreten hatten, fiel mir das Schild über dem Eingang auf. Die Aufschrift lautete: *Monde du ballet*.

»Aber dann sagen Sie mir doch wenigstens, wie es Nikolai geht!«, rief ich zum dritten Mal.

Oberschwester Irmgard musterte mich angriffslustig.

Es war kurz vor halb acht. Fast zwanzig Minuten hatte ich vor der Intensivstation gewartet. Und das nur, um schließlich in barschem Ton zu erfahren, dass ich den Patienten bis auf Weiteres nicht besuchen dürfe. Strikte Anweisung von oben.

»Cousine aus Florenz«, presste die Schwester hervor. »Dass ich nicht lache!«

Sie schlug mir die Tür vor der Nase zu.

Ich starrte auf die Scheibe vor mir und verspürte den dringenden Wunsch, meine schwere Handtasche hindurchzuwerfen. Schwungvoll drehte ich mich um und prallte gegen einen weiß gekleideten Mann.

»Pardon«, murmelte ich und wollte weitergehen.

Da sah ich aus den Augenwinkeln das amüsierte Lächeln, die lustigen gelben Punkte in den warmen braunen Augen und erkannte ihn: Maximilian Engel, Nikolais einfühlsamer Arzt.

»Sie müssen mir helfen.« Ich machte eine unwillige Geste in Richtung Intensivstation. »Ich will da rein.«

Langsam nickte er, doch dann legte er seine Stirn in tiefe Falten. »Ich fürchte, da kann auch ich nichts für Sie tun. Sie sind keine Verwandte. Und Frau Baum hat den Chef davon überzeugt, dass besonders Ihr Besuch ihrem Mann nur schaden würde.«

»Das ist doch lächerlich!«, fauchte ich ihn an. »Was kann schon passieren, wenn ich Nikolai besuche? Sie haben doch selbst gesagt ...«

»Das ist richtig«, entgegnete er ernst, »allerdings gibt es hier leider nun mal gewisse Regeln.« Ratlos hob er die Augenbrauen. Sie waren so dunkel wie seine Haare und verliefen in einem schön geschwungenen Bogen.

»Sie wissen, dass meine Anwesenheit Nikolai guttut«, beharrte ich. »Hat für Sie nicht das Wohl des Patienten oberste Priorität?«

Er schwieg. Dann legte er mir die rechte Hand auf die Schulter. Sie fühlte sich fest und warm an.

»Ich werde sehen, was ich für Sie tun kann.«

»Kleine Planänderung«, schallte mir Paolos mürrische Stimme ins Ohr.

Ich saß wieder im Wagen und war auf dem Nachhauseweg. »Das heißt also, du fährst mit Vincenzo doch nicht zum Squash?«

»Bin grade unterwegs zu ’nem Einsatz.«

Im Hintergrund hörte ich leises Rauschen und ein rhythmisches Klopfen, dessen Takt mir bekannt vorkam.

»Eine Wasserleiche«, erklärte mein Ex. »Der Jens vom Kriminaldauerdienst hat mich angerufen, und morgen krieg ich die Akte sowieso auf den Tisch. Da fahr ich lieber gleich mal hin und schau mir das Elend an.«

Ich beneidete ihn nicht. Nun hatte er also zwei Fälle am Hals.

»Keine Ahnung, wie ich das schaffen soll.« Er stöhnte, das Klopfen verstummte. »Ich krieg zwar noch drei Kollegen dazu, aber trotzdem, das wird die Hölle!«

»Dann soll also ich Vincenzo am Dachauplatz abholen?«

Anstelle einer Antwort fing Paolo umständlich an, mir zu erklären, wo die Wasserleiche angespült worden war. Der Ort hieß Lappersdorf, lag nördlich von Regensburg, und irgendwo am Rand des Ortsteils Pielmühle gab es auch eine Unterführung unter der A 93, die in einen Radweg mündete. Der Weg führte am Regen entlang, einem Nebenfluss der Donau, dem Regensburg seinen Namen verdankte. Nach etwa zweihundert Metern gelangte man zu einem Wehr.

»Vielleicht erinnerst du dich – du weißt doch, wir sind da mal zusammen spazieren gegangen«, sagte mein Ex schließlich. »Irgendwann im Frühling, vor Ewigkeiten. Da war Vincenzo ja auch dabei und …«

Jetzt erst wurde mir klar, woher ich den Takt der Klopferei im Hintergrund kannte.

»Sitzt er etwa in deinem Wagen?«, unterbrach ich ihn. »Du nimmst unseren elfjährigen Sohn zum Fundort einer Leiche mit?«

»Er ist doch schon fast zwölf.«

Es geschah, was selten vorkommt: Mir blieb die Luft weg.

»Was hätte ich denn machen sollen?«, maulte mein geschiedener Mann in seinem Jetzt-muss-ich-mich-auch-noch-verteidigen-Tonfall. »Wir sind schon auf der Autobahn gewesen, als der Anruf kam. Und er war so enttäuscht, weil der Squashabend wieder mal ausfällt.«

»Wer von euch beiden ist denn nun das Kind und wer der Erwachsene?«, versetzte ich wütend.

Das Klopfen setzte wieder ein. Vincenzo trommelte mit den Fingern auf das Armaturenbrett im Takt der Musik in seinem MP3-Player.

»Ich verspreche dir, Vincenzo kriegt die Tote nicht zu sehen.« Paolo räusperte sich unbehaglich. »Ehrlich, Prinzessin.«

»*Solo contessa*«, grollte ich. »Und in zehn Minuten bin ich da und reiß dir den Kopf ab, *amore mio.*«

Vincenzo legte nicht den geringsten Wert darauf, von mir gerettet zu werden, sondern fand natürlich alles megacool. Blinkende Blaulichter und zahllose Scheinwerfer machten die Nacht zum Tag, Schaulustige drängelten sich hinter den rot-weißen Absperrbändern und versuchten, möglichst nichts von dem nächtlichen Spektakel zu verpassen. Spurensicherungsexperten in weißen Anzügen, Motorenlärm ankommender oder wegfahrender Autos, durcheinandereilende Schritte, irgendwer mit ständig blitzender Kamera. Vier Streifenpolizisten riegelten die Fundstelle ab und hielten die Neugierigen zurück, die trotz der abgelegenen Lage des Wehrs überall in dichten Trauben beieinanderstanden. Paolos Kollegen vom Kriminaldauerdienst in Zivil befragten die Zeugen, eine Gruppe von Bikern mit Stirnlampen, während Sanitäter mit schweren Taschen in der Nähe des Flussufers warteten, ob es nicht vielleicht doch noch etwas für sie zu tun gab.

Es dauerte eine Weile, bis ich in diesem Durcheinander mein Söhnchen entdeckte. Mit leuchtenden Augen stand er neben einem Streifenpolizisten. Immerhin hatte Paolo Wort gehalten: Die beiden befanden sich außerhalb der Absperrung.

»Ich will aber hierbleiben!«, protestierte mein Kleiner, als ich ihn ziemlich unsanft am Ärmel packte. »Das ist doch wohl spannender, als immer nur diese blöden Gebirge und Flüsse auswendig zu lernen.«

Der junge Polizist, bei dem ich mich nur sehr kurz angebunden bedankte, verschwand erleichtert. Hinter ihm sah ich Paolo auftauchen, das Handy ans Ohr geklemmt. Einen Moment überlegte ich, ob ich ihn ansprechen sollte. Aber dann entschied ich mich dagegen. Erstens hatte er im Moment genug zu tun. Und zweitens entwischte mir am Ende womöglich mein Vincenzo wieder.

»Das hier ist nichts für Kinder.« Ich zog ihn über den Radweg zurück in Richtung Unterführung, in deren Nähe ich den Wagen geparkt hatte.

»Ich bin kein Kind mehr!« Eingeschnappt blies er die Backen auf. »Ich bin schon fast zwölf!«

Unerbittlich schleifte ich ihn weiter. Die Menschen, die uns entgegenkamen, hatten nur Augen für das Geschehen am Flussufer und zeigten mit aufgeregten Gesten auf die Absperrung.

»Mama, du bist echt ein Spielverderber«, beschwerte er sich lauthals und reckte den Hals nach allen Seiten. »Ich hab ja noch nicht mal die Leiche gesehen!«

»Na, immerhin etwas. Hör zu, eine Wasserleiche ist wirklich nichts zum Lachen.«

»Aber wenn Alex und Patrick morgen alles wissen wollen? Und ich kann ihnen rein gar nichts erzählen. Echt oberpeinlich!«

Als wir durch die Unterführung gingen, donnerten Autos und Laster über die Autobahn oberhalb unserer Köpfe. Am Ausgang schlurfte eine Frau an uns vorbei, mit Parka über dem Jogginganzug, Kippe im Mundwinkel und einem Kleinkind auf dem Arm. Vincenzo grummelte immer noch in einem fort.

Endlich standen wir vor dem Wagen. Stumm öffnete ich die Tür und schubste meinen Sohn auf den Beifahrersitz.

»Nur noch fünf Minuten?«, fragte er mit seinem Kinderblick, mit dem er mich sonst fast immer um den Finger wickelte. »Das sieht doch bestimmt auch nicht anders aus als im Fernsehen.«

»Eben.«

Als mein Sohnemann merkte, dass er sich das falsche Argument ausgesucht hatte, änderte er umgehend die Strategie. Mit erhobenem Zeigefinger erklärte er mir ausführlich: »Die Biker haben die tote Frau bei einem Nightride entdeckt. Einer musste mal pinkeln, und sein Kumpel hat in der Zwischenzeit ausprobiert, ob man über das Wehr fahren kann. Da hat er gesehen, dass da was hängen geblieben ist. Ein totes Tier, hat er zuerst gedacht. Aber dann hat er gemerkt, dass das ein Mensch ist, und dann haben die sofort die Bullen gerufen. Und der Arzt hat übrigens gesagt, die Leiche hat mindestens eine Woche im Wasser gelegen. Vielleicht sogar zwei oder …«

Ich knallte die Tür zu, umrundete den Wagen, quetschte mich am Nachbarauto vorbei, stieg ein. Als ich meinen Oldtimer hier abgestellt hatte, war die von nur wenigen Häusern gesäumte Straße bei Weitem noch nicht so zugeparkt gewesen wie jetzt.

»Und jetzt erklär mir endlich, wer Alex ist.« Ich startete den Motor. »Und Patrick.«

Aber Vincenzo hatte schon die Stöpsel seines MP3-Players in den Ohren. Erst nachdem ich losgefahren war, nahm er einen wieder raus und sagte: »Die wohnen bei Natalja um die Ecke und kommen dreimal die Woche.«

»Du hast früher nie was von ihnen erzählt.«

»Die sind ja auch erst vor zwei Wochen hergezogen, aus Passau«, klärte mein Sprössling mich in einem Ton auf, als ob ich nicht bis drei zählen könnte. »Alex geht in meine Parallelklasse und Patrick in die achte.«

Ältere Jungs waren schon immer interessanter gewesen als gleichaltrige. Wenigstens war Alex noch wie mein Sohn in der sechsten Klasse, dachte ich, während wir langsam in eine bewohntere Gegend kamen.

»Was habt ihr denn in der Stadt gewollt – du und Alex?«

»Aber Genaueres weiß man ja sowieso erst nach der Obduktion«, sagte Vincenzo im selben Moment.

»Was denn, bitteschön?« Ich beschleunigte.

»Zum Beispiel, wie lange die Leiche im Wasser gelegen hat.« Vincenzo stopfte sich den linken Stöpsel zurück ins Ohr und fing an, im Rhythmus der Musik auf das Armaturenbrett zu hämmern.

Natürlich würden ihn in der Nacht keine Albträume plagen, er hatte ja nicht mehr gesehen als ein paar Polizisten und viele Blaulichter. Das war es aber nicht, was mich so wütend machte. Meine eigene Vergangenheit hatte mich eingeholt. Einmal hatte ich während meiner Anfangszeit im Polizeidienst einen ähnlichen Leichenfundort bis zum Eintreffen des Erkennungsdiensts sichern müssen. Noch heute erinnere ich mich an den Anblick des Toten: ein alter Mann, der Bauch aufgebläht, das Gewebe schwammig, bläulich verfärbt, die Augen weiß und aufgequollen – wenn das überhaupt noch Augen gewesen waren, was da im kalten Licht der Taschenlampe geschimmert hatte. Auch die Worte des ausgesucht unsympathischen Notarztes hatte ich nie vergessen: *Wenn ein Mensch so lange im Wasser liegt, dann nagen die Raubfische alles Mögliche ab. Manchmal sogar die Genitalien, Kindchen. Und was sucht so ein hübsches Mädchen wie du eigentlich bei der Polizei?* Ich hatte an mich halten müssen, um ihm keine Ohrfeige zu verpassen.

»Hast du die Hausaufgaben gemacht?«, fragte ich und bog in die Bundesstraße ein.

Keine Antwort.

Ich zog meinem Sohn den Kopfhörer aus dem Ohr und wiederholte meine Frage.

»Klar, ich hab gelernt wie ein Blöder.«

Vermutlich vor der alten Playstation, die er bei Natalja deponiert hatte, dachte ich. Doch ich sagte nichts.

»Krieg ich zur Belohnung einen Taschengeldvorschuss?«

»Du hast schon vorgestern einen Vorschuss bekommen. Wenn du mehr Geld brauchst, dann kannst du deinen Vater anpumpen. Bei mir ist im Dezember nichts mehr drin, bald ist Weihnachten. Und wofür außerdem?«

Er antwortete nicht, sondern klopfte wieder im Takt.

Ich überlegte, ob ich zumindest noch genug Geld für unseren Lieblingsitaliener in der Goliathstraße in der Tasche hatte. Der Tag war lang gewesen, und ich hatte keine Lust auf Kochen. Außerdem hatte ich bis auf ein paar in Olivenöl eingelegte Auberginen und zwei Gläser saure Gurken vermutlich nichts im Kühlschrank. Normalerweise sorgte Mona für gefüllte Vorratsschränke. Aber zurzeit ließ sie sich auffallend selten in der Villa blicken. Ich kannte den Grund: Er war so blond wie sie, männlich und für ihre Verhältnisse ungewöhnlich jung, hatte sie mir kürzlich gestanden. Sonst waren ihre Lover meist zwanzig Jahre älter.

»Lust auf Pizza?«, fragte ich Vincenzo. »Oder hast du schon gegessen?«

»Pizza? Geil! Und danach zweimal Tiramisu für mich.« Zufrieden lehnte er sich zurück. »Bei Natalja hat's nämlich nur Toast und Biokäse gegeben.«

Die einzige Ampel weit und breit schaltete eigens für mich auf Rot. Ich stieg auf die Bremse und hielt an einer völlig verlassenen Kreuzung. Schließlich waren wir in Deutschland.

»In Deutsch machen wir übrigens grad Erlebniserzählung, morgen schreiben wir einen Test«, erklärte Vincenzo. »Da muss ich nichts lernen, keine Panik. Und weißt du, was das Allergeilste ist?«

»Was?«

»Dass ich den Titel für meinen Aufsatz schon weiß.«

Die Ampel schaltete auf Grün. Ich drückte aufs Gas. »Und?«

»Die Tote im Regen.«

5

Es war Viertel vor zehn, als wir satt und gut gelaunt nach Hause kamen. Beim Essen hatte ich Vincenzo von meinen Plänen für die Detektei erzählt. Wie ich gehofft hatte, bot er mir sofort an, die Visitenkarten zu entwerfen und auszudrucken. Am besten noch am selben Abend. Ich war allerdings der Meinung, er solle das Vorhaben lieber auf den nächsten

Nachmittag verschieben, was eine heftige Diskussion auslöste.

Semiramis wartete schon vorwurfsvoll jammernd am Jugendstilportal, das mich immer an einen Pariser Metro-Eingang denken ließ. Mein Söhnchen gähnte inzwischen in einem fort und schaffte es nicht einmal mehr, seine Jacke an den Garderobenhaken zu hängen. Ich nahm sie ihm aus der Hand und schickte ihn ins Bett. Zu meiner Überraschung verschwand er widerspruchslos.

Wie erwartet, keine Spur von Mona. Weder hatte ihr Mini in der Einfahrt zur Villa gestanden, noch lagen irgendwelche Schnürstiefel in meiner Diele herum. Sie musste heute zwar nicht bedienen, trieb sich aber vermutlich irgendwo mit ihrem neuen Traumprinzen herum. Ich zog den orangefarbenen Tweedmantel aus, für den ich mich an diesem Morgen entschieden hatte. Am Anrufbeantworter auf dem Vertiko blinkte eine Zwei.

Die erste Nachricht war von Paolo. Offenbar hatte er zuerst hier angerufen, bevor er mich auf dem Handy erreicht hatte. Ich hörte die nächste Nachricht ab.

»Also echt, deine Handschuhe sind so was von megageil«, schwärmte eine Mickymaus-Stimme, die ich noch nie gehört hatte. Aber noch bevor das dazugehörige Mädchen seinen Namen nannte, wusste ich, dass sich dahinter nur Sara verbergen konnte, die Tochter meiner Stammkundin Bärbel.

Obwohl es spät war, rief ich sofort zurück. Die Kleine schien über meinen Anruf hocherfreut zu sein, lobte noch einmal überschwänglich die supergenialen Handschuhe, kam aber dann bald zum Thema. Eine ihrer ehemaligen Mitschülerinnen aus der MTA-Schule arbeitete – wie ich gehofft hatte – seit September im Labor von Professor Schuberts Privatklinik.

»Die hat so ein Glück, die Fiffi, die muss nicht mal Nachtdienst machen.«

»Kennt deine Freundin einen Nikolai Baum?«

Semiramis miaute kläglich. Ich hatte sie ganz vergessen. Also klemmte ich mir den Hörer ans Ohr, ging in die Küche und füllte ihren Futternapf.

»Das ist der Arzt, der so schwer verletzt worden ist, oder?« Sara holte tief Luft. »Echt eine böse Geschichte. Aber am besten, du redest selber mit ihr. Hast du was zum Schreiben?« Sie diktierte mir Fiffis Nummer. »Ab morgen Vormittag, hat sie gesagt, ist sie den ganzen Tag im Labor. Sag ihr einen schönen Gruß – und es gibt ja noch andere geile Typen als den Nikolai Baum.«

»Sie ist in ihn verliebt?«

»Wenn du mich fragst: In den sind dort alle verliebt.«

Ich bedankte mich für Saras Hilfe und wünschte ihr viel Spaß mit den neuen Handschuhen.

»Wetten, dass auf der Silvesterfeier alle meine Kolleginnen wissen wollen, wo ich die coolen Dinger herhabe?« Sie lachte auf diese ansteckende Art, die sie von ihrer Mutter geerbt zu haben schien. »Wie heißt dein Laden gleich noch mal?«

Ich nannte ihr nicht nur den Namen, sondern auch die Adresse. Ein bisschen Werbung konnte nie schaden.

Am nächsten Morgen, einem Donnerstag, musste es wie immer schnell gehen. Eine Schüssel Cornflakes für Vincenzo, irgendein Informationsblatt der Schule unterschreiben, Pausenbrote schmieren. Zu allem Übel funktionierte auch sein MP3-Player nicht mehr. Ob ich vielleicht Geld für einen neuen hätte? Außerdem brauche er demnächst hundert Euro, erfuhr ich nebenbei, aber er wollte mir nicht verraten, wofür. Glücklicherweise hatten wir keine Zeit für eine Diskussion.

Bevor Vincenzo zum Bus sauste, drückte er mir den ersten Bogen fertig ausgedruckter Visitenkarten in die Hand. Der Text war fehlerfrei, die Blauabstufungen genau nach meinem Geschmack und das Design perfekt. Nun war mir klar, warum er gestern so widerspruchslos nach oben verschwunden war. Ich fragte nicht nach, wann er das Licht ausgemacht hatte, sondern lobte seine Arbeit. Als er schon an der Tür war, wünschte ich ihm in letzter Sekunde noch alles Gute für den Deutschaufsatz.

Ich holte die Zeitung aus dem Briefkasten, setzte Teewasser auf und schürte im Kamin in der Bibliothek Feuer an. Die Bibliothek ging in einen Wintergarten über, der über zwei Treppenstufen zu erreichen war. Sobald sich auch nur der kleinste Sonnenstrahl zeigte, heizte sich der Wintergarten im Nu auf. Die Wärme machte sich dann auch in der Bibliothek bemerkbar, einem sonst eher kühlen, großen Raum mit hohen Stuckdecken, dunkelroten, schweren Ledersesseln und einem ausladenden Mahagonischreibtisch mit vielen kleinen Schubladen und Fächern.

Das ideale Büro für meine zukünftige Detektei, dachte ich, als ich mir im Wintergarten die erste Tasse Tee eingoss. Sobald ich herausgefunden hatte, wer Nikolai hatte töten wollen, würde ich es offiziell machen. Mit einem gravierten Messingschild draußen neben dem Eingang. Paolo würde staunen.

Semiramis sprang auf Nonna Emilias uralten Diwan, auf dem ich Platz genommen hatte, und legte sich neben mich. Der Bezug aus rosenholzfarbenem Damast war da und dort schon etwas verschlissen, hatte aber nichts von seinem alten Glanz verloren. Ich kraulte Monas Katze, nippte am Tee und sah hinaus in den Garten.

Die Villa lag gegenüber dem Herzogspark, am Ende der stillen Prebrunnallee am Rande der Altstadt, Hausnummer acht. Die rückwärtige Garageneinfahrt der Villa mündete in die ebenfalls ruhige Wittelsbacherstraße. Auf dem südlichen Nachbargrundstück befand sich in einigen Metern Entfernung ein Bürogebäude. Den Rest meines Anwesens nahm ein riesiger Garten ein, auch er fast ein Park. Niemand, der meine Dienste in Anspruch nehmen wollte, musste also mit neugierigen Nachbarn rechnen. Und sollten meine zukünftigen Auftraggeber einmal warten müssen, wurden sie durch eine herrliche Aussicht getröstet, gleichgültig, zu welcher Jahreszeit. Die mächtigen Eichen und ebenso ansehnlichen Ahornbäume, Linden und Buchen im Garten waren bereits vor Jahrhunderten angepflanzt worden.

Es wurde nur zögernd hell. Noch immer hatte es nicht geschneit, aber der Nachtfrost hatte die kahlen Äste in weiß überzuckerte, skurrile Traumgebilde verwandelt. Schwerer Hochnebel lastete auf den Dächern, und das milchige Morgenlicht besaß noch nicht die Kraft, um Kontraste zu schaffen, nichts war hell, nichts wirklich dunkel.

In Ruhe trank ich meinen Tee und blätterte die Zeitung durch. Auf der Titelseite ein Bombenanschlag in Bagdad mit über hundert Toten und schon wieder zwei große deutsche Firmen, die einen Insolvenzverwalter bestellt hatten. In den Kurzmeldungen ein Selbstmordattentat in Pakistan, randalierende Jugendliche in Rostock, Schutzgelderpressungen in Nürnberg und Würzburg, die italienische Restaurants betrafen. Das kannte ich zur Genüge aus meiner italienischen Heimat: Anfangs waren nur Speiselokale und Bars betroffen, irgendwann auch Lebensmittel- und Farbengeschäfte, Autohändler, ja selbst Boutiquen und Andenkenläden.

Im Landkreisteil fand ich schließlich eine Zwei-Spalten-Meldung zu dem Überfall auf Nikolai. Die Polizei bat um Hinweise zu einem Kleinwagen, womöglich einem VW Polo oder Opel Astra, der sich zum Zeitpunkt der Tat mit hoher Geschwindigkeit vom Tatort entfernt hatte.

Ich warf die Zeitung zur Seite, goss mir die letzte Tasse Tee ein und dachte nach. Ich wollte nicht glauben, dass Nikolai den Weg des Täters, vermutlich jenes Autofahrers, nur zufällig gekreuzt hatte. Die meisten Kapitalverbrechen werden von Menschen verübt, die dem Opfer nahestehen oder es zumindest kennen. Der große Unbekannte kommt nur in den seltensten Fällen zum Zug. Also doch jemand aus Nikolais Umfeld?

Mit seiner Ehe stand es nicht zum Besten, aber sonst schien er beliebt zu sein – ein kompetenter Arzt, der den Klinikleiter auf wichtigen Kongressen vertrat und den die Patienten vermissten. Der eine oder andere Kollege war vielleicht aber auch im Stillen froh, dass Nikolai außer Gefecht war. Jemand, der nach vier Jahren auf der Karriereleiter endlich ganz nach oben wollte. Wie zum Beispiel Doktor Griaux, der nur dann lächelte, wenn er und sein Chef ohne Nikolai fotografiert wurden. Vielleicht hätte ich Griaux' Einladung zu einem Glas Wein doch annehmen sollen, um ihn ein wenig auszuhorchen?

Irgendwo heulte ein Motor auf. Ich blickte nach draußen. Es war Tag geworden. Ich leerte die Tasse und stand auf.

Es war das erste Mal, dass ich die Umgebung der Privatklinik in Bach bei Tageslicht sah. Im Süden erfrorene Felder in schmutzigem Braun, von einer kalten, milchig weißen Sonne beschienen. Auch die Donau versteckte sich irgendwo hinter Büschen in der Ferne. Zu allen anderen Seiten erstreckten sich die jetzt kahlen Weinberge, in der warmen Jahreszeit von den Rebsorten Riesling und Müller-Thurgau überzogen, dahinter die sanft ansteigende Hügelkette des Vorderen Bayerischen Waldes. Paolo hatte mir zur Eröffnungsfeier meiner Boutique eine Kiste Regensburger Landwein geschenkt. Der Baierwein aus dem kleinsten Weinbaugebiet Deutschlands schmeckte erstaunlich aromatisch, sogar für meinen von Onkel Marcellos ausgesuchten Trauben verwöhnten Gaumen. Das Landgut meiner toskanischen Verwandten Zio Marcello und Zia Riccarda befand sich in den Bergen zwischen Cecina und Volterra und war nicht nur in der Region für seine perfekt ausgereiften Weine bekannt.

Ich stieg aus. Gleich neben dem Wagen des Chefs hatte ich den letzten freien Besucherstellplatz erwischt. Auf dem Schild vor der glänzend schwarzen Oberklasse-Limousine neben meinem Oldtimer hieß es: *Klinikleitung, Prof. R. Schubert.* Ganz in der Nähe ratterte ein Presslufthammer, vermutlich irgendwo auf dem Fußweg zur Klinik, der am hinteren Ende des Parkplatzes abzweigte. Daneben befand sich die Zufahrt für die Notaufnahme. Hinter einer Reihe Bäume, deren kahle Äste sich wie krumme Finger in den trüben Tag streckten, lag die Klinik selbst, ein mehrstöckiges Gebäude mit unzähligen Fenstern. Der Teil des Parkplatzes, wo Nikolai gelegen hatte, war immer noch mit einem rot-weißen Polizeiband abgesperrt. Weiße Linien markierten die Umrisse seines Körpers. Gegenüber der Parkplatzausfahrt, die in die einzige Zufahrtsstraße mündete, begann ein schmaler Feldweg. Womöglich war der nächtliche Autofahrer gar nicht vom Parkplatz, sondern von dort gekommen?

Ich überquerte die Zufahrtsstraße und inspizierte die ersten zwanzig Meter des Feldwegs. Der Boden war gefroren. Nichts ließ erkennen, ob der Verrückte vorgestern Abend hier entlanggefahren war. Auch Paolos Leute hatten vermutlich nicht mehr gefunden als ich. Und wenn doch, dann hatten sie die Indizien längst in saubere kleine Plastiktüten verpackt.

Ich ging zurück, ließ den Parkplatz hinter mir, bog in den Fußweg zur Klinik. Er war etwa einen Meter breit, auf der linken Seite hatte man Pflastersteine entfernt. Mit jedem Schritt wurde das Geräusch des Presslufthammers lauter. In einer Grube war ein Bauarbeiter damit beschäftigt, noch mehr Löcher ins Pflaster zu bohren. Ich wunderte mich, warum bei dieser Kälte überhaupt solche Arbeiten erledigt wurden.

Als ich auf Höhe der Baustelle ankam, blieb ich stehen. Ich hatte zwar gestern im Vorbeigehen bemerkt, dass hier etwas ausgebessert wurde, jedoch in der Dunkelheit nicht weiter darauf geachtet. Jetzt aber stach mir etwas ins Auge, das gar nicht da war. Eine Eisenstange. Nein, zwei sogar. Die noch vorhandenen Stangen, an denen das ebenfalls rot-weiße Absperrband für die Baustelle befestigt war, hatten alle dieselben Abmessungen. Etwa neunzig Zentimeter lang, bei einem Durchmesser von schätzungsweise einem Zentimeter.

Ich sprach den Bauarbeiter an. Ein Polizist sei da gewesen, hörte ich, in Zivil, die schwirrten hier ja jetzt ständig durch die Gegend. Der habe eine von den Stangen mitgenommen und gefragt, seit wann die andere weg sei. Vor ein paar Tagen sei sie jedenfalls noch da gewesen, erklärte der Bauarbeiter.

Sollte ich Paolo anrufen und versuchen, ihm ein paar Informationen zu entlocken? Wahrscheinlich wusste er ohnehin noch nicht, ob es sich bei der verschwundenen Eisenstange um die Tatwaffe handelte. Außerdem war es besser, wenn ich meinen Ex irgendwann einmal ganz nebenbei danach fragte. Wenn er merkte, dass ich mich in seinem Fall breitmachte, würde er mir ab sofort kein Wort mehr verraten.

Die Eingangshalle der Klinik war menschenleer. Überall blitzte heller Marmor, immense Glasscheiben ersetzten die Wände. Zielstrebig durchquerte ich die Halle und ging in Richtung Treppenhaus, vorbei an einem riesigen Weihnachtsbaum, einer mindestens zehn Meter hohen, dicht gewachsenen Tanne, über und über mit winzigen Lichterketten und goldenen Glaszapfen geschmückt.

Auch im Kellergeschoss war es ruhig. Laut Saras Auskunft lag das Labor direkt hinter der Küche. Die Wände waren wie überall in der Klinik in kräftigem Altrosa gestrichen, selbst hier unten stand eine große, mit üppigen silberfarbenen Schleifen geschmückte Blautanne, die einen würzigen Duft verströmte. Wäre Nonna Emilia wirklich eine Patientin in spe gewesen – diese Klinik hätte ihr gefallen.

Als ich den Flur entlangging, klapperten die Absätze meiner Stiefel über die Marmorfliesen. Niemand kam mir entgegen. Allmählich überdeckte ein Geruch nach Sauerbraten und Kartoffelbrei den Duft der Tanne. Die Küche konnte nicht mehr weit sein.

Rechts tauchte eine Tür auf, daneben ein Schild mit der Aufschrift *Technik*, schräg gegenüber lag die Küche. An der nächsten Tür, die ich nach fünf, sechs Metern erspähte, war kein Schild zu sehen. Ich klopfte.

Nichts rührte sich.

Wieder klopfte ich, dieses Mal lauter.

Jemand riss ungestüm die Tür auf, und ein Mann tauchte so plötzlich vor mir auf, dass ich zurückprallte. Sosehr ich mich bemühte, ich konnte nicht umhin, auf seine linke Gesichtshälfte zu starren. Sie war auf grässliche Weise verzerrt. Die rechte Seite war wie bei jedem Gesicht, die andere glich einer Fratze, nur der Trennstrich fehlte. Dann wurde mir klar, dass es am linken Auge lag. Es war nicht da, wo es sein sollte. Durch eine Verletzung, vielleicht schon in der Jugend, musste es aus der Augenhöhle gerutscht sein.

»Pardon, ich suche das Labor«, sagte ich nach einer langen Schrecksekunde.

Der Mann, der einen grauen Arbeitsmantel trug, guckte mich finster an. »Nächste rechts.«

Es war mir peinlich, dass ich ihn so angestarrt hatte. Vermutlich erlebte der arme Kerl immer wieder solche Reaktionen, hatte sich vielleicht längst daran gewöhnt. Ich wollte mich für die Information bedanken. Doch noch bevor ich etwas sagen konnte, hatte er die Tür schon zugeknallt. Allein gelassen mit meinem schlechten Gewissen, ging ich weiter.

Endlich, das Labor.

Fiffi war dünn, fast mager, flink und winzig. Ihre Haarspitzen, nur wenige Millimeter kurz, leuchteten mir im Kunstlicht hennarot entgegen, während sie emsig an einem großen Apparat hantierte, der summend viele hintereinander aufgereihte, klitzekleine und nach unten spitz zulaufende Plastikbehälter mit ebenso winzigen Deckelchen einzog und wieder ausspuckte. Fiffi war Anfang zwanzig, sah aber um einiges jünger aus. Sie hatte einen wachen, aufmerksamen Blick, war in ständiger Bewegung und erinnerte mich an ein freches, quirliges Eichhörnchen.

»Ich liebe nämlich Krimis!«, schwärmte sie nun schon zum fünften Mal in ihrer sich überstürzenden Redeweise. »Am liebsten lese ich die amerikanischen, die sind so schön blutig, aber auch schwedische, deutsche, ganz egal, aber dass ich mal einer richtigen Privatdetektivin begegnen würde, die in einem wirklichen Fall ermittelt und einen echten Mörder schnappen will, und dass ich das Opfer sogar noch kenne – der Nikolai hat ja schon zigmal hier mit mir Kaffee getrunken, und so süß, wie der immer war –, nein, ist das irre!«

Meine frisch ausgedruckte Visitenkarte hatte sie mächtig beeindruckt. Fiffi erzählte munter drauflos, während ich auf einem wackeligen Hocker zwischen brummenden Geräten das Gleichgewicht zu halten versuchte. Zum Glück hatte ihre Kollegin gerade auf irgendeiner Station zu tun, sodass ich sie ungehindert ausfragen konnte. Wobei das gar nicht nötig war.

»Der Nikolai, der ist ein echt genialer Arzt, total beliebt und überhaupt nicht von oben herab, weil, wenn der auf ein Ergebnis wartet vom Urin oder den Bluntuntersuchungen, dann kommt der auch mal selber runter, die meisten seiner Herren Kollegen rufen nämlich bloß an, und in was für einem Ton.«

Sie verdrehte die Augen, die für meinen Geschmack zu dick mit kohlrabenschwarzem Eyeliner umrandet waren. Der pfirsichfarbene Lidschatten, den sie ebenso üppig aufgetragen hatte, passte allerdings wunderbar zum frechen Rot ihrer Haare. Ohne auch nur einmal innezuhalten, pipettierte sie eine mintgrüne Flüssigkeit aus einem dünnwandigen Glaskolben in eine weitere Batterie ihrer winzigen Plastikbehälter.

»Schade, dass der Täter nicht diesen eingebildeten Griaux zusammengeschlagen hat«, meinte sie.

Ich erwähnte, dass ich ihm gestern begegnet war.

»Klar, zu den Patienten ist er nett, sind ja alles private, aber mit dem Personal springt der um, so was von ätzend.« Entrüstet holte sie Luft, redete aber sofort weiter. »Weil, vom ersten Tag an, als ich hier angefangen hab, da hat der sich aufgeführt wie der Chef persönlich, dabei hat er auch damals nichts zu melden gehabt, Oberarzt hin oder her. Die rechte Hand vom Chef war nämlich der Ghulam, bevor der Nikolai gekommen ist, und als der vor ein paar Wochen auf einmal weg war, nicht mal Tschüss hat der übrigens gesagt, jedenfalls hat der Chef dann den Nikolai eingestellt, und der Griaux hat so was von blöd geschaut.«

»Seit wann ist er denn Oberarzt?«

»Na ja, eine ganze Weile schon, aber jetzt, wo der Nikolai nicht mehr da ist, da fühlt er sich noch wichtiger als ohnehin schon, weil, der Nikolai hat nämlich eine Wahnsinnserfahrung, da kann dieser Arroganzling sowieso nicht mithalten, wetten, dass der den Nikolai aus dem Weg haben wollte?«

»Und dieser Vorgänger von Nikolai«, wollte ich wissen, »warum hat der so plötzlich seine Stelle aufgegeben?«

»Ghulam Mirza?« Mit dem Handrücken fuhr sie sich über die Stirn, behielt aber die Pipette in der Hand. Ihre Gesichtshaut war ungewöhnlich hell, fast weiß, und trotz des Winters mit Sommersprossen übersät. »Es hat Gerüchte gegeben, hab keine Peilung, ob da was dran war, zu mir ist er immer supernett gewesen, und dass er aus Pakistan war, dafür hat er ja nichts gekonnt, aber die Susi von Station drei, die hat gemeint, der sitzt ständig auf seinem Gebetsteppich oder vor dem PC, und im Fernsehen sehen die ja auch alle so normal aus, und dauernd liest man in der Zeitung, dass es dahinten in Asien immer wieder Anschläge gibt, Bombenattentate, also, ich weiß nicht so recht …«

»Wollte diese Susi andeuten, dass Doktor Mirza ein religiöser Fanatiker war?«

Ich nippte an der Riesentasse, die Fiffi mir gleich zu Anfang in die Hand gedrückt hatte. Der Kaffee war hellbraun mit zu viel Milch und Zucker, aber dennoch sehr stark.

»Ich hab auch gesagt, das ist doch Quatsch, so was gibt's nur im Fernsehen oder in Romanen, so war das nämlich auch in dem Thriller, den ich neulich gelesen habe, *Höllenbomben* hieß der, da haben Araber und Deutsche ein Attentat auf das englische Parlament gemeinsam geplant und …«

Sie schob den Glasbehälter mit der mintgrünen Flüssigkeit

zur Seite und kaute auf der Unterlippe. Das erste Mal, seit ich das Labor betreten hatte, war sie mehr als zwei Sekunden lang still.

»Mein Gott!« Plötzlich riss sie die Augen auf. »Vielleicht hat der Nikolai den Ghulam bei irgendwas erwischt, und dann hat der dem Nikolai auf dem Parkplatz …? Aber, das glaube ich nicht!«

»Wenn ich dich richtig verstanden habe, war Doktor Mirza doch schon längst verschwunden, als Nikolai hier angefangen hat?«

»Eben.« Sie starrte das Gestell mit den zur Hälfte gefüllten Plastikbehältern an. »Aber wenn er heimlich zurückgekommen ist, unter anderem Namen?«

Ich hob eine Augenbraue.

»Stimmt, das ist Blödsinn. Und außerdem hätte ihn der Professor nie auf eine so verantwortungsvolle Position gesetzt, wenn er ihm nicht vertraut hätte.« Sie schnappte sich einen Glasbehälter mit einer orangefarbenen Flüssigkeit und pipettierte emsig weiter. »Der ist in Ordnung, der Professor, in einem richtigen Schloss soll der wohnen mit seiner Mutter, die legt wohl viel Wert auf ihre gesellschaftliche Stellung, aber der Professor grüßt jeden hier, egal, ob Laborantin, Küchenhilfe oder Oberarzt, was für ein Glück, dass der Professor die Klinik damals übernommen hat, da lief es zuerst wohl nicht so gut, acht Jahre ist das jetzt her, gleich nachdem sein Vater gestorben war, die beiden haben sich offenbar nicht leiden können, richtig gehasst haben die sich, die Lisa, meine Kollegin, hat nämlich gesagt, jeder hat damals gedacht, der Professor würde die Klinik nur als Abschreibungsobjekt übernehmen und sie so bald wie möglich wieder verkaufen, und da hat sie sich natürlich nach einem anderen Arbeitsplatz umgesehen.«

Jetzt verstand ich, warum ich kein Foto im Büro von Professor Schubert gesehen hatte, auf dem Vater und Sohn gemeinsam in die Kamera blickten.

»Aber dann hat der Professor einen Forschungsauftrag nach dem anderen reingeholt und Kontakte zu den großen Pharmafirmen geknüpft, und Politiker kennt er auch jede Menge, und inzwischen sind wir in ganz Europa bekannt, und jetzt ist er ständig auf irgendwelchen Kongressen, unterrichtet an ausländischen Universitäten, der holt sich seine Leute nämlich von überall her, fast ein Drittel der Belegschaft ist aus dem Ausland, aber Deutsch muss jeder lernen. Ich bin echt heilfroh, dass ich die Stelle gekriegt hab.«

Sie legte die Pipette zur Seite, verschloss einen Plastikbehälter nach dem anderen mit seinem Deckelchen und drückte auf einen Knopf. Mit lautem Summen setzte sich das Gestell in Bewegung und verschwand in der riesigen, grauen Maschine. Ich fragte, ob Fiffi am Tatabend hier gewesen sei. Doch leider hatte sie ausgerechnet am fraglichen Abend freigehabt.

»Ich kann mich umhören, ob wer was gesehen hat.« Plötzlich fingen ihre Augen an zu funkeln. »Hey! Das ist ja wie in einem echten Krimi! Klar, ich erledige die Ermittlungen für dich, denn wenn *du* dauernd hier rumhängst, das fällt doch jedem auf, oder?«

Während ich die Tasse leerte, bat ich sie, vorsichtig zu sein. Schließlich einigten wir uns darauf, dass sie sich die Dienstpläne ansehen würde. Zu denen hatte jeder Angestellte Zugang, und es würde niemandem auffallen, wenn sie diese ein wenig länger studierte als sonst.

»Aber denk daran: Das ist kein Spiel.« Ich reichte ihr die Tasse und stand auf. »Schließlich will ich einen Mörder finden.«

6

Als ich wieder im Treppenhaus war, hörte ich eilige Schritte hinter mir, jemand rief etwas. Ich wandte mich um.

»Nein, so ein Zufall, Frau di Santosa, nicht wahr?«, begrüßte Doktor Griaux mich noch strahlender als am Tag zuvor.

Er musste ebenfalls im Keller gewesen sein.

»*Ça va bien, ma chère?* Und Ihrer Großmutter geht's auch gut?«

Ich tischte ihm ein weiteres Märchen über Nonna Emilias Gesundheitszustand auf. Als er sich erkundigte, wann er denn die neue Patientin einmal zu Gesicht bekäme, waren wir glücklicherweise schon oben angekommen. Er hielt mir die Tür zur Eingangshalle auf. Im selben Moment bog ein Pfleger aus dem benachbarten Korridor um die Ecke. Er schob eine junge Frau in einem Rollstuhl vor sich her und grüßte höflich, der Franzose beachtete ihn jedoch nicht. Die Patientin starrte auf ihre im Schoß gefalteten Hände. Ihr Kopf war leicht geneigt, der Rücken seitlich verkrümmt, das Gesicht verzerrt, als hätte sie Schmerzen. Sie war noch sehr jung, etwa Anfang zwanzig, hatte ein Porzellangesicht, lange hellblonde Locken und erinnerte mich an Mona.

»*Marie-Antoinette, ma chérie!*« Doktor Griaux warf ihr eine Kusshand zu. »Heute sehen Sie einfach umwerfend aus!«

Die junge Frau versuchte zu lächeln, doch es entstand nur eine Grimasse. Dennoch richtete sie sich mühsam auf und guckte mit plötzlich wachen Augen um sich.

»Was für eine Krankheit hat sie?«, fragte ich, als die beiden um die nächste Ecke verschwunden waren.

»Das darf ich Ihnen leider nicht sagen, sicher verstehen Sie das.« Er kam ein Stückchen näher. »Eigentlich hat sie ja der Kollege Baum betreut«, raunte er mir zu. »Aber im Moment geht bei uns in der Klinik alles ein wenig drunter und drüber.«

Angewidert zupfte er an seinem Seemannsbart, erinnerte sich aber sofort wieder, mit wem er sprach, und machte sein freundlichstes Gesicht. Aus den Augenwinkeln sah ich, dass die Empfangsdame dem Franzosen zuwinkte. Ich reichte ihm die Hand zum Abschied.

»Wenn Sie abends nie Zeit für mich haben, wie wär's dann heute Nachmittag?« Mit versonnenem Blick hielt er meine Hand fest. »Um vier habe ich einen Termin in der Stadt. Danach könnten wir uns irgendwo auf einen Kaffee treffen. Sagen wir um fünf im *Rosarium*?«

Dieses Mal nahm ich Griaux' Einladung an. Jenny würde mich ab halb fünf im *BellaDonna* vertreten. Und schließlich wollte ich ihn zu gerne ein wenig ausfragen.

Die Dame am Empfang rief etwas in seine Richtung. Offenbar war er hier mit jemandem verabredet. Sein Besuch wartete hinter dem riesigen Weihnachtsbaum.

Paolo.

»Hätte ich mir ja denken können!«, blaffte Paolos Stimme mir zwanzig Minuten später aus dem Handy entgegen. »Dass du es wieder mal nicht lassen kannst.«

»Danke, dass du mich nicht verpfiffen hast«, gurrte ich zurück.

Zum Glück hatte ich vorhin schnell reagiert und Hauptkommissar Paul Wolf wie einen alten, flüchtigen Bekannten gegrüßt. Dann war ich ohne großes Federlesen verschwunden.

»Raus mit der Sprache!«, bellte Paolo am anderen Ende der Leitung. »Was weißt du, was ich noch nicht weiß?«

Auf dem Weg zum Auto hatte ich mir zwar bereits eine Ausrede für meine Anwesenheit in der Klinik überlegt. Trotzdem erschien es mir nun besser, mit offenen Karten zu spielen. Wer wusste schon, wann ich die nächste Information von Paolo brauchte?

»Dieser Franzose war nicht begeistert, als der Professor

ihm einen Neuen vor die Nase gesetzt hat«, antwortete ich also. »Griaux ist seit vier Jahren an der Klinik und hat sich Hoffnungen auf den Posten des leitenden Oberarztes gemacht. Den hat aber Nikolai bekommen. Du solltest herausfinden, ob Griaux zur Tatzeit in der Klinik war. Als ich ihn gefragt habe, hat er seltsam reagiert.«

»War er. Wo genau, müssen wir noch klären.«

Ich überlegte, ob ich meinem Ex von dem pakistanischen Arzt erzählen sollte, beschloss aber, erst einmal den Mund zu halten. Wenn der Mann in seine Heimat zurückgekehrt war, kam er als Tatverdächtiger ohnehin nicht in Frage.

»Hat der Medienaufruf schon was gebracht?«, fragte ich. »Hat sich jemand gemeldet, der was zu diesem durchgeknallten Autofahrer sagen konnte?«

»Bisher sieben Anrufe, aber was wirklich Vielversprechendes ist nicht dabei.«

»Gibt's was Neues zur Tatwaffe?«

»Wie ich dich kenne, hast du ja sicher auch die Stangen an der Baustelle gesehen.«

Ich schmunzelte und war froh, dass mein Ex das durchs Handy nicht sehen konnte.

»Der Bericht vom LKA kommt frühestens morgen«, fuhr er fort. »Aber ich bin sicher, dass die verschwundene Eisenstange die Tatwaffe ist. Wir haben winzige Metallspuren in Nikolai Baums Kopfwunde gefunden.«

»Das heißt also, ihr ermittelt jetzt im Umfeld der Klinik?«

»Und die Betonung liegt auf *wir*«, erwiderte er gedehnt. »*Dich* möchte ich da nicht mehr sehen. Haben wir uns verstanden, Prinzessin?«

Die Sprache kam auf Vincenzo. Die Leitung der Mordkommission im Fall Baum und dazu nun auch die noch immer nicht identifizierte Tote im Regen – vermutlich würde Paolo auch am kommenden Wochenende wieder einmal arbeiten müssen. Dennoch hoffte er, dass unser Sohn wenigstens von Freitag auf Samstag bei ihm übernachten konnte.

»Ist die Frau ertrunken?«, fragte ich.

»Nein, der Rechtsmediziner hat kein Wasser in der Lunge gefunden. Sie war also schon tot, als sie im Regen untergegangen ist.«

»Woran ist sie dann gestorben?«

»Das ist noch unklar. Bisher weiß ich nur, dass sie Verletzungen am Kopf hat.«

»Etwa wie bei Nikolai?«

»Nein, die Verletzungen sind ebenfalls erst nach ihrem Tod entstanden. Außerdem hat sie Schürfwunden an den Beinen und am Gesäß. Jemand muss die Leiche über einen steinigen Untergrund geschleift haben, dabei ist der Kopf vielleicht gegen einen großen Stein gestoßen. Dann hat man sie in den Regen geworfen.«

»Ausgerechnet! Der Fluss ist nicht tief, ist doch klar, dass sie irgendwann angespült wird.«

»Die Donau wäre wohl die bessere Lösung gewesen«, pflichtete mein Ex mir bei. »Sorry, aber jetzt muss ich weitermachen. Und du hast sicher auch zu tun. Aber bitte in deinem Laden, verstanden?«

Bevor ich ins *BellaDonna* fuhr, machte ich einen Abstecher zur Uniklinik. Dieses Mal hatte ich Glück, wenn auch auf eine andere Art, als ich gehofft hatte. Am Eingang zur Intensivstation erfuhr ich von Schwester Luisa, dass man Nikolai auf die Intermediate-Care-Station verlegt hatte, die Überwachungsstation. Der Zustand des Patienten sei inzwischen so stabil, dass ein längerer Aufenthalt auf der Intensivstation unnötig sei. Außerdem waren in der letzten Nacht neue Notfälle reingekommen, man hatte das Bett gebraucht.

Was für eine wunderbare Fügung des Schicksals! Wenn Nikolai nicht mehr auf der Intensivstation lag, gab es keinen Grund mehr, dass ich ihn nicht besuchen durfte. Nicht einmal Betty Baum würde das noch verhindern können.

Das Einzige, was mir an der neuen Situation nicht gefiel,

war die Tatsache, dass ich nun Nikolais sympathischen Arzt, Doktor Engel, nicht mehr ausfragen konnte. Ich warf einen Blick auf die Uhr. Fast halb elf. Gestern hatte er um diese Zeit Dienst gehabt. Ich beschloss, ihn zu suchen.

Und tatsächlich lief er mir drei Ecken weiter über den Weg. Er lächelte mich an. Ich blieb stehen und drückte ihm die Hand. Mein Herz schlug einen Takt zu schnell.

»Vielen Dank.«

»Das war nicht ich.« Er machte eine wegwerfende Handbewegung. »Auf Intensiv ist jedes Bett heiß begehrt. Und aus medizinischer Sicht liegt Herr Baum nicht mehr im Koma.«

»Er ist aufgewacht?«

»Nicht so, wie Sie sich das vorstellen. Er stöhnt immer mal wieder, schreit oder phantasiert, ist aber noch nicht ansprechbar. Durchgangssyndrom nennt man das.«

Ich fragte ihn, wo ich die Überwachungsstation fände. Er erklärte mir den Weg.

»Haben Sie noch Zeit für eine Tasse Kaffee?«, fragte ich. »Dann können Sie mir noch mehr über dieses Syndrom erzählen.«

Natürlich verriet ich ihm nicht, dass es mir nicht nur um die Information ging, sondern auch um ihn.

»Im Moment leider nicht.« Er zögerte, lächelte dann aber vorsichtig. »Wir können das alles gerne mal bei einem Glas Wein besprechen, wenn Sie möchten.«

»Gute Idee. Ich lade Sie ein. Wie wär's mit heute Abend?«

»Das geht auch nicht«, sagte er mit einem Anflug von Bedauern. »Meine Frau, ich …«

Verstohlen guckte ich auf seine rechte Hand. Aber ich hatte mich nicht getäuscht, da war kein Ehering.

»Morgen Abend hätte ich Zeit«, meinte er dann. »Fünf Wochen ist meine Frau diesmal weg. Australien. Oder war's Neuseeland? Sie ist Fotografin, arbeitet für GEO und alle möglichen Reiseführer.« Sein Lächeln war so unglaublich offen. »Aber es kommt natürlich nicht infrage, dass Sie mich einladen.«

»Warum nicht?«

»Weil ich ein Abendessen netter fände, als nur was zu trinken. Und außerdem würde *ich* gerne das Lokal aussuchen, wenn das okay ist. Ich kenne da nämlich ein sehr hübsches, gutbürgerliches Restaurant, das gefällt Ihnen bestimmt.« Er verzog das Gesicht. »Ruth will immer nur zu Indern, Chinesen, Afrikanern.«

»Ich schreibe Ihnen meine Nummer auf.« Ich zog Papier und Stift aus der Tasche. »Um acht?«

»Bleiben Sie doch sitzen!«

Aber Jazira war schon aufgesprungen. »Ich wollte sowieso gerade gehen«, murmelte sie.

Ich hatte die Überwachungsstation im ersten Stock sofort gefunden. Nikolais Zimmer lag ganz am Anfang des linken Korridors. Gleich beim Eintreten war mir ein Strauß mit frischen gelben Röschen aufgefallen, der in einer rekordverdächtig hässlichen Plastikvase auf dem Tisch stand. Nikolai lag allein im Zimmer, sah aber genauso bleich und still aus wie beim letzten Mal.

Jazira nahm die Kunstlederjacke, die über der Stuhllehne hing und nicht sehr warm aussah, und warf sie sich um.

»Wie geht es ihm?«, fragte ich. »Ist er schon zu Bewusstsein gekommen?«

»Nicht, solange ich hier war.«

Sie kam zwei, drei Schritte auf mich zu. Wie immer war ihr Gesicht völlig ausdruckslos. Ich blieb an der Tür stehen und rührte mich nicht von der Stelle.

»Haben Sie eigentlich auch diesen Verrückten gesehen, der an dem Abend vom Parkplatz gefahren ist?«, fragte ich. »Der hätte mich fast gerammt.«

»Das wollte die Polizei auch von mir wissen«, entgegnete sie auf ihre bedächtige Art. »Aber auf dem Parkplatz habe ich niemanden gesehen. Nur Nikolai. Zuerst habe ich ihn gar nicht erkannt.« Sie schüttelte den Kopf, als verstünde sie nicht, wie sie sich so geirrt haben konnte. »Erst am nächsten Morgen habe ich von der Polizei erfahren, dass man versucht hat, ihn zu töten.«

Ihr Gesicht zeigte immer noch keine Regung. Was musste wohl geschehen, damit diese schmale, auf den ersten Blick so zierliche, beim näheren Hinsehen aber doch sehr drahtig gebaute Frau Gefühle zeigte?

»Kennen Sie Nikolai eigentlich gut?«

»Wir sind Kollegen«, antwortete sie mit schmalen Lippen. »Ich mache bei Professor Schubert meine Ausbildung zum Facharzt, als Neurologin.«

»Sicher können Sie dort viel lernen«, sagte ich. »Professor Schubert ist ein international hoch anerkannter Fachmann auf seinem Gebiet, habe ich gehört.«

Endlich zeigte sie eine Reaktion. Erstaunt musterte sie mich. »Sie waren in der Klinik?«

»Vor ein paar Tagen«, log ich. »Ich wollte Nikolai abholen. Aber er hatte noch eine Besprechung mit einem Doktor Griaux. Die beiden können sich nicht riechen, oder?«

Sie entgegnete nichts und schlüpfte in ihre Jacke.

»Sie haben Nikolai gern, nicht wahr?«, versuchte ich es wieder auf die charmante Tour.

»Natürlich. Er hat mir so viel beigebracht in diesen paar Wochen«, sagte sie leise. Dann sah sie mir offen ins Gesicht. »*Die Augen unserer Patienten lügen nicht,* hat Nikolai gleich am ersten Tag zu mir gesagt. *Die Farbe der Haut, ihre Beschaffenheit, die Falten im Gesicht. Mit jedem Teil ihres Körpers erzählen sie uns Geschichten. Über ihre Organe, Schwachstellen, Krankheiten. Mehr als jedes Gerät. Du musst nur hinsehen.*«

»Sie bewundern ihn?«

»Ich habe selten jemanden getroffen, der ein solches Gespür hat für Menschen.« Sie hielt meinem Blick stand. »Aber warum stellen Sie mir eigentlich all diese Fragen?«

Kurz überlegte ich, ob ich mir irgendeine Geschichte einfallen lassen sollte. Aber inzwischen musste sie wissen, dass wir uns nicht zufällig immer wieder über den Weg liefen.

»Weil ich herausfinden will, wer Nikolai das angetan hat«, antwortete ich also.

Sie senkte den Kopf, nickte mehrmals, betrachtete nachdenklich ihre erstaunlich kräftigen Hände. Dann blickte sie über die Schulter in Nikolais Richtung, der im selben Moment leise stöhnte, straffte sich und machte schließlich einen großen Schritt auf mich zu.

»Es tut mir leid, aber ich muss jetzt wirklich gehen.«

»Ihr Deutsch ist ausgezeichnet.« Nur zögernd gab ich den Weg frei. »Darf ich fragen, aus welchem Land Sie kommen?«

»Kirgisistan.« Sie bemerkte meinen fragenden Blick. »Das liegt in der ehemaligen Sowjetunion, in der Nähe der Mongolei. Aber ich bin schon seit fünf Jahren in Deutschland.«

Sie wirkte alles andere als glücklich über diesen Umstand. Ich konnte gut verstehen, dass sie sich auch jetzt noch manchmal wie eine Fremde fühlte. Bis zu meinem elften Lebensjahr hatte ich in der Toskana gelebt, auf dem Landgut von Onkel Marcello und Tante Riccarda, umgeben von Bergen, Sonne, Meer, der Fürsorge meiner italienischen Verwandten und dieser unerschütterlichen Lebensfreude, die man nur im Süden findet, trotz Arbeitslosigkeit, Landflucht und sonstiger Probleme. Und obwohl meine Mutter zur Hälfte Deutsche war, mein Vater aus Oberbayern stammte und auch ich mich während meiner Kindheit oft in Süddeutschland aufgehalten hatte, tat ich mich anfangs hier nicht nur mit der Sprache schwer.

»Kommen Sie mit in die Cafeteria?«, fragte ich. »Dann erzähle ich Ihnen, wie lange es bei mir gedauert hat, bis ich mich an die deutsche Pünktlichkeit und Distanziertheit gewöhnt habe. Ich stamme nämlich aus Italien.«

Sie hatte bereits ihre Jacke zugeknöpft. Mit einer plötzlichen Bewegung warf sie ihren langen, schwarzen Zopf nach hinten und marschierte geradewegs auf mich zu. Es blieb mir nichts anderes übrig, als sie vorbeizulassen.

»Im Gegensatz zu mir können Sie jederzeit wieder zurück in Ihre Heimat«, sagte sie mit ihrer abweisenden Miene. »Und jetzt muss ich zum Dienst.«

Als sie die Tür hinter sich zugezogen hatte, schlüpfte ich aus dem Mantel. Bald musste auch ich in die Boutique. Aber eine Viertelstunde hatte ich noch. Draußen vor dem Fenster wehte jetzt ein kräftiger Wind, hin und wieder wirbelten Schneeflocken durch die Luft. Die Sonne war nicht einmal mehr zu erahnen.

Ich setzte mich auf den Stuhl neben Nikolais Bett und dachte an einen ähnlichen Tag drei Jahre zuvor, auch in der Adventszeit. Damals hatte Nikolai mich das erste Mal in Regensburg besucht. Vincenzo und ich wohnten bereits in Nonna Emilias Villa. Paolo wollte nachkommen, sobald er in München alles geregelt hatte. Doch er ließ sich Zeit. Manchmal sahen wir uns nicht einmal am Wochenende. Unsere Ehe steckte seit Monaten in einer Krise, und weder er noch ich taten etwas, um diesen Schwebezustand zu ändern.

An jenem Vormittag hatte ich mir den Laden in der Pfarrergasse angesehen, in dem ich drei Monate später das *BellaDonna* eröffnen sollte. Als ich wieder in die rückwärtige Einfahrt meiner Villa bog, sah ich eine schlanke Gestalt mit Winterjacke und Schal, die unter dem überhängenden Dach der Garage Schutz vor den Schneeböen suchte.

»Was machst du denn hier?«, fragte ich Nikolai überrascht und stieg aus.

»Ich bin auf einer Tagung in der Uniklinik, dauert bis morgen. Grad ist Pause.« Er lachte sein Jungenlachen. »Krieg ich bei dir einen Kaffee? Mir ist saukalt.«

Als Viertelitalienerin hatte ich natürlich Espressokaffee vorrätig. Während ich ihn aufsetzte, erzählte ich Nikolai von dem Laden. Er hatte mir gut gefallen. Die Miete war hoch, aber nicht überteuert für die Lage mitten in der Altstadt.

Nikolai musste bald zum nächsten Vortrag, kam am Abend aber wieder. Ich kochte *Spaghetti alle vongole*, holte eine Flasche des vollmundigen Sangiovese aus dem Keller, den ich vom Weingut meiner Verwandten aus der Toskana mitgebracht hatte, und genoss das Essen und seine Gesellschaft.

Später machten wir einen Spaziergang durch die inzwischen winterweißen Gassen. Vorbei an der Kreuzkirche und am Velodrom, vor dem Theaterbesucher während der Pause in gefütterten Mänteln ihren Sekt tranken, über den Arnulfsplatz, wo Trauben von Menschen auf den nächsten Bus warteten, durch die Ludwigstraße, über der Girlanden aus goldenen Tannenbäumen zwischen den Häuserfassaden funkelten. Auf dem Haidplatz bewunderten wir die Stände des Lucreziamarkts, wie jedes Jahr vor dem Thon-Dittmer-Palais aufgebaut und eingebettet in die Kulisse der alten Patrizierhäuser. In den Verkaufsbuden gab es Töpferarbeiten, Musikinstrumente aus Holz, Schmuckstücke und mit bunten Federn verzierte Hüte. Es roch nach Glühwein und Lebkuchen, in einem der Stände hatte ein Verkäufer *O du Fröhliche* aufgelegt.

Ich rechnete Nikolai und mir alles vor: Miete und Nebenkosten, Anfangsinvestitionen, Rücklagen, irgendwann vielleicht eine Aushilfe. Er machte mir Mut. Die Fensterläden im ersten Stockwerk der Villa brauchten zwar einen neuen Anstrich, Bad und Toilette in der zweiten Etage mussten auch renoviert werden. Bei den Fensterläden würde er mir helfen, bot er an, der Rest aber war nicht eilig. Nikolai spürte, was mein größter Wunsch war: endlich auf eigenen Füßen stehen, unabhängig sein. Nicht zuletzt von Paolo.

Als die Tagung am nächsten Tag zu Ende war, kam Nikolai noch einmal vorbei. Er lud mich zum Abendessen ins *Printemps* ein, ein Lokal in der Engelburgergasse mit bunt gerahmten Frühlingsimpressionen aus der Bretagne an den Wänden. Anschließend wollte er zurück nach München fahren. Vincenzo übernachtete bei einem Freund. Ich hatte Zeit. Auch Nikolai hatte es nicht eilig, zu Hause erwartete ihn niemand.

Irgendwann in dieser Nacht lag er das erste Mal in meinem Bett. Drei Jahre war das jetzt her.

Ich griff nach Nikolais Hand und hoffte, dass er meine Berührung vielleicht doch ein wenig spürte.

Als ich um fünf vor halb zwölf das *BellaDonna* aufsperrte, hörte ich eine sehr vertraute Stimme.

»Hast du mal fünf Euro, Mama? Für 'nen Burger und was zu trinken?«

Jungen in Vincenzos Alter brauchen immer Geld. Allerdings hätte mein Sohn um diese Zeit in der Schule sein sollen. Ich runzelte die Stirn. Als ich aber erfuhr, dass Mathematik und Englisch ausgefallen seien, kramte ich nach einem Fünfeuroschein. Ich fand nur einen Zehner, reichte ihm das Geld und drückte die Ladentür auf. Sie bimmelte.

»Kann ich den Rest behalten?« Vincenzo steckte den Schein in die Hosentasche. »Vielleicht gibt der Papa mir auch was für den neuen MP3-Player, und die hundert Euro brauche ich ja auch noch.« Bevor ich nachhaken konnte, wofür er das Geld denn nun eigentlich haben wolle, sagte er: »Ich muss gleich wieder los.«

»Und was ist mit deinen Hausaufgaben?«

»Die mach ich später. Um fünf bin ich wieder da.«

»Nein, um halb drei. Wenn du deine Hausaufgaben erledigt hast, kannst du gerne noch mal weg.«

Er verdrehte die Augen.

»Was hast du überhaupt vor?«

»Ich treff mich mit wem aus der Schule, zum Burger-Essen.«

»Mit Daniel?«

»Nö.« Er kaute auf der Unterlippe. »Mit Alex.«

»Hast du Streit mit Daniel?«, fragte ich, nun doch ein wenig besorgt, und zog meinen Tweedmantel aus.

Bis vor Kurzem waren die beiden ein Herz und eine Seele gewesen. Aber seit Vincenzo die neuen Jungs aus Nataljas

Nachbarschaft kennengelernt hatte, schien sein einstiger Busenfreund abgemeldet zu sein.

»Daniel ist so was von ätzend langweilig. Außerdem findet der das alles blöd.«

»Was denn?«

»Dass ich jetzt Sport machen will.«

»Sport?«, wiederholte ich verwundert. »Und was genau?«

Er murmelte irgendetwas, was ich nicht verstand.

»Du und Daniel, ihr seid doch bisher immer zum Eishockeyspielen gegangen. Willst du jetzt etwas Neues anfangen?«

Betreten sah er zu Boden, nickte aber immerhin.

»Brauchst du etwa dafür die hundert Euro?«

»Klar. Wofür sonst?«

Stirnrunzelnd zog ich die warmen Stiefel aus und schlüpfte in kirschrote High Heels, passend zu meinem heutigen Outfit in satten Rottönen. Vincenzo starrte immer noch nach unten.

»Das braucht dir doch nicht peinlich zu sein«, sagte ich. »Hundert Euro finde ich allerdings ein wenig übertrieben, du hast doch sicher zu Hause noch eine Jogginghose und irgendein T-Shirt. Und jetzt sag schon – was ist das für ein Sportkurs?«

Doch sosehr ich ihn auch löcherte, er wollte mir partout nicht mehr verraten. Irgendwann wurde er pampig und beschwerte sich über neugierige Mütter. Mir war klar, dass im Moment nicht mehr aus ihm herauszuholen war. Am besten, ich verschob die Fragestunde auf später. Zumindest konnte ich ihm noch entlocken, dass auch Alex sich für den Sportkurs interessierte. Meinen Vorschlag, mir Alex später vorzustellen und alles gemeinsam zu besprechen, quittierte er mit einem vagen »Mal sehen«. Dann tippte er schweigend eine SMS in sein Handy, vermutlich an seinen neuen Busenfreund.

Ich ging in die Küche und setzte Teewasser auf. Allmählich kam ich wirklich ins Grübeln. Was war nur los mit meinem

Vincenzo? Bis vor Kurzem hatte er am liebsten vor der Playstation gesessen oder in einem Comic geblättert, wenn er nicht mit Daniel beim Burger-Essen oder gelegentlich beim Eishockey war. Und jetzt auf einmal wollte er einen Sportkurs machen, der schon am Anfang hundert Euro verschlang?

Zurück im Laden, packte ich die neue Lieferung von Accessoires aus, die mein Mailänder Lieferant geschickt hatte. Bunte Lurexhaarbänder mit Tupfen, Perlenketten, riesige goldene Kreolen für die Ohren, Wollschals und Tücher aus bestickter Seide. Ich dekorierte alles auf dem mehrstöckigen Ständer vor der Kasse. Aus den Augenwinkeln sah ich, dass Vincenzo unruhig durch den Laden strich.

»Wow!«, entfuhr es ihm plötzlich.

Er befingerte eine Schirmmütze aus schwarzem Lackleder, die letzte dieser Machart. Nicht nur die jungen Mädchen liebten diese Dinger. Auch manche meiner Kundinnen reiferen Alters waren verrückt danach, und jede Lieferung war so schnell abverkauft, dass ich kaum mit Nachbestellungen hinterherkam.

»Das ist nichts für Jungs«, stellte ich sicherheitshalber klar.

Er strahlte mich mit seinem süßesten Kinderblick an, den er trotz seiner fast zwölf Jahre immer noch gut beherrschte. »Würd ich das Teil ein bisschen günstiger kriegen? Zehn Euro?«

Die Mütze kostete siebzehn Euro, und ich hätte sie Vincenzo natürlich auch für weniger als zehn gegeben. Aber wofür zum Teufel brauchte er sie überhaupt? Was war auf einmal in ihn gefahren?

Der Teekessel summte. Ich ging in die Küche und überlegte jetzt wirklich ernsthaft, was mit meinem Sohn los war. Er kam nie mit seinem Taschengeld aus. Verscherbelte er womöglich meine ausgefallensten Accessoires an seine Klassenkameradinnen, um irgendwie an Geld zu kommen und sich den teuersten MP3-Spieler weit und breit zu leisten?

»Wofür willst du die Mütze eigentlich haben?«, rief ich ihm

aus der Küche zu. »Und wie war übrigens der Deutschaufsatz?«

Anstelle einer Antwort hörte ich ein klimperndes Geräusch. Und unmittelbar darauf das Kling-Klang der Ladentür.

»Ich check dann mal los, Mama. Um halb drei bin ich wieder da.«

Ein kalter Windhauch fegte herein, die Tür fiel ins Schloss. Kopfschüttelnd holte ich meine verbeulte Silberkanne aus dem Hängeschrank, füllte Teeblätter in das Sieb und goss Wasser auf.

Als ich wieder in den Verkaufsraum zurückkehrte, sah ich einige Silbermünzen auf dem Kassentisch liegen. Neun Euro. Dazu ein Berg Kleingeld. Ich zählte es ab: zweiundfünfzig Cent. Daneben lag das Preisschild der Lackledermütze. Darauf ein großes Herz und ein eilig hingekritzeltes *Du bist die beste Mama der Welt!*

7

Die Arbeit im *BellaDonna* hielt mich den ganzen Donnerstagnachmittag über auf Trab. Es kamen viele Stammkundinnen, die meisten auf der Suche nach Weihnachtsgeschenken. Heiligabend, die Feiertage, Silvester – Gelegenheiten genug, sich hübsch zu machen. Zwischendurch packte ich die restlichen Accessoires aus Mailand aus.

Um Viertel nach drei war Vincenzo immer noch nicht wiederaufgetaucht. Ich rief ihn mehrmals auf dem Handy an. Aber es meldete sich immer nur seine Mailbox.

Zehn Minuten später bimmelte die Türglocke. Anstelle meines Sohnes stand jedoch Katja Fuchs im Laden, eine meiner unkompliziertesten Kundinnen. Sie wusste immer genau, was sie wollte, und liebte schnelle Entscheidungen. Früher hatte sie sich ihr Geld als Reisebegleiterin auf Kreuzfahrtschiffen verdient und sich die entlegensten Ecken der Welt angesehen. Inzwischen aber arbeitete sie als Kundenberaterin in einer Bank am Neupfarrplatz gleich um die Ecke. Sie hätte auch in jeder anderen Boutique Regensburgs einkaufen können. Aber sie legte Wert auf gute Beratung und bezeichnete mein *BellaDonna* als »Schmuckkästchen«. Wie immer hatte sie es eilig.

»Den ganzen Mittag hab ich durchgemacht, zurzeit wollen alle nur Kredite«, erklärte sie mir zur Begrüßung und stellte ein Paar High Heels aus schwarzem Satin mit roter Sohle auf den Ladentisch. »Die hab ich mir für den Weihnachtsurlaub geleistet. Am zweiundzwanzigsten Dezember fliegen Celine und ich nach New York, und an Silvester lassen wir's so richtig krachen. Hast du was Passendes dazu?«

Ich zeigte ihr eines von Ginas Abendkleidern, eine schwarze Wolke aus Chiffon mit nicht mehr als einem roten Seidenbody zum Drunterziehen. Katja schlüpfte sofort hinein. Beides saß perfekt, und zwei Minuten später marschierte sie geradewegs zur Kasse. Nicht einmal einen Cappuccino wollte sie haben.

»Ich hol mir nur schnell irgendwo ein Thunfischbaguette«, sagte sie, als sie die Scheckkarte ins Lesegerät steckte. »In einer Viertelstunde kommt schon der Nächste, 'nen Privatkredit will der wieder mal, dieses Mal für ein Motorboot, hat er mir am Telefon verraten. Ständig steht der auf der Matte, dabei verdient der wirklich nicht schlecht. Und dann hält er sich auch noch für unwiderstehlich, immer wieder baggert der mich an, echt übel.«

Mit ihren fast bis zur Taille reichenden Locken in einem warmen Goldton und den ausgeprägt weiblichen Formen war Katja tatsächlich eine Augenweide. Und nicht einmal ihre unkomplizierte, mitunter auch burschikose Art ließ vermuten, dass sie Frauen bevorzugte.

Kaum hatte ich ihr einen erholsamen Weihnachtsurlaub mit ihrer Freundin gewünscht, war sie schon wieder an der

Tür. Im selben Moment stürmte Vincenzo herein. Der Zusammenstoß war unvermeidlich. Er prallte mit dem Gesicht gegen ihren angewinkelten Ellenbogen. Katja quietschte, mein Sprössling stöhnte und rieb sich fluchend die Wange. Er murmelte etwas Unverständliches in ihre Richtung und verschwand schnurstracks in der Teeküche.

Ich fragte, ob bei ihr alles heil geblieben war. Katja winkte nur ab, entschuldigte sich für ihre Unachtsamkeit und sauste aus dem Laden.

Ich ging nach nebenan, wo Vincenzo am Küchentisch tief gebeugt über seinem Lateinbuch saß und so tat, als würde er mich nicht bemerken. Inzwischen war es Viertel vor vier. Irgendwann hob er aber doch den Kopf. Seine Wange war knallrot.

»Ja, du hast halb drei gesagt«, fing er an, »aber Alex und ich wollten doch wegen dem Sportkurs …« Wieder vergrub er sich in seinen Vokabeln.

Ich öffnete den Hängeschrank, in dem sich meine kleine Notfallapotheke befand, holte die Arnikasalbe heraus und legte sie ihm aufs Lateinbuch. Er tat mir leid, und am liebsten hätte ich ihn in die Arme genommen. Aber ich war verärgert, weil er sich nicht an unsere Abmachung gehalten hatte.

Wortlos schraubte er die Tube auf und betupfte die sicherlich böse schmerzende Stelle mit der Salbe.

»Und jetzt will ich auf der Stelle wissen, wofür genau du die hundert Euro brauchst«, sagte ich streng, als er mir die Tube zurückgab. »Und was das für ein Sportkurs ist. Also?«

»Mein Gott, so Tanzklamotten kosten halt was – Trikot, Gymnastikhosen, Schläppchen, natürlich mit Ledersohle.« Mein Kleiner holte tief Luft. »Die Aufnahmegebühr macht vierzig Euro. Zusätzlich, natürlich.«

Plötzlich fiel mir das Haus in der Gasse Unter den Schwibbögen ein, in das ich Vincenzo gestern hatte hineingehen sehen. Jetzt war mir alles klar. *Monde du ballet* war französisch und bedeutete Welt des Balletts.

»Wollt ihr etwa mit Ballett anfangen?«, fragte ich. »Warum hast du denn so ein Geheimnis daraus gemacht?«

Nach und nach erfuhr ich, dass seine Klassenkameraden ihn deshalb immer wieder gehänselt hatten, allen voran Daniel. Als Vincenzo merkte, dass ich sein Vorhaben ernst nahm, erklärte er mir erleichtert, was neben Aufnahmegebühr und Tanzkleidung sonst noch auf mich zukommen würde: Ein Monatsbeitrag von fünfundfünfzig Euro, wobei man nur einen Jahresvertrag abschließen konnte – ohne die Möglichkeit einer vorzeitigen Kündigung. Von meinen Einwänden, dass man die Kleidung sicherlich auch gebraucht kaufen und außerdem nach Ballettschulen mit günstigeren Preisen Ausschau halten könne, wollte mein Sohnemann nichts hören.

»Da ist es supergeil, Mama, und Alex will auch in keine andere Tanzschule. Vielleicht, wenn ich von Papa noch was kriege?«

Wenn es meinem Sohn so ernst war mit dieser neuen Leidenschaft, würde ich ihn unterstützen, beschloss ich. Allerdings würde ich mich bei meinen Kundinnen nach einer anderen, preisgünstigeren Adresse umhören.

Später entschuldigte er sich sogar, dass er die Lackschirmmütze genommen hatte. Was er damit anfangen wollte, verriet er mir allerdings nicht.

Jenny erschien erst kurz vor fünf. Ihre tausend Ausreden, warum sie schon wieder zu spät dran war, überhörte ich und erklärte ihr kurz angebunden das Nötigste. Anstandslos versprach sie, zwischendurch nach Vincenzo zu sehen, der immer noch über seinen Büchern saß. Seine Wange zierte jetzt eine kleine Beule. Um sechs würde er mit dem Bus nach Hause fahren. Mona war heute nur bis sieben in der Villa, hatte ich am Nachmittag übers Handy erfahren.

Meine Verabredung mit Doktor Griaux war um fünf. Allein bis ich den Oldtimer geholt hatte, würde ich zehn

Minuten brauchen, dann noch die Fahrt durch den Regensburger Feierabendverkehr. Hastig schlüpfte ich in den Mantel, sauste aus dem Laden, wandte mich nach links und prallte gegen einen Passanten. Wie es sich nicht nur in Italien, sondern auch in Deutschland gehörte, entschuldigte ich mich und fragte, ob alles in Ordnung sei. Der Mann knurrte jedoch nur etwas, was ich nicht verstand, zog sich die Kapuze seiner langen Jacke noch tiefer ins Gesicht und hastete wortlos davon.

Eine Viertelstunde später saß ich endlich im Wagen. Wie erwartet, herrschte viel Verkehr, und ich kam nur langsam voran. Den ganzen Tag über hatte sich die Sonne kein einziges Mal richtig gezeigt, und jetzt wirbelte wieder ein schneidend kalter Wind große und kleine Schneeflocken im Scheinwerferlicht hin und her. Die Heizung lief auf Hochtouren, und dennoch wurde es nicht richtig warm in meinem Uralt-Maserati, einem weiteren Erbstück meiner Großmutter. Eigentlich konnte ich mir den Wagen nicht leisten. Der Benzinverbrauch war astronomisch hoch, die Reparaturkosten enorm, und besonders in der kalten Jahreszeit sprang er gerne nicht an. Aber er war ein lieb gewonnenes Andenken an Großmütterchen und ihre Kapriolen. In der Familie ging das Gerücht, Nonna Emilia habe den Wagen von einem Liebhaber bekommen, einem florentinischen Antiquitätenhändler, und das Auto war schon damals fast ein Oldtimer gewesen.

Als ich endlich das Bistro *Rosarium* betrat, war es fast halb sechs. Doktor Griaux saß am Rande des romantisch beleuchteten Wintergartens mit Blick auf den Rosengarten. Im Sommer explodierten dort draußen die Farben, das Plätschern des Brunnens und der Duft der Rosenbüsche ließen einen träumen. Jetzt war alles dunkel, kahl und verlassen. Nur auf dem abgedeckten Brunnen in der Mitte des Gartens stand ein mit blitzenden Silbersternen geschmückter Weihnachtsbaum.

»Ich dachte schon, Sie würden mich versetzen«, begrüßte

der Franzose mich trotz meiner wortreichen Entschuldigung mit barschem Unterton, half mir aber immerhin aus dem Mantel. Dummerweise hatte ich mir seine Handynummer nicht notiert, sonst hätte ich ihn angerufen. Ohne mich nach meinen Wünschen zu fragen, bestellte er bei der Bedienung zwei Gläser Champagner. Sie lächelte mir flüchtig zu und nahm sein leeres Glas mit, das, seinem verschwommenen Blick nach zu urteilen, nicht das erste gewesen war.

»Sie wohnen auch in der Stadt?« Ich setzte mich auf einen Rattanstuhl ihm gegenüber.

»Nein, in Wörth, draußen bei der Klinik. Aber ich hatte ja einen wichtigen Termin in Regensburg.« Er schlug seine Beine übereinander, die in einer tadellos geschnittenen Anzughose steckten, vermutlich von einem italienischen Nobeldesigner.

»Wann lerne ich Ihre Großmutter denn nun einmal kennen?«, fragte er dann leutselig.

»Inzwischen bin ich nicht mehr sicher, ob die Klinik die richtige für sie ist.«

»Wie das?«

»Vorgestern wurde praktisch vor Ihrer Haustür dieser Arzt überfallen.« Ich verschränkte die Arme vor der Brust. »Heute steht der Artikel in der Zeitung. Meine Nachbarin hat mich auch schon darauf angesprochen. Es ist sehr einsam da draußen. Können Sie mir garantieren, Doktor Griaux, dass meine Großmutter dort wirklich gut aufgehoben ist?«

»Das war doch nur ein dummer Zufall.« Er legte mir seine Rechte schwer auf den Arm. Sein Atem roch nach Alkohol. »Und sagen Sie doch bitte Serge.«

»In der Zeitung stand, dass dem Mann nichts gestohlen worden ist. Das bedeutet doch, dass er gezielt angegriffen wurde. Das spricht wirklich nicht für Ihr Haus. Hatte er Feinde?«

»Jeder hat Feinde.« Der Druck seiner Hand verstärkte sich. Der Ton seiner Stimme wurde tiefer. »Sie etwa nicht?«

Die Bedienung brachte den Champagner. Widerwillig ließ der Franzose meinen Arm los.

»Trotzdem habe ich Bedenken«, warf ich ein, als sie wieder gegangen war. »Vielleicht sollte ich mich doch besser hier in der Stadt nach einer Klinik umsehen.«

»Hören Sie, die Polizei wird den Verantwortlichen sowieso bald finden.« Er griff nach dem Glas, prostete mir zu. »Jeden von uns haben sie gefragt, ob er was beobachtet oder gehört hat. Die lassen nicht locker. Ich garantiere Ihnen, dass …«

»Sie haben ja nichts gesehen, oder? Wo waren Sie denn, als Ihr Kollege angegriffen wurde – Serge?«

Er zögerte eine Viertelsekunde zu lange mit der Antwort. »Im Keller. Beim CT hat was nicht funktioniert.« Er kippte das ganze Glas hinunter. »Sie machen sich wirklich völlig umsonst so viele Sorgen, *ma chère Anna*. Was halten Sie davon, wenn wir einen Termin für Ihre Großmutter ausmachen und sie sich einfach mal alles selbst ansieht?«

Kurzerhand erzählte ich ihm, Nonna Emilias Gesundheitszustand habe sich seit meinem letzten Besuch verbessert. Ein stationärer Aufenthalt sei nun eventuell doch nicht mehr angebracht.

»Es gibt auch die Möglichkeit einer ambulanten Behandlung«, entgegnete er und erklärte mir die Vorgehensweise. Zu Beginn mussten die ambulanten Patienten zu regelmäßigen Kontrollterminen in die Klinik kommen. Später, wenn die Therapie anschlug, waren größere zeitliche Abstände zwischen den Untersuchungen möglich.

»Wir führen auch Studien an unserem Institut durch, müssen Sie wissen, mit sehr vielversprechenden neuen Medikamenten. Sie erinnern sich vielleicht an die junge Patientin im Rollstuhl, mit dem langen blonden Haar.«

Vertraulich beugte er sich zu mir und war mir plötzlich so nahe, dass er mich fast berührte.

»Multiple Sklerose verläuft in Schüben, müssen Sie wissen, bei ihr war die Krankheit schon ungewöhnlich weit fortgeschritten«, raunte er mir zu. »Als sie eingeliefert wurde, da konnte sie nicht mal im Rollstuhl sitzen. Aber Sie haben selbst gesehen, wie gerade sie sich inzwischen halten kann.«

Ich lehnte mich zurück.

»Sie hat das Glück, an einer Studie teilzunehmen. Für die TechNeuro, eine sehr renommierte, innovative Pharmafirma, mit der wir zusammenarbeiten. So eine Chance bekommen Sie bei keiner anderen Klinik im Umkreis von hundert Kilometern. Und diese Möglichkeit gibt es übrigens auch bei Alzheimer.«

Alle Tische im Wintergarten waren besetzt. Gläser klirrten, am Nebentisch wurde laut gelacht, zwei Männer an der Bar diskutierten eifrig über den vielen Ärger beim SSV Jahn Regensburg.

»Wenn Sie noch etwas Zeit haben, erkläre ich Ihnen alles im Detail.« Serge kam wieder näher und sah mir in die Augen. »Wir können auch gerne woanders hingehen, wenn Ihnen hier zu viel Lärm ist. Sie wohnen ja in der Stadt, oder nicht?«

Ich antwortete nicht, sondern rückte zur Seite. Dann nippte ich an meinem Glas und überlegte, ob er mit dem Champagner nur das Offensichtliche wollte, nämlich mich rumkriegen, oder ob er vielleicht etwas zu feiern hatte. Gerade als er seine Hand auf mein Knie legte, sang mein Handy von den trügerischen Frauenherzen.

Ich zog mein Knie weg und nahm das Gespräch an.

»Er ist tot!«, kreischte mir eine Frauenstimme ins Ohr. »Oh mein Gott, er ist tot!«

Es dauerte einige Sekunden, bis ich verstand, wer da aus dem Hörer schrie. »Betty, sind Sie das?« Ich zwang mich, ruhig zu atmen. Dann lächelte ich Griaux kurz zu und ging in den fast leeren Nebenraum. »Was ist passiert?«

»Nikolai!« Sie heulte auf. »Sie haben gesagt, er ist hirntot, dabei hat er doch ausgesehen wie immer. Es war so furchtbar, ich hab …«

Ein Weinkrampf folgte, dazwischen unverständliche Worte.

»Ich verstehe das nicht«, sagte ich. »Heute Morgen war sein Zustand doch stabil, man hat ihn verlegt und …«

»Er ist … aber tot«, stammelte sie.

»Sie sind bei ihm, in der Uniklinik?«

»Die Ärzte haben mich rausgeschickt, ich darf nicht zu ihm.« Irgendetwas klapperte heftig, als schlüge jemand mit der Faust gegen Metall. »Nein, Nikolai, nein!«

Scharf sog ich die Luft ein. »Bleiben Sie, wo Sie sind. Ich komme sofort.«

»Vorher, da bin ich bei ihm gewesen. Sie haben doch gesagt, das ist mein Platz«, fuhr Betty fort, als hätte sie nicht gehört, was ich gesagt hatte.

»Hören Sie, ich …«

Erneut schepperte etwas. Lautes Stöhnen.

»Ich habe bei ihm gesessen, wie lange, weiß ich nicht. Und auf einmal kommt die Schwester herein, da stimmt was nicht, sagt sie, und dann ist plötzlich das ganze Zimmer voller Leute.« Sie sprach jetzt wie im Fieber, gehetzt, atemlos, als könnte sie die grauenvollen Eindrücke nur durch Reden loswerden. »Die haben ihm Blut abgenommen, keine zerebrale Versorgung, sagt einer, ist er tot, frage ich, aber keiner antwortet mir, ich liebe ihn doch, was soll ich nur …?«

»Betty, beruhigen Sie sich doch«, sagte ich eindringlich. »Haben die Ärzte wirklich gesagt, dass er tot ist?«

»Ich soll rausgehen, haben sie gesagt, und warten soll ich. Ich kann aber nicht mehr warten, ich will nicht mehr warten!« Ihre Stimme kippte, sie schluchzte laut auf. »Bitte, er darf nicht sterben, hören Sie, er darf nicht …«

»Bleiben Sie, wo Sie sind«, wiederholte ich. »Ich bin gleich bei Ihnen.«

Ich hastete zurück in den Wintergarten, murmelte etwas von einem Notfall wegen meines Kindes. Griaux musterte mich ungläubig, mit einem vollen Glas in der Hand. Dann nahm ich meinen Mantel von der Stuhllehne und lief hinaus.

»Wer hat dich angerufen?«, fragte ich Paolo überrascht, als ich kurz darauf den Galgenberg hinauffuhr. Betty wäre wohl kaum in der Lage dazu gewesen.

»Niemand. Ich habe von unterwegs in der Uniklinik angerufen, wollte wissen, ob es Neuigkeiten gibt.« Paolos Stimme am anderen Ende der Leitung klang gehetzt, ein Hupen ertönte, ein Fluch. »Da hieß es dann, der Patient Baum sei plötzlich wieder auf der Intensivstation.«

»Wie geht es ihm?«

Die Formulierung *Ist er tot?* wollte mir nicht über die Lippen kommen.

»Sein Zustand ist kritisch. Sehr kritisch.«

Ich schluckte. »Was ist eigentlich passiert?«

»Erst wollte der Arzt nicht so recht raus mit der Sprache. Aber als ich ihm die rechtliche Situation klargemacht habe, hat er mir alles erzählt. Irgendwer hat deinem Nikolai Insulin in die Infusion gespritzt.« Paolo fluchte schon wieder. »Ich bin noch in Neumarkt, war grade bei einer Zeugenvernehmung. Ein Rentner hat angerufen, angeblich konnte er unsere Tote aus dem Regen identifizieren. Nur mit mir wollte der reden, nur mit dem Chef persönlich. Aber es war mal wieder falscher Alarm.«

»Wieso Insulin? Ist das nicht für Diabetiker?«

»So ist es. Und bei einem Patienten, der keinen Diabetes hat, sinkt der Blutzuckerspiegel viel zu weit ab, hat mir der Arzt erklärt. Jedenfalls fällt der Patient ins künstliche Koma und stirbt, schnell und unauffällig.«

»Aber wie konnte das passieren?« Ich überholte einen Autofahrer, der auf Höhe der Uni mit dreißig über die Galgenbergstraße kroch. »Werden die Patienten auf der Überwachungsstation nicht regelmäßig kontrolliert?«

»Natürlich, auch per Monitor. Heute war aber wohl sehr viel los auf der Station, etliche Neuzugänge, außerdem hat sich ein Pfleger krankgemeldet. Deshalb konnte die zuständige Schwester ihre Patienten erst nach und nach persönlich kontrollieren, um drei war sie dann bei Baum. Die Laufgeschwindigkeit der Infusion war doppelt so hoch eingestellt, wie sie hätte sein sollen. Die Schwester hat sofort den Arzt verständigt.«

Ich bog in die Franz-Josef-Strauß-Allee, beschleunigte.

»Hör zu, Prinzessin.« Paolo räusperte sich umständlich. »Du musst mir einen Gefallen tun. Ich hab zwar schon eine Streife losgeschickt, aber da du ja ohnehin in die Uniklinik …«

»Du kannst dich auf mich verlassen, *amore mio*. Ich seh mich ein wenig um.«

Natürlich durfte ich nicht zu Nikolai. Dennoch wartete ich eine Weile vor der Intensivstation, in der Hoffnung, doch noch eine und wenn auch nur klitzekleine Information über seinen Zustand zu erhalten. Zumindest hatte mir der Arzt, der auf mein Läuten hin die Tür geöffnet hatte, zu verstehen gegeben, dass Betty nicht bei Nikolai war. Also würde sie irgendwann hier auftauchen.

Doch auch nach einer halben Stunde war sie noch immer nicht erschienen. So lief ich durch die langen, schier endlosen Korridore und hielt Ausschau nach ihrem getigerten Mantel. Aber nirgendwo entdeckte ich sie, auch nicht auf der Überwachungsstation im ersten Stock. Nikolais ehemaliges Zimmer war das erste im linken Flur. Die Überwachungszentrale mit den Monitoren für die einzelnen Patienten befand sich jedoch in der Mitte der Station. Es war ein ständiges Kommen und Gehen, Türen klappten auf und wieder zu, hier schob man ein medizinisches Gerät durch den Korridor, dort ein Krankenbett. Vermutlich hatte niemand darauf geachtet, ob, wann und vor allem wer Nikolais Zimmer betreten hatte.

Als ich zurück zum Aufzug ging, meldete sich mein Handy.

»Dein Nikolai hat einen ausgesprochen tüchtigen Schutzengel«, hörte ich Paolos Stimme. »Sein Zustand ist wieder stabil.«

Ich atmete laut aus.

»Wer immer das war, er wird es wieder versuchen«, sagte ich dann und drückte auf den Knopf für den Aufzug.

»Keine Sorge, ein Kollege von der Streife bleibt gleich zu Baums Bewachung vor Ort«, erklärte er. »In die Intensivstation kommt zwar keiner rein, aber sicher ist sicher.«

»Warum lässt du Nikolai nicht in ein anderes Krankenhaus verlegen?«

»Weil mir der Chefarzt vorhin lang und breit erklärt hat, dass er einem Transport unter den gegebenen Umständen unmöglich zustimmen kann.«

Ich erfuhr, dass mein Ex immer noch auf irgendeiner Landstraße festhing, eingekeilt zwischen stecken gebliebenen Lkws.

»Das Insulin wird übrigens auf der Station verwahrt, in einem ganz normalen Kühlschrank«, sagte er. »Den Raum darf zwar nur autorisiertes Personal betreten, aber er ist nicht verschlossen.«

»Also kann es jeder genommen haben. Betty war in Nikolais Zimmer, als die Schwester die Infusion kontrolliert hat. Und jetzt ist sie wie vom Erdboden verschluckt.«

»Du meinst, sie hat ihm das Insulin gegeben? Und als die Schwester sie ertappt hat, musste sie improvisieren und hat ihr die Komödie mit der verzweifelten Gattin vorgespielt?«

»An das Insulin hätte sie mit etwas Glück rankommen können«, überlegte ich. »Auf der Station ist einiges los, da kriegt keiner alles mit.«

Die Aufzugtür öffnete sich, zwei grauhaarige Frauen mit großen Taschen stiegen laut schnatternd aus.

»Und jeder kann im Internet nachlesen, wie es wirkt.« Ich betrat die Kabine, leise setzte sich der Aufzug in Bewegung. »Aber woher weiß sie, an welcher Stelle man es in die Infusion spritzt und wie man die Laufgeschwindigkeit einstellt? Nein, ich denke, es muss jemand gewesen sein, der sich im Klinikbetrieb auskennt.«

Natürlich schoss mir Doktor Griaux durch den Kopf.

Vielleicht war er vor seinem Termin in der Stadt noch in der Uniklinik gewesen?

Als ich nach einem schnellen Einkauf unterwegs gegen halb acht in die hintere Einfahrt der Villa bog, sah ich zu meiner Überraschung Monas Mini neben der Garage stehen.

In der Diele empfing mich ein Geruch nach Knoblauch und etwas Undefinierbarem. Semiramis strich mir aufgeregt um die Beine. Auch Monas Katze schien zu merken, dass heute etwas anders war als sonst. Mein Sprössling rumorte im ersten Stockwerk. Vermutlich erledigte er den Rest seiner Hausaufgaben oder saß schon wieder im virtuellen Chatroom, wo er sich die halbe Nacht hindurch mit seinen neuen Freunden Alex und Patrick unterhalten würde, wenn ich ihn nicht irgendwann in die Wirklichkeit zurückholte.

Ich zog Mantel und Stiefel aus, schlüpfte in meine wärmsten Hausschuhe aus dickem Filz und trug die beiden Tüten in die Küche.

Mona hatte meine alte Leinenschürze umgebunden – über einem ihrer neckischen Minis, auf die sie nicht einmal im tiefsten Winter verzichtete. Mit roten Wangen und hochgestecktem Haar rührte sie in einem Wok, den ich noch nie gesehen hatte. In einem Riesentopf köchelte Reis. Zwei aufgeschlagene Kochbücher lagen auf dem Tisch. Auf der Arbeitsplatte türmten sich Gemüseabfälle, drei Tüten Sojamilch, eine halb ausgedrückte Tube Chilipaste und eine Flasche Rotweinessig.

»Ist denn schon Weihnachten?« Der fernöstliche Duft nach Kardamom, Curry und Koriander warf mich fast um.

In den zehn Monaten, die Mona inzwischen bei mir wohnte, hatte sie noch kein einziges Mal gekocht. Wenn sie es zwischen ihren vielen Terminen nicht vergaß, kümmerte sie sich um Vincenzo und übernahm die Einkäufe, machte aber um alles andere, was mit Haushalt zu tun hatte, einen großen

Bogen. Oben, in ihrer eigenen Küche, gab es nur einen Wasserkocher und zwei verbeulte Töpfe, die der Vormieter, ein verkrachter Philosophiestudent, vergessen hatte.

»Nach dem Vorstellungsgespräch heute Vormittag hatte ich die Nase voll«, erklärte sie mir. »War natürlich wieder nichts, fast hundert Bewerber für eine Stelle als Lektorin und zwanzig in der engeren Wahl. Danach bin ich los und hab den Wok und die Kochbücher besorgt.« Sie strahlte mich unschuldig an. »Olaf liebt asiatische Gerichte.«

»Olaf ist dein Neuer?«

Sie nickte, während sie mit einem Riesenkochlöffel schwungvoll im Wok rührte. Lauch, Ananas, chinesische Pilze und fein geschnittene Rinderfiletstreifen wirbelten durcheinander.

»Verheiratet?«

»Wo denkst du hin!«

Das war ungewöhnlich. Bisher hatte meine Untermieterin und Ladenhilfe fast nur verheiratete Männer angeschleppt, jedes Mal die ganz große Liebe und bald darauf die unvermeidliche Katastrophe. Jeder von Monas jeweiligen Angebeteten hatte sich natürlich in Kürze von seiner Frau trennen wollen. Das hatte selbstverständlich nie geklappt, und die wenigsten Episoden hatten länger als vier, fünf Wochen gedauert.

»Olaf kommt zum Abendessen?«, fragte ich. Die Menge, die Mona zubereitete, hätte für eine achtköpfige Familie gereicht.

»Aber nein, er musste zu einem Termin. Das ist *die* Gelegenheit, hab ich gedacht.«

»Wozu?«

»Zum Üben.« Sie kicherte. »Nächste Woche hat er Geburtstag, und ich will ihn mit einem Candle-Light-Dinner überraschen.«

Vincenzo und ich waren also Versuchskaninchen. Ich räumte die Salamireste weg, die sicherlich mein Sprössling nach seiner Vorspeise hatte liegen lassen, und packte meine Tüten aus. Mona drückte den restlichen Inhalt der Tube Chilipaste in die Soße, rührte fröhlich pfeifend um und schüttete eine großzügig bemessene Tasse Rotweinessig dazu.

»Olaf ist so was von süß«, fing sie jetzt an. »Einen richtigen Knackarsch hat er und sooo schöne Augen!«

Ich hatte mich schon gefragt, wann sie mit der üblichen Hymne beginnen würde. Ich hörte brav zu, verstaute die Einkäufe, goss mir ein Glas Wasser ein und setzte mich an den Tisch. Olafs Vater stamme aus Kalifornien, seine Mutter aus Kassel, und der tollste Typ der Welt hatte ein Loft am Donauufer, mit Blick auf Dom, Steinerne Brücke, die ganze historische Altstadt. Der neueste Märchenprinz war Steuerberater und, wie zu erwarten, ein Ass im Bett.

»Dann decke ich mal den Tisch.« Ich öffnete das wurmstichige Küchenbuffet und holte Nonna Emilias Meißner-Porzellan-Teller mit Goldrand und das gute Silberbesteck mit dem eingravierten Lilienmuster heraus.

Mona entfuhr ein Schrei. Entrüstet deutete sie auf zwei Kartons neben der Spüle, die ich bisher noch nicht bemerkt hatte.

»Wir essen natürlich aus Reisschalen«, wies sie mich zurecht. »Und mit Stäbchen.«

Achselzuckend machte ich die Kartons auf. Viereckige schwarze Schälchen kamen zum Vorschein, die aus so dünnwandigem Porzellan gearbeitet waren, dass sie fast schon vom Ansehen zerbrachen.

Die Tür sprang auf, und Vincenzo erschien.

»Ich hab einen Wahnsinnshunger«, verkündete er. »Mmm, das riecht ja spitzenmäßig!«

»Hast du nicht schon gegessen?«, fragte ich.

Nach einer detaillierten Erklärung, warum junge Menschen im Wachstum keinesfalls zu wenig essen sollten, schnappte mein Sohnemann sich eine Gabel, fischte ein Stück gebratenes Fleisch aus dem Wok und steckte es sich in den Mund.

»Und?«, fragte die Chefköchin mit leuchtenden Augen.

Vincenzos Augen füllten sich mit Tränen. Er würgte, hustete, rannte zur Spüle und spuckte das, was er im Mund hatte, laut prustend in den Abguss. Dann drehte er stöhnend den Wasserhahn auf und trank in großen hastigen Schlucken.

»Okay«, entschied ich, »wir gehen zum Italiener.«

8

»Betty Baum hat sich bei dir über meine Besuche bei Nikolai beschwert?«, wiederholte ich am nächsten Morgen überrascht. »Weshalb denn bei dir? Und warum hat sie gestern Abend dann ausgerechnet mich angerufen?«

»Der Schock, sagt sie. Deshalb ist sie auch so plötzlich verschwunden. Angeblich ist sie zu einer Freundin nach München gefahren, hat da übernachtet und sich ausgeheult. Das überprüfen wir gerade«, knurrte Paolo in den Hörer. »Und vermutlich will ihr inzwischen keiner von den Ärzten mehr zuhören, wenn sie ihren Mann gegen Frauenbesuche abschirmen will. Als ob ich keine anderen Sorgen hätte!«

Ich war nicht sicher, ob seine schlechte Laune von Bettys Beschwerde herrührte oder davon, dass er bei diesem Fall immer wieder auf meinen Namen stieß.

Es war Freitagvormittag und ich eben von meinem Morgenlauf mit Mona zurückgekommen, zu dem sie mich wie so oft hatte überreden müssen. Sie war schon unter der Dusche, während ich erst einmal eine Kanne Tee brauchte. Anschließend wollte ich Vincenzo wecken, der heute erst später in die Schule musste. Das Laufen hatte mir gutgetan. Über Nacht hatte sich der Wind gelegt, ein paar Flocken waren liegen geblieben, wenn auch nur als dünne Schneeschicht. Der Himmel leuchtete in unschuldigem Blau, kein Wölkchen weit und breit, Sonnenstrahlen verwandelten die Straßen und Dächer in eine glänzende Zuckerlandschaft.

»Hast du sie nach dem Insulin gefragt?« Ich klemmte mir

das Telefon ans Ohr und schlüpfte aus der nass geschwitzten Laufjacke.

»Klar. Aber sie weiß natürlich von nichts. Und dann hat sie mich angestänkert, ob ich als leitender Ermittler nicht lieber deine und Frau Kujadarowas Dauerbesuche unterbinden möchte, anstatt ihr den Mord am eigenen Ehemann zu unterstellen. Am Ende bekommt er bei den vielen Besuchen noch einen Kreislaufkollaps, sagt sie, sobald er wieder auf der Überwachungsstation liegt. Erst recht nach diesem zweiten Anschlag.«

»So ein Quatsch.«

Ich hüpfte auf einem Bein, während ich mir einen Sportschuh auszog. Ob Betty mir ihren Nervenzusammenbruch am Telefon nur vorgespielt hatte? Vielleicht war sie zu diesem Zeitpunkt schon gar nicht mehr in der Klinik gewesen, sondern hatte mich von unterwegs angerufen.

»Kujadarowa – ist das diese Jazira, die ihn gefunden hat?«

»Genau«, antwortete Paolo. »Die ist gestern anscheinend auch bei deinem Nikolai gewesen.«

Dieses *bei deinem Nikolai* störte mich. Aber ich sagte nichts.

»Die kommt noch häufiger als du, wie es aussieht.«

Ich hängte die Jacke an den Garderobenhaken. »Mit dieser Betty stimmt was nicht. Jemand versucht zweimal hintereinander, ihren Mann umzubringen, und sie denkt nur an seine Frauenbesuche. Die ist krankhaft eifersüchtig. Aber vielleicht will sie ja auch nur von sich ablenken?«

»Das vermute ich auch. Man hat sie zwar nicht in dem Raum gesehen, wo das Insulin aufbewahrt wird, aber sie hätte es trotzdem unbemerkt an sich nehmen können. Außerdem fährt sie einen Opel Astra und hat auch für den ersten Anschlag kein Alibi. Angeblich war sie daheim, in ihrem Tanzstudio im Keller, als ihr Mann niedergeschlagen wurde. Aber niemand kann das bezeugen.« Pause. »Du wolltest dich am Tatabend doch mit deinem Nikolai treffen. Vielleicht hat sie irgendwie Wind davon bekommen?«

»Er ist nicht mein Nikolai«, sagte ich nun doch.

»Das ist ja glücklicherweise nicht mehr mein Problem.«

Er schnalzte mit der Zunge. Das tat er immer, wenn er sauer war, es sich aber nicht anmerken lassen wollte. Seit wir uns getrennt hatten, war nie wieder etwas zwischen uns gewesen. Aber in manchen Dingen schien er sich immer noch verantwortlich für mich zu fühlen.

»Vielleicht hat Betty vermutet, dass Nikolai und ich uns treffen wollten«, nahm ich den Faden wieder auf. »Vielleicht hat sie ihn nach dem Dienst auf dem Parkplatz abgefangen und zur Rede gestellt.« Ich schloss kurz die Augen, sah die nächtliche Szene vor mir.

»Irgendwann wollte er die peinliche Auseinandersetzung vermutlich beenden und hat sich umgedreht«, spann Paolo den Faden weiter. »Da hat er natürlich nicht gesehen, wie sie mit der Eisenstange ausgeholt hat.«

»Dann hätte sie die Stange aber schon seit einiger Zeit mit sich herumgetragen«, warf ich ein. »Außerdem hat er unmittelbar vor dem Schlag noch mit mir telefoniert. Das erste Mal hat er angerufen, weil sein Auto nicht angesprungen ist, gegen Viertel nach sieben, und eine halbe Stunde später noch mal. Das hätte er nie und nimmer getan, wenn Betty bei ihm gewesen wäre.«

»Ich gehe davon aus, dass sie zuerst vor dem Eingang auf ihn gewartet hat. Drinnen hat sie jedenfalls niemand gesehen, das haben wir überprüft. Dann sind sie zusammen zum Parkplatz. Dabei sind sie an der Baustelle vorbeigekommen.«

»Oder sie ist zuvor schon mal in der Klinik gewesen und kannte sich aus. Jetzt fällt mir ein: Nikolai hat erzählt, dass sie ihn ein paar Tage vorher zur Weihnachtsfeier begleitet hat.«

»Wie auch immer, sie fängt ihren Mann vor der Klinik ab. Es kommt zum Streit, er lässt sie stehen, geht zum Parkplatz. Dann ist sie ihm nach, hat vielleicht sogar gehört, wie er mit dir telefoniert hat. Und da ist sie dann durchgedreht. Überleg mal, war das vielleicht ihre Stimme, die du im Hintergrund gehört hast?«

Ich dachte angestrengt nach. Aber es half nichts, ich konnte mich nicht einmal daran erinnern, was die Stimme gerufen hatte.

Etwas anderes fiel mir allerdings ein. Als hätte ich wieder das Handy am Ohr, in jener kalten Nacht: *Ich hab die Nase voll, nach diesem ganzen Mist, ich will hier weg, verdammt!*

Das Haus in der Ziegetsdorfer Straße war ein ockergelb verputztes, mehrstöckiges Gebäude aus der Gründerzeit, hatte hohe Giebel und frisch gestrichene, dunkelgrüne Fensterläden. Aus einem eingeschneiten Sandkasten ragten drei Kinderschaufeln, eine verrostete Schubkarre, zwei hellrote Plastikeimer, einer davon ohne Henkel. Ein umgestürztes Bobbycar vervollständigte das Stillleben.

Die Adresse hatte Nikolai nebenbei erwähnt, an unserem Nachmittag im Marilyn-Monroe-Bistro. Vor dem Haus stand ein schwarzer Opel Astra, vermutlich Bettys Wagen.

Das Gartentor quietschte. Meine Absätze klapperten auf den Betonplatten in der Einfahrt, ein fleißiger Hausbewohner hatte den ersten Schnee in diesem Winter schon wieder weggefegt. Im Untergeschoss befand sich ein Bauchtanzstudio, im Erdgeschoss wohnten N. und B. Baum, verrieten mir die Namensschilder neben der Haustür. Eine Familie Neumann bevölkerte das erste und zweite Stockwerk, vermutlich die Besitzer des vergessenen Kinderspielzeugs, darüber ein ausländischer Doppelname.

Ich klingelte. Nichts rührte sich. Also versuchte ich es im Tanzstudio, das Paolo erwähnt hatte.

Ein Surren war zu hören.

Ich betrat ein helles, zugiges Treppenhaus. Es roch nach Kaffee und Zitronenreiniger.

Eine Tür im Keller öffnete sich.

»Ich bin hier unten«, ertönte Bettys Stimme. »Gehen Sie einfach die Treppe runter!«

Über geflieste Stufen stieg ich ins Kellergeschoss. Betty erwartete mich an der Türschwelle. Sie lächelte mir entgegen, aber dann erkannte sie mich. Ihr Blick wurde noch feindseliger als vor zwei Tagen, als sie mich im *BellaDonna* aufgesucht hatte. Doch sonst ähnelte sie in nichts der Frau, die unruhig durch meinen Laden gestreift war. Sie sah aus, als wäre sie eben einem Märchen aus Tausendundeiner Nacht entstiegen. Eine Pluderhose aus taubenblauem Taft bauschte sich um ihre schmalen Hüften und ließ sie mit einem Mal sehr weiblich wirken. Ein eng anliegender, tief dekolletierter Body in der gleichen Farbe und ein wallendes Tuch, über und über mit klimpernden Kupfermünzen bestickt, verstärkten den Eindruck, eine Schönheit aus Harun al-Raschids Harem stünde vor mir – und nicht Nikolais von Eifersucht zerfressene Frau.

»Was wollen Sie denn schon wieder?«, keifte sie mich an.

»Haben Sie fünf Minuten Zeit?«

»Für Sie ganz sicher nicht!«

Irgendwo im Haus fiel eine Tür ins Schloss. Man hörte Fußgetrappel, Kinderstimmen und eine Frau, die ihre Kleinen aufforderte, heute ausnahmsweise einmal schnell zu machen. Ein Mädchen verlangte lautstark nach den rosa Sandalen, die mit den Erdbeeren und kleinen Blumen. Doch die Frau bestand darauf, dass heute ein Tag für Winterschuhe sei.

»Fünf Minuten«, wiederholte ich leise. »Ich muss mit Ihnen reden.«

Vielleicht fürchtete Betty eine Auseinandersetzung vor den Nachbarn. Jedenfalls wischte sie sich über die vermutlich vom Tanzen nasse Stirn, machte einen Schritt zurück und ließ mich eintreten.

Dämmrige Wärme, von Trommeln untermalte Zimbelklänge und ein Geruch nach Sandelholz umfingen mich. Ich folgte Betty durch eine karg eingerichtete Diele in den Raum, aus dem die Musik kam. Es war ein lang gestreckter Saal, etwa fünf auf acht Meter, der durch Betonsäulen abgestützt war. Der hintere Teil des Parkettbodens verschwand fast gänzlich unter zahllosen Bodenkissen aus glänzendem Damast und Brokat, dazwischen stand ein dampfender Samowar auf einem riesigen geschnitzten Elefanten, der mit dem Rüssel ein Tablett hielt und als Tischersatz diente. Neben dem Samowar sah ich Teller mit Pistazien und getrockneten Feigen, eine Zuckerdose aus Messing, schmale hohe Teegläser mit feinen Goldgravuren. Der Rest des Saals war leer. Die zinnoberrot getünchten Wände waren fast bis zur Decke verspiegelt, hier und da an den Säulen hing ein schimmerndes Seidentuch. Mitten im Raum lag ein Krummsäbel am Boden.

Betty ging zur Musikanlage, die in einem unscheinbaren Kasten an der Wand versteckt war, und schaltete sie aus. Dann zog sie sich eine Strickjacke und Socken aus grober Schafwolle über, schenkte für sich und mich Tee ein und stellte die gefüllten Gläser auf den Parkettboden zwischen den Sitzkissen. Überrascht von ihrer unerwarteten Gastfreundschaft, setzte ich mich wie sie auf ein Polster. Die Kupfermünzen an ihrem Tuch, das sehr schwer sein musste, klimperten. Es war kühl hier unten und ich froh um meinen Mantel.

»Morgens trainiere ich immer«, erklärte sie. »Ich studiere gerade eine Säbelchoreografie ein. Für die Eröffnungsfeier.«

Ich hatte erwartet, sie würde ihren Anruf von gestern Abend ansprechen, zumindest den erneuten Anschlag auf Nikolai.

»Das ist Ihr Tanzstudio?«, fragte ich, ohne mir meine Überraschung anmerken zu lassen.

»Ja.« Sie nippte an ihrem Glas. »Eigentlich bin ich Werbetexterin. Aber nach zwölf Jahren will man mal was anderes machen. Den Traum vom eigenen Studio, den hab ich schon lange. Nur, die Mieten in München kann keiner bezahlen.«

»Und wie läuft es?«

Die Lage – zwar nicht am Stadtrand, aber doch abseits vom Zentrum – hielt vermutlich manch einen davon ab, hierherzukommen.

»In einer fremden Stadt ist das nicht so einfach«, antwortete Betty ausweichend. »Ich bräuchte einen Partner für das Studio. Jemanden, der Modern Dance oder Ballett unterrichtet. Und außerdem ist in zwei Wochen erst Eröffnung.«

Im *BellaDonna* gingen Frauen der verschiedensten Gesellschaftsschichten ein und aus. Ich überlegte, welche meiner Kundinnen ich ansprechen konnte. Als ich Betty versprach, mich umzuhören, musterte sie mich erstaunt. Mit einem Mal war ihre feindselige Haltung wie weggeblasen. Der richtige Moment, um meine Fragen loszuwerden.

»Warum haben Sie gestern Abend eigentlich mich angerufen?«

»Sonst kenn ich ja niemanden hier.«

»Und warum haben Sie nicht auf mich gewartet?«

»Sollte ich zusehen, wie Nikolai stirbt?«

»War jemand bei ihm, als Sie in sein Zimmer gegangen sind?«

»Nein. Aber die Schwester hat gesagt, dass diese junge Ärztin aus irgendeinem asiatischen Drecksland kurz vor mir da gewesen ist.«

»Die Schwester muss sich irren. Ich habe Jazira gestern am späten Vormittag bei Nikolai getroffen.«

»Ich weiß doch, was die Schwester mir erzählt hat. Bestimmt hat diese Ärztin ihm das Insulin verabreicht.«

»Warum hätte sie das tun sollen?« Ich trank einen Schluck Tee. Er war stark und süß. »Beim ersten Anschlag hat sie ihm das Leben gerettet.«

»Vielleicht, weil sie ihn nicht kriegen konnte?« Ihre blauen Augen sprühten kalte Funken. »Auf dieser Weihnachtsfeier in der Klinik, zu der er mich geschleppt hat, da ist sie auch dauernd in Nikolais Nähe gewesen. Hat wohl gedacht, ich merke es nicht.« Angewidert zupfte sich Betty einen unsichtbaren

Fussel von der Jacke. »Und dann ist sie auf einmal umgekippt, ohne Vorwarnung. Natürlich genau in seine Richtung. Er hat sie aufgefangen. Was sollte er machen? Dabei ist sein Sektglas zu Bruch gegangen, und er hat sich böse geschnitten. Angeblich war ihr schlecht geworden. Haha!«

»Sie glauben ihr nicht.«

»Natürlich nicht. Die wollte, dass er sie in die Arme nimmt«, meinte sie abfällig. »Wissen Sie, was ich denke?« Noch eine Spur bissiger: »Vielleicht ist sie schwanger von Nikolai, die Schlampe.«

»Wie kommen Sie darauf?«

»Ich weiß nur, dass Nikolai sich sehr verändert hat, seit wir hierhergezogen sind. Besonders seit er aus Indien zurück ist. Seither ist er kaum noch ansprechbar gewesen.«

Sie sprang so plötzlich auf, dass sie den Tee verschüttete. Dunkle, hässliche Flecken breiteten sich auf dem gelben Brokatkissen aus, auf dem sie gesessen hatte.

»Ich muss weitermachen. Gehen Sie bitte.« Sie nahm mir das fast noch volle Glas aus der Hand. »Und lassen Sie meinen Mann in Ruhe! Sonst mache ich Sie fertig!«

»Hören Sie, da ist wirklich nichts mehr zwischen uns …«

»Sie sollen gehen!«

Bettys plötzlicher Stimmungswechsel verwirrte mich. Aber ihre Miene war mit einem Mal so abweisend, ihre Haltung so drohend, dass ich mich auf keine Diskussion einlassen wollte. Langsam stand auch ich auf, ging zur Tür.

»Nikolai hat immer gesagt, das mit dem Studio, das kriegst du hin«, flüsterte sie plötzlich mit erstickter Stimme. »Du bist gut, hat er gesagt, du kannst das, du hast Ausstrahlung. Seine positive Einstellung fehlt mir so. Sein Optimismus. *Er* fehlt mir.«

Ich drehte mich um und sah, wie eine Träne über ihre Wange kullerte. Sie wischte sie nicht weg, sah mich nur an, mit verlorenem Gesichtsausdruck, immer noch beide Teegläser in der Hand.

»Es ist möglich, dass er behindert ist, sagen sie«, fuhr sie fort. »Vielleicht ist er gelähmt, kann nicht mehr arbeiten …«

»Vielleicht ist er in einigen Wochen aber auch wieder ganz gesund.«

»Und wenn er übermorgen an einer Gehirnblutung stirbt? Vielleicht wäre es besser gewesen, wenn die Schwester gestern nicht rechtzeitig ins Zimmer gekommen wäre.« Sie fing an zu schluchzen, sackte in sich zusammen, die Gläser in ihrer Hand schwappten über. »Nichts als rumsitzen und irgendwelche blödsinnigen Tänze einüben, die niemand sehen will. Und warten. Warten, immer nur warten, dass endlich was geschieht. Ich halte das nicht mehr aus!«

Bei den letzten Worten war ihre Stimme lauter geworden. Ihr Atem ging jetzt keuchend, jeden Moment konnte sie das Gleichgewicht verlieren. Ich sprang auf sie zu. Die Teegläser fielen zu Boden und zersprangen. Wie angewurzelt stand sie da, starrte auf die Scherben, unfähig, sich zu bewegen.

»Erst haben die Ärzte gesagt, dass womöglich der Hirnstamm verletzt ist«, schleuderte sie mir mit so anklagendem Ton entgegen, als hätte ich diese Diagnose gestellt. »Ich hab gar nicht nachgefragt, was das heißt. Ich will das alles nicht wissen, verstehen Sie? Ich will nicht …«

»Vorsicht, die Scherben!«

Ich kniete nieder und sammelte die größeren Stücke ein.

»Wenn das so ist, dann kann Nikolai vermutlich nicht mal richtig reden, wenn er aufwacht. Vielleicht kann er sich nicht mal mehr erinnern, weiß nicht mehr, wer ich bin, wie ich heiße.«

Wieder bebte ihr ganzer Körper, dieses Mal so stark, dass ich wirklich fürchtete, sie würde jeden Moment zusammenbrechen. Schnell legte ich die Scherben zur Seite, stand auf, wollte sie stützen. Sie stieß meinen Arm weg und wich zurück. Ihr Gesicht verzerrte sich.

»Ich bin vierunddreißig Jahre alt. Soll ich mein Leben an

der Seite eines Kranken verbringen, der wie ein Baby alles wieder lernen muss?«

Mit einem Satz war sie bei mir. Auf dem Boden sah ich Blutspritzer, sie musste in die Scherben getreten sein. Aber sie schien es nicht zu bemerken, ihre Finger krallten sich in meine Unterarme.

»Im alten Griechenland, da hat man den Toten eine Silbermünze unter die Zunge gelegt«, flüsterte sie, das Gesicht direkt vor meinem. Ihre Pupillen wurden groß. »Nur so, hat man geglaubt, könnten sie den Fährmann bezahlen, für die Überfahrt ins Totenreich.«

Ihr Gesicht war jetzt so nah, dass es vor meinen Augen zu verschwimmen begann. Ich spürte ihren Atem. Ihre spitzen Fingernägel bohrten sich immer tiefer in mein Fleisch. Ich versuchte, den Griff zu lockern, doch sie hielt mich fest umkrampft.

»Aber heutzutage lässt man die Menschen nicht mal mehr in Würde sterben«, krächzte sie. »Man erhält sie künstlich am Leben, und keiner denkt daran, dass auch die Lebenden darunter leiden.«

»Was reden Sie denn da? Nikolai war doch schon auf der Überwachungsstation.« Gewaltsam löste ich ihre Finger und schob sie weg. »Sie brauchen jetzt Geduld. Und Nikolai braucht Sie. Jeden Tag. Sie und Ihre Liebe.«

»Von der ist schon lange nichts mehr übrig.« Schlagartig war sie ganz ruhig, lachte mir höhnisch ins Gesicht. »Und wissen Sie auch, warum? Wegen solchen Schlampen wie dieser Jazira und Ihnen!«

Lautlos fiel sie in sich zusammen. Ich wollte sie noch festhalten. Aber ich war nicht schnell genug. Die Kupfermünzen klimperten, als sie mit dem Kopf auf dem Boden aufschlug.

Nach dem ersten Schreck versuchte ich, Betty so gut wie möglich zu versorgen. Ich wickelte sie in eine Decke, legte ihr einen kalten Umschlag auf den Hinterkopf, wo sich eine Beule abzeichnete, säuberte und verband notdürftig ihre blutigen Füße. Sie kam bald wieder zu sich, weinte aber in einem fort und war nicht mehr zu beruhigen. Ich läutete bei den Nachbarn, in der Hoffnung, dass jemand den Namen ihres Hausarztes kannte. Doch niemand öffnete.

Die Nummer meiner Hausärztin hatte ich dummerweise nicht im Handy gespeichert. Also wählte ich Doktor Engels Handynummer. Er hatte sie mir gestern im Tausch gegen meine gegeben.

»Es ist Ihnen doch hoffentlich nichts dazwischengekommen?«, begrüßte er mich gut gelaunt, aber mit etwas sorgenvollem Unterton. »Es bleibt doch bei heute Abend?«

Schnell erklärte ich ihm alles. Er gab mir die nötigsten Anweisungen, nur für den Fall, dass Betty wieder das Bewusstsein verlieren sollte. Es würde dauern, bis er kommen konnte. In der Klinik hatte er alle Hände voll zu tun.

Betty blieb ruhig, bis er eine gute Stunde später eintraf. Ich ließ die beiden allein und wartete in der Diele. Nur wenige Minuten später stand Doktor Engel wieder vor mir, den Schlüssel zu Bettys Wohnung in der Hand.

»Ich habe ihr eine Beruhigungsspritze gegeben«, sagte er. »Sie braucht unbedingt etwas zu essen. Seit Dienstagabend hat sie nichts mehr gegessen. Seit dem ersten Angriff auf ihren Mann.«

Gemeinsam brachten wir sie nach oben und betteten sie auf das Sofa im Wohnzimmer. Nebenbei erfuhr ich, dass Doktor Engel heute Morgen später als sonst seinen Dienst in der Klinik angetreten hatte. Zuvor hatte er seine Frau zum Münchner Flughafen gefahren, die heute nach Melbourne flog. Nach dem gestrigen Vorfall war Nikolais Zustand wieder stabil. Im Laufe des Nachmittags würde man ihn erneut auf die Überwachungsstation verlegen.

Nachdem Doktor Engel sich verabschiedet hatte, ging ich in Bettys Küche, einen von Licht durchfluteten Raum mit farbenfrohen Fliesen und Möbeln aus lackiertem Buchenholz, und inspizierte die Vorräte. Wie ich schien auch Betty sich nicht genug Zeit zu nehmen fürs Einkaufen. Alles, was ich fand, waren ein halber Laib Bauernbrot und ein paar Scheiben eingetrockneter Käse. Ich belegte zwei Scheiben Brot mit dem Käse und setzte Teewasser auf.

Als ich den Tee und das kärgliche Mahl ins Wohnzimmer brachte, fiel mein Blick auf die Kommode, ein antikes Möbelstück aus Nussbaumholz mit glänzenden Messingbeschlägen, das ich noch aus Nikolais Münchner Wohnung kannte. Darüber hing ein Posterrahmen mit einem Sammelsurium kunterbunt durcheinander geklebter Fotos. Nikolai mit Schultüte und kurzen Haaren, ein anderes Mal das Haar bis zur Schulter und mit einer Gitarre auf dem Schoß, auf einer schweren Suzuki mit Motorradhelm. In der Mitte hatte jemand *Herzliche Glückwünsche zum Vierzigsten* geschrieben, dazwischen drei schwer leserliche Unterschriften in Rot, Grün und Gelb. Außerdem Schnappschüsse mit drei Männern, vermutlich die Freunde, die ihm die Fotocollage geschenkt hatten, und Nikolai mit Betty. Sie knieten eng umschlungen auf einer lila blühenden Wiese, ein Kuss für die Kamera, ihr Glück fast noch greifbar.

Auf der Kommode stand ein goldener Rahmen in einer Ecke, darin eine Aufnahme von mir. Es musste eines der Fotos sein, die Betty so zu schaffen machten. Lachend und mit in die Stirn gezogener Pudelmütze blickte ich in die Kamera, der Wind blies mir die langen roten Haarsträhnen ins Gesicht, hinter mir funkelte das Wasser der Donau im Sonnenlicht. Nikolai hatte die Aufnahme auf der Steinernen Brücke gemacht, als er mich vor drei Jahren besucht hatte.

Ich legte den Bilderrahmen mit der Vorderseite nach unten auf die Kommode.

»Lassen Sie das«, murmelte Betty.

Überrascht wandte ich den Kopf.

»Alles soll so sein, wie es war.« Mühsam schluckte sie. »Wenn Nikolai wiederkommt.«

»Sie hatte einen Nervenzusammenbruch?«, fragte Paolo.

»Oder Betty ist die beste Schauspielerin, die ich kenne. Ihrer Meinung nach hatte Nikolai eine Affäre mit Jazira.«

Der Laster vor mir setzte sich langsam in Bewegung. Ich trat aufs Gaspedal. Nachdem Betty alles aufgegessen hatte, war ich zum nächsten Supermarkt gefahren. Eilig hatte ich sowohl das Nötigste für Betty besorgt als auch für mich das Weißbrot und die Zitronen, die ich gestern vergessen hatte. Als ich ihr später den Wohnungsschlüssel auf den Wohnzimmertisch legte und ging, schlief sie wie ein Kind. Auf dem Weg zum Oldtimer läutete das Handy: Paolo. Zuerst überlegte ich, ob ich es einfach läuten lassen sollte. Am Ende beschwerte er sich wieder, weil ich mich in seine Ermittlungen einmischte. Aber dann drückte ich doch auf die grüne Taste und fuhr los in Richtung *BellaDonna*.

»Eifersucht ist schon immer eines der häufigsten Tatmotive gewesen«, entgegnete Paolo langsam.

»Bettys finanzielle Lage ist allerdings nicht rosig. Wenn Nikolai stirbt, dann hängt sie völlig in der Luft. Das Studio läuft nicht, und ihren Job als Werbetexterin hat sie aufgegeben.«

»Warum erfahre ich so was immer nur von dir?«, schimpfte er.

Etwas raschelte. Vermutlich arbeitete sich mein Ex durch seine Unterlagen.

»Den Pfeiffer, den knöpf ich mir vor. Der kriegt was zu hören. Und du, Prinzessin, versprichst mir jetzt, dass du deine Nase ab sofort nicht mehr in Dinge steckst, die dich nichts angehen.«

»Nur wenn du mir verrätst, ob das Ergebnis vom LKA schon vorliegt.«

»Wegen der Vergleichsanalyse bezüglich der Eisenstange? Bis jetzt noch nicht, da muss ich gleich mal nachfassen.« Er seufzte. »Ich hab hier mindestens hundert Spurenblätter liegen. Keine Ahnung, was ich zuerst tun soll, mit zwei Fällen auf einmal.«

»Wie geht's eigentlich voran mit der Toten im Regen? Ist sie schon identifiziert, *Commissario Lupo?*«

Dieses Mal fing er nicht zu jaulen an wie sonst, wenn ich seinen Nachnamen Wolf ins Italienische übersetzte.

»Da geht gar nichts vorwärts«, erwiderte er nur.

»Und Doktor Griaux? Hast du sein Alibi gestern Nachmittag überprüft?«

»Um zwei hat er in der Klinik aufgehört, wegen eines Termins bei seiner Bank. Der war aber erst um vier. Er hätte also problemlos in die Uniklinik fahren und das Insulin in die Infusion spritzen können. Die Kundenberaterin bei der Bank rückt natürlich nicht raus mit der Sprache. Keine Ahnung, was er dort wollte. Ziemlich resolut ist die und ausgesprochen hübsch. Wenn ich sie später nicht eng umschlungen mit ihrer Freundin gesehen hätte, dann wäre ich nie auf die Idee gekommen, dass sie vom anderen Ufer ist.«

Im Gegensatz zu Paolo wusste immerhin ich jetzt, was Griaux bei der Bank gewollt hatte. Nur war mir immer noch nicht klar, was er mit dem Champagner bezweckt hatte – mich auf ein erotisches Abenteuer einstimmen oder einen Kreditabschluss mit günstigen Konditionen für sein neues Motorboot feiern. Oder womöglich den zweiten Mordversuch an Nikolai?

9

Im *BellaDonna* herrschte ein heilloses Durcheinander. Der Boden war nicht gefegt, die Pullis lagen zerwühlt in den Regalen, und die Preisschilder der gestern verkauften Ware waren überall, nur nicht in der Schublade, wo sie hingehörten. Ich beschloss, mit Jenny ein ernstes Wörtchen zu reden.

Zuerst sammelte ich die Preisschilder ein und verglich sie mit dem Umsatz in der Kasse. Das mauvefarbene Kostüm war weg, außerdem ein Mantel von einem japanischen Designer, ein paar Accessoires und drei von Ginas Kleidern. Bis auf die mitternachtsblaue Samtrobe und das brombeerfarbene Abendkleid im Schaufenster, das meine Lieblingspuppe Nellie trug, war jetzt alles aus der Toskana-Kollektion verkauft. Und erst in fünfzehn Tagen war Weihnachten. Ob ich einen meiner Spontantrips nach Lucca unternehmen sollte, um für Nachschub zu sorgen? Wenn ich mich heute Abend auf den Weg machte, dann konnte ich bis Sonntagnacht wieder zurück sein. Aber was mich das allein an Benzin kosten würde! Mein Oldtimer verschlang mindestens vierzehn Liter pro hundert Kilometer, natürlich Super. Und außerdem müsste ich dann auf das Abendessen mit Doktor Engel verzichten. Das zweite Argument gab den Ausschlag. Ich würde erst morgen fahren.

Nachdenklich faltete ich die Pullis zusammen, legte sie ordentlich in die Regale, fegte das Fischgrätenparkett. Nein, die Verabredung mit Maximilian würde ich auf keinen Fall sausen lassen. Auch vorhin in Bettys Wohnung war mir wieder aufgefallen, wie angenehm, geradezu prickelnd seine Gegenwart war. Andererseits wusste ich immer noch nicht, ob Vincenzo heute bei Paolo übernachten konnte. Außerdem musste ich dringend die Kartons mit der gestern gelieferten Kommissionsware auspacken, die immer noch auf der Kellertreppe standen. Vielleicht entdeckte ich darunter etwas, das Ginas Samt- und Seidekreationen ersetzen konnte. Aber zuallererst brauchte ich jetzt eine Kanne Tee.

Ich hatte noch nicht einmal die erste Tasse geleert, da läutete das Telefon. Zia Riccarda, meine Lieblingstante aus der Toskana. Auf ihrem Landgut in den Bergen konnte man an klaren Tagen vom höchsten Turm des Castellos das Meer sehen.

Wie immer wollte sie alles wissen. Über meine und Vincenzos Gesundheit, das Wetter, unsere Weihnachtswünsche, auch die von Paolo, denn mein geschiedener Mann zählte immer noch zur Familie, die neuesten Neuigkeiten aus der

Boutique. Nebenbei erfuhr ich den gesammelten Klatsch aus meiner alten Heimat und hörte, wie es meinen Eltern ging. Mein Vater hatte seinen Beruf schon vor langer Zeit aufgegeben und musste seither in keinem fernen Land mehr den Bau von Brücken beaufsichtigen, sondern genoss mit meiner Mutter das Leben. Derzeit jetteten die beiden wieder einmal vom Pazifik zum Atlantik oder umgekehrt. Das wichtigste Thema kam zuletzt: *Quando ritorni, carissima* – wann kommst du nach Hause, mein Schatz?

Nach diesem Telefonat, das mich eine geschlagene halbe Stunde gekostet hatte, fing ich erneut an zu überlegen, ob ich nicht doch sofort in die Toskana fahren sollte. Natürlich würde ich mich nicht nur in Lucca, sondern auch bei meinen Verwandten auf dem Gut sehen lassen müssen. Wenn da nicht diese Verabredung gewesen wäre. Andererseits konnte man so ein Treffen auch verschieben …

Kurzerhand packte ich die Kartons mit Kommissionsware aus. Ein Traum aus karminroter Spitze mit Rückendekolleté bis zur Taille kam zum Vorschein. Das Kleid war bodenlang und fast so schick wie Ginas Kreationen. Dann Berge von Pullis, Hosen, Tops. Und im letzten Karton schließlich einige Tuniken aus Wildseide und geschlitzte Röcke in Schwarz. Das meiste hiervon würde als Abendgarderobe durchgehen. Ich atmete auf. Wenn nun auch Paolo noch rechtzeitig aus dem Büro kam, war das Abendessen mit meinem Doktor gerettet.

Der Tee war inzwischen kalt. Ich wollte neuen kochen, aber da spazierten schon die ersten Kundinnen herein. Die meisten suchten nach Schnäppchen für das Weihnachtsfest oder ein ausgefallenes Extra für Silvester, dazwischen Laufkundschaft. Kaum hatte ich die achtlos in die Regale zurückgeworfene Ware wieder ordentlich eingeräumt, wurde sie schon erneut herausgerissen und begutachtet. Das übliche Freitagsgedränge. Wenigstens würde Mona mich später unterstützen.

Nebenbei klingelte heute ständig das Telefon. Zuerst vertröstete mich mein Näher, auf dessen Änderungsware ich seit fast einer Woche wartete. Wie üblich war er im Stress. Jetzt, in der Adventszeit, noch mehr als sonst. Dann fragte jemand nach den Öffnungszeiten, und dreimal rief Patrick an, einer von Vincenzos neuen Freunden. Nur fünf Minuten nach seinem letzten Anruf schlurfte mein Söhnchen ins *BellaDonna*. Als er hörte, wer eben am Apparat gewesen war, klemmte er sich sofort ans Handy und verschwand in der Teeküche. Bald darauf stand er wieder vor mir und wollte das Übliche: ein paar Euro für sein Mittagessen, einen freien Nachmittag mit seinen Freunden und außerdem die erste Finanzspritze für die Ballettklamotten. Da heute Freitag war, drückte ich ihm vierzig Euro in die Hand und ließ ihn gehen, bestand aber darauf, dass er um halb sechs wieder im Laden sei. Und zwar pünktlich.

Später meldete sich Paolo, dieses Mal mit einer guten Nachricht. Die Dienstbesprechung war um halb fünf. Also würde er Vincenzo gegen sechs abholen können.

Nun stand meinem freien Abend nichts mehr im Weg.

Kurz nach zwei rief Fiffi an.

»Du glaubst nie, was der Chef heute nach der Visite offiziell bekannt gegeben hat«, sprudelte es aus ihr hervor. »Ausgerechnet dieser Angeber von Griaux ist jetzt leitender Oberarzt, und am Tatabend, da will er noch ewig auf Station fünf gewesen sein, steht auch so im Dienstplan, aber die Isi, die arbeitet nämlich auf der Fünf, die hat ihn kein einziges Mal gesehen und ...«

Ich erzählte ihr von Griaux' Behauptung, er sei am fraglichen Abend im Keller beim Computertomografen gewesen.

»Dann frag ich mal den Joachim, das ist der Hausmeister, und der kommt ja gleich zum Kaffee, weil, die Lisa ist nicht da, alle machen sich nämlich immer nur lustig über sein gruseliges Auge, der Glöckner von Notre-Dame, sagt die Lisa immer, echt unmöglich, aber deshalb bringt der Joachim ja auch mir die Pralinen mit und nicht ihr …«

Der Mann mit dem verrutschten Auge, der mir im Keller begegnet war, konnte also auch nett sein.

»… Und wenn beim CT was kaputt gewesen ist, dann weiß der Joachim das und auch, ob der französische Arroganzling beim Reparieren geholfen hat, aber wetten, dass der ganz woanders war, der hat nämlich dem armen Nikolai eins übergezogen! Es könnte natürlich auch ganz anders gewesen sein, hab ich mir überlegt …«

Sie verlor sich in immer haarsträubenderen Spekulationen, die allesamt aus ihren Krimis zu stammen schienen. Wieder bat ich Fiffi, bei ihren Nachforschungen zu Griaux' Alibi vorsichtig zu sein. Aber sie lachte nur. Als die Türglocke bimmelte und die nächste Kundin erschien, trug ich meiner Hobbydetektivin auf, außerdem so viel wie möglich über Jazira herauszubekommen. Irgendetwas war seltsam an der jungen Ärztin. Aufgekratzt versprach Fiffi, sich spätestens morgen wieder zu melden.

Thuy Minh Tam Berger, Halbvietnamesin und eine der bekanntesten Sopranistinnen an den Städtischen Bühnen, war auf der Suche nach einer Stola für den Neujahrsempfang beim Oberbürgermeister. Vorzugsweise aus olivgrünem Samt und passend zu ihrem neuesten Abendkleid, das sie gleich mitgebracht hatte. Zum Glück hatte ich genau das, was sie suchte. Beim Kassieren fielen mir Vincenzo und Betty ein. Ich bot Thuy einen Cappuccino an und fragte, ob sie mir eine günstige, aber gute Ballettschule empfehlen könne oder jemanden kenne, der Teilhaber an einem Bauchtanzstudio werden wolle. Sie würde sich bei ihren Kolleginnen umhören, versicherte Thuy und leerte ihre Tasse. Beim Hinausgehen drückte sie der nächsten Kundin die Klinke in die Hand.

Bei Josefine Richters Anblick wünschte ich mir jedes Mal, sie wäre schon wieder draußen. Auch heute bedachte sie mich mit ihrem dünnen Lächeln, beschwerte sich über die Eiseskälte in dieser schrecklichen Stadt und über ihren Mann, einen zwar schrulligen, im Gegensatz zu seiner Frau aber grundsätzlich gut gelaunten Soziologieprofessor an der Universität. Sie suchte etwas Besonderes für eine Einladung an Silvester. Mit zusammengepressten Lippen inspizierte sie alles, was ich ihr zeigte. Ginas Modelle waren ihr zu italienisch, das Rückendekolleté der karminroten Robe zu unanständig, die schwarzen Tuniken eine nach der anderen nicht stilvoll genug. Dann verkündete sie mit herablassendem Blick, sie würde sich lieber selbst umsehen und auf meine Unterstützung verzichten.

Als sie schließlich mit einem schlichten Blusenkleid in blassem Gelb von irgendeinem Billigdesigner neben der Kasse stand und den ohnehin schon reduzierten Preis als Wucher betitelte, verkniff ich mir nur mit Mühe eine scharfe Entgegnung.

»Übrigens«, sagte sie, als sie mit spitzen Fingern den Zwanzigeuroschein aus der Geldbörse nestelte. »Vorher habe ich Ihren Sohn gesehen.«

»Tatsächlich?«

Tutto il mondo è paese, die ganze Welt ist ein Dorf. Nicht nur in der Toskana kannte jeder jeden, sondern auch in Regensburg.

»In der Albertstraße. Wissen Sie eigentlich nicht, dass sich dort das übelste Gesindel der ganzen Stadt herumtreibt?«

»So ist das nun mal am Busbahnhof, und gleich um die Ecke ist ja auch der Bahnhof. Das ist doch in allen Städten gleich.«

»Zigaretten, Alkohol, Drogen – also *ich* würde meine Tochter da nicht alleine herumlaufen lassen.«

»Mein Sohn ist mit seinen Freunden unterwegs«, konterte ich. »Sie wollten shoppen gehen.«

»Tja, ich war immer froh, dass mein Mann so gut verdient hat und ich nicht arbeiten musste. Als Mutter sollte man doch wissen, was das eigene Kind so treibt.« Ihr überheblicher Blick streifte mich. »Seit wann gehen Jungs schließlich freiwillig shoppen?«

Wortlos nahm ich den Zwanziger und drückte ihr die Tüte in die Hand. Im selben Moment stürmte eine Clique quietschender Mädchen in den Laden, die sofort anfingen zu stöbern und sich kichernd Schals und Perlenketten vor das Gesicht hielten.

Als Josefine Richter endlich an der Tür war, rief sie mir noch triumphierend zu: »Einer von den Typen, mit denen Ihr Sohn sich herumgetrieben hat, der hat übrigens geraucht!«

»Haben wir das nicht alle irgendwann mal?«, hielt ich dagegen. »Oder sind Sie nie jung gewesen?«

Den ganzen Freitagnachmittag über war im *BellaDonna* die Hölle los. Trotz der vielen Arbeit spukten mir aber immer wieder Josefine Richters abfällige Bemerkungen im Kopf herum. Daniel war ein netter Junge aus gutem Hause. Ich war immer froh gewesen über Vincenzos Freundschaft mit ihm. Über Alex und Patrick wusste ich so gut wie nichts, ich kannte sie nicht einmal. Auch die plötzliche Ballettleidenschaft meines Sohnes gab mir mit einem Mal zu denken. Welcher normale Junge in seinem Alter nahm schon freiwillig Tanzstunden, und noch dazu Ballett? Gab er mein Geld womöglich für etwas ganz anderes aus?

Die Frage war nur: wofür?

Auch Bettys anklagendes und vor Schmerz verzerrtes Gesicht tauchte ständig vor mir auf. Hin und wieder überlegte ich, ob ich sie anrufen sollte. Doch kein einziges Mal griff ich zum Hörer. Ich hatte keine Lust auf weitere Anschuldigungen, Eifersuchtsattacken, Nervenzusammenbrüche.

In einem Punkt allerdings konnte ich sie verstehen. Sie vermisste Nikolai und seine positive Energie. Er hatte auch mich unterstützt, damals vor drei Jahren, mich geduldig beraten bei allen Fragen zur Eröffnung meines Ladens. Im Grunde hatte er mir damals mehr geholfen als Paolo, der seiner Prinzessin wieder einmal nichts zugetraut hatte.

»Was würdest du sagen, wenn ich dich fragen würde, ob du mich heiraten willst?«, hatte Nikolai eines Spätnachmittags von mir wissen wollen.

Wir hatten uns geliebt, zuerst wild und zügellos, dann selbstversunken, fast verträumt. Draußen rüttelte ein eisiger Wind an den Fensterläden, aber in meinem sonnengelben Himmelbett war es gemütlich und warm.

»Ich bin doch schon verheiratet.« Ich küsste die kleine Narbe auf seiner Stirn.

»Warum schläfst du dann mit mir?«

Ich gab ihm keine Antwort.

Hätte ich ihm erzählen sollen, dass mein Mann seit Monaten an einer Depression litt, sich dieser Wahrheit aber nicht stellte? Dass er niemanden an sich heranließ, nicht einmal mich? Dass ich manchmal nicht wusste, ob ich überhaupt noch an ihn heranwollte, nach den vielen Jahren, in denen wir uns immer weiter voneinander entfernt hatten? Dass ich aber andererseits diese Ehe nicht aufgeben wollte, nein, nicht konnte, weil sie mir so wichtig war. Diese Ehe und unsere Familie. Als Italienerin, noch dazu von altem Adel, hielt ich an Traditionen fest und schreckte vor einer Scheidung zurück.

Nikolai bohrte nicht nach. Er fragte nie wieder.

Aber irgendwann fing das mit den anderen Frauen an.

»Sie sehen aus, als hätten Sie Hunger.«

Sanft drückte mein Doktor mich auf die Eckbank, winkte der Bedienung und setzte sich mir schräg gegenüber.

Ich hatte das Lokal in der Holzländestraße auf Anhieb gefunden. Es befand sich nah am Fluss in einem kleinen, hell verputzten Haus mit dunklen Fensterläden, früher vielleicht einmal der Wohnsitz eines Donaufischers. In dieser Straße gab es nur wenig Weihnachtsdekoration. Lediglich über dem Eingang des Lokals prangten drei riesige Leuchtsterne. Der

Fassade des Lokals nach zu urteilen, handelte es sich eher um eine einfache Wirtschaft als um eine Feinschmeckeradresse.

»Ein Viersternerestaurant ist das hier zwar nicht«, bestätigte Maximilian Engel meine Gedanken mit einem Blick auf die Speisekarte, einer großen Schiefertafel, auf der mit Kreide die Tagesgerichte notiert waren. Auch so einfache Gerichte wie Gröstl – geröstete Kartoffeln mit Speck – oder Knackwürste mit Sauerkraut waren darauf zu finden. »Aber der Koch kauft das Fleisch und Gemüse nur von Bauern aus dem Umland, bereitet alles frisch zu und setzt auch mal auf ungewöhnliche Kombinationen. Ich komme gerne hierher.«

Eine mollige Bedienung im Dirndl erschien. Sie nickte mir zu und begrüßte mein Gegenüber wie einen gern gesehenen Gast, vielleicht ein wenig irritiert, weil er heute in anderer Begleitung war als sonst. Dann empfahl sie uns Lammragout mit Rösti und Butterbohnen, dazu einen kräftigen Bordeaux. Wir wählten außerdem Salat, als Vorspeise eine Leberspätzlesuppe und eine große Flasche Wasser. Es dauerte nicht lange, und wir saßen vor dampfenden Tellern.

Maximilian hatte nicht zu viel versprochen. Die Suppe war deftig, das Fleisch zart, mit einem Geschmack nach Knoblauch und Rosmarin, die Beilagen frisch und knackig. Der Bordeaux – mit tief rubinroter Färbung – schmeckte vollmundig und konnte problemlos mit Onkel Marcellos Weinen mithalten. Wir saßen auf Holzbänken mit flachen Kissen. Auf dem Tisch lag eine weiße Leinendecke, eine Kerze verbreitete warmes Licht. Sie steckte in einem Messinghalter inmitten eines Geflechts aus Goldfäden und Mistelzweigen, und dieselben, ineinander verschlungenen Girlanden zierten auch die mit dunklem Holz getäfelten Wände. Alle Tische waren inzwischen besetzt. Hin und wieder hörte ich helles Lachen, im Hintergrund leise Musik aus unsichtbaren Lautsprechern, klappernde Absätze auf den gemütlich knarrenden Holzdielen, das Klirren von Gläsern, Geschirr und Besteck.

Während des Essens sprachen wir wenig. Anfangs hatte

Maximilian mir erzählt, dass er im Lauf des Tages noch einmal bei Betty gewesen sei. Es ging ihr besser, aber sie war immer noch schwach und hatte sich bald wieder hingelegt. Ich war beruhigt. Auch wenn sie mich immer noch zu hassen schien, so berührte mich doch ihr Schicksal.

Ich erkundigte mich, ob Maximilians Frau schon in Australien angekommen sei. Er antwortete einsilbig. Auch auf die üblichen Themen – Politik, Gesellschaftsklatsch, kulturelle Events in der Stadt – hatte keiner von uns Lust. Alles, was ich wollte, war, meine Gedanken und Eindrücke der letzten Tage ordnen, zur Ruhe kommen, das Essen genießen, die Gesellschaft. Und auch Maximilian schien es gutzutun, nicht die üblichen Floskeln austauschen zu müssen. Trotzdem – oder vielleicht gerade deshalb – fühlte ich mich wohl.

Als wir mit dem Hauptgang fertig waren, kam die Sprache auf Nikolai. Seit dem späten Nachmittag lag er wieder auf der Überwachungsstation, hörte ich. Einmal war er kurz zu Bewusstsein gekommen, hatte aber nur geschrien und um sich geschlagen. Ansonsten war sein Zustand unverändert. Maximilian tat so, als würde er meine Beklemmung nicht bemerken, erzählte von früheren Patienten. Auf seine einfühlsame Art schilderte er die ersten schwierigen Wochen, aus denen oft Monate wurden. Irgendwann hatte fast ein jeder es geschafft. Maximilians Ruhe und Erfahrung taten mir gut, und ich wünschte, Betty hätte ihn hören können.

Nach dem ersten Schluck Espresso fing dann plötzlich ich an mit dem Erzählen. Ich sprach von meinem Wiedersehen mit Nikolai vor weniger als einer Woche, den Geschehnissen am Dienstagabend, als er fast getötet worden war, meinem Entschluss, den Täter zu überführen. Es sprudelte nur so aus mir heraus, und ich verstand selbst nicht, warum ich einem fast völlig Fremden mein Innerstes ausschüttete. Ob das an diesem unausgesprochenen Bündnis lag, das wir schon in der Klinik geschlossen zu haben schienen? Oder an seiner unaufdringlichen Art, mit der er mir so interessiert zuhörte?

Nur hin und wieder stellte er eine Frage, nickte, wertete nichts von dem, was ich sagte, lauschte wieder. Mir war plötzlich, als würde ich ihn seit Jahren kennen.

Als ich zu dem kam, was vor drei Jahren geschehen war, geriet ich ins Stocken. Jetzt war vielleicht nicht der richtige Moment, diese Geschichte ans Licht zu zerren, schließlich gefiel Maximilian mir auch als Mann. Aber er stellte seine Fragen so unmerklich und sanft, dass ich ihm schließlich doch verriet, wie Nikolai und ich uns kennengelernt hatten. Und wann es angefangen hatte, dass Nikolai anderen Frauen mehr Aufmerksamkeit schenkte als mir.

»An einem Donnerstagabend war es, da sind Nikolai und ich in irgendeine Bar gegangen«, erzählte ich leise. »Auf einmal hat das Handy geläutet. Vincenzos neuer Babysitter, dachte ich. Aber es war Paolo. Ich bin rausgegangen. Endlich sei er beim Arzt gewesen, hat er gesagt. Der hat ihm Psychopharmaka verschrieben. Und eine Therapie.«

Ich strich mir über die Augen. Fast glaubte ich sogar, in diesem Moment die Musik von Bryan Adams zu hören, die damals wieder und wieder in der schummerigen Bar lief. Sogar auf der Straße hatte ich sie noch gehört.

»Als ich in die Bar zurückgegangen bin, hab ich mich wie auf Wolken gefühlt. Einerseits wollte ich meiner Erleichterung Luft machen, sie mit Nikolai teilen. Andererseits hatte ich Angst vor seinen Fragen.«

Maximilian nickte langsam. »Solche Fragen wie: *Und was ist dann mit uns? Brauchst du mich dann noch?*«

»Aber Nikolai war gar nicht mehr an unserem Platz. Er stand an der Theke, neben ihm eine junge Frau. Er hatte den Arm um ihre Schulter gelegt, ihr irgendwas ins Ohr geflüstert, in einem fort hat sie gelacht. Da hab ich mir die Tasche geholt und bin gegangen.«

»Er wollte natürlich, dass Sie ihn sehen.«

Ich sagte nichts. Das war damals auch mein erster Gedanke gewesen.

»War es dann aus?«

»Da noch nicht. Er ist mir nachgelaufen, hat sich entschuldigt, irgendwas von einer alten Bekannten erzählt. Natürlich habe ich ihm kein Wort geglaubt. Und irgendwie haben wir uns dann doch wieder vertragen.«

»Er hat gefühlt, dass er nicht auf Platz eins war.« In Maximilians warmen braunen Augen blitzten wieder diese lustigen Pünktchen auf, die ich schon in der Klinik bemerkt hatte. »Er war eifersüchtig und wollte sich rächen.«

Ich nickte. Jetzt musste ich wohl auch den Rest erzählen. »Ein Jahr bevor das mit Nikolai anfing, hat Paolos Schwester Selbstmord begangen. Mein Mann hat sich die schlimmsten Vorwürfe gemacht, weil er dachte, er hätte es verhindern können. Er hat sehr darunter gelitten. Am Ende ist er in eine Depression hineingerutscht. Ich konnte nichts dagegen tun. Es gab zuvor schon Probleme in unserer Beziehung. Aber in diesem Jahr ist alles, was noch da war zwischen uns, endgültig zerbrochen.«

Lange schaute ich in mein Glas. Das Kerzenlicht zauberte funkelnde Reflexe in die rubinrote Flüssigkeit.

»Dann habe ich die Villa in Regensburg geerbt, dazu ein bisschen Geld«, fuhr ich schließlich fort, mit einem Mal erschöpft. »Irgendwie war ich froh, dass wir aus München wegkonnten, Vincenzo und ich. Er hat natürlich auch gemerkt, dass mit Paolo etwas nicht stimmte. Immer wieder hat er gefragt, ob es an ihm liegt, dass der Papi auf einmal so komisch ist. Auch wenn er noch sehr jung war, habe ich dann doch versucht, ihm die Hintergründe zu erklären.«

»Und als Ihr Mann endlich mit dieser Therapie angefangen hat, dachten Sie, Sie hätten noch eine Chance?«

»Ja, wir alle dachten das. Paolo hat sich zur Kripo nach Regensburg versetzen lassen. Dann ist er zu uns in die Villa gezogen. Aber ein halbes Jahr später haben wir uns dann doch getrennt. Da war die Geschichte mit Nikolai schon lange vorbei.«

Eine Weile blieb es still zwischen uns.

»Auch in einer Ehe kann man nicht all das reparieren, was über lange Zeit kaputtgegangen ist«, sagte Maximilian schließlich. Seine Stimme klang traurig, und ich war nicht sicher, ob er von meiner Ehe sprach oder von seiner eigenen. »Und nach der Episode in der Bar – wie ging es weiter mit Nikolai?«

Ich trank einen Schluck Wein. Wir hatten die Flasche bis auf einen kleinen Rest geleert, nach dem reichhaltigen Essen hielt sich die Wirkung des Alkohols jedoch in Grenzen. Inzwischen war das Lokal nicht mehr allzu voll, nur da und dort hörte man noch leise Stimmen und entspanntes Gelächter, Bing Crosby sang *I'm dreaming of a white Christmas.*

»Wir haben uns noch drei-, viermal getroffen.« Ich lauschte Bing Crosbys einschmeichelnder Stimme. »Irgendwann hat Nikolai etwas von einer anderen Frau erzählt, die er in München kennengelernt hatte. Das muss Betty gewesen sein.«

»Dann haben Sie Schluss gemacht?«

»Von einem Tag auf den anderen.«

Ich sah die letzte Nachricht vor mir, die ich in mein Handy getippt hatte, in jener Nacht, als Nikolai zu irgendeinem Notfall in die Klinik gefahren war: *Ich kann das nicht mehr. Ich will dich nie wieder sehen. Bitte verzeih mir und werde glücklich.*

»Sie haben ihn gehen lassen«, sagte Maximilian langsam. »Sie wollten Ihre Ehe retten, Ihre Familie – und ihm etwas Neues ermöglichen.«

Ich schwieg, und auch er sagte lange nichts. Hin und wieder berührte er die Mistelzweige und die Goldfäden auf dem Tisch. Seine Finger waren so lang und schmal wie die von Nikolai. *Obwohl du Neurologe bist*, hatte ich oft scherzhaft gesagt, *hast du Chirurgenfinger.*

»Das trinken lieber Sie.« Mein Gegenüber goss den Rest der Flasche in mein Glas. »Ich hoffe nicht, dass mein Handy sich meldet. Aber man weiß ja nie.«

Ich nickte. Das kannte ich von Paolo. Und von Nikolai. Männer mit Notrufhandys waren offenbar mein Schicksal.

Maximilian ließ den letzten Schluck Wein in seinem Glas kreisen, hielt es dann hoch und stieß damit zum zweiten Mal an diesem Abend mit einem sanft klingenden Ton an das meine.

»Ich finde, wir sollten uns duzen.« Sacht küsste er mich auf die Wange. Dann leerte er sein Glas und lächelte mich an, ein klein wenig unsicher vielleicht.

Auch ich trank einen Schluck und küsste ihn auf den Mund.

Ich war nie eine dieser Frauen, die gleich in der ersten Nacht mit einem Mann ins Bett steigen. Erst recht nicht, wenn derjenige verheiratet ist. Doch an diesem Abend vergaß ich alle meine Prinzipien.

Als wir zu Maximilians Wagen gingen, zuerst Hand in Hand und bald eng umschlungen, spürte ich kaum die kalte, mit winzigen Schneeflocken gesprenkelte Nachtluft, dafür aber einen leichten Schwindel. Vielleicht hätte ich den Wein doch nicht austrinken sollen. Oder waren es die Mistelzweige? Ein alter Weihnachtsbrauch, der vermutlich schon viele Paare zu mehr als zum Küssen verführt hatte.

Maximilian ersparte mir die üblichen Beteuerungen, seine Ehe existiere nur noch auf dem Papier. Dass in dieser Beziehung jeder seiner Wege ging, war von Anfang an klar gewesen. Außerdem dachte ich nur an das, was *ich* in dieser Nacht wollte. Noch heute rätsele ich, was das war. Jedenfalls keine bloße Ablenkung, denn Sex ohne Gefühle ist nie etwas für mich gewesen, andererseits auch kein Versprechen für die Ewigkeit. Da war etwas, das ich mir nicht erklären konnte, das mich zu ihm zog, stärker als jeder Schwur, der im Laufe der Zeit ohnehin in Vergessenheit geraten wäre. Ich fühlte mich hilflos, ausgeliefert, während ich noch nie etwas so bewusst gewollt hatte, wie diese Nacht mit diesem Mann zu verbringen.

Nur verschwommen erinnere ich mich an die ersten Zärtlichkeiten, zuerst zaghaft, um nichts kaputt zu machen, was vielleicht nie entstehen würde. Irgendwann wurden wir mutiger, und am Schluss waren wir so hemmungslos, dass die Welt um uns zu existieren aufhörte. Als hätte plötzlich ein Riese das Licht über seinem blauen Spielball ausgeknipst.

Was mir am lebhaftesten in Erinnerung geblieben ist: mein ungewohnt tiefer, geborgener Schlaf, als ich Stunden später und völlig erschöpft in Maximilians Armen einschlief. Noch nie, ja, niemals auch nur annähernd hatte ich einen solchen Rausch erlebt.

10

Am nächsten Morgen öffnete ich die Augen und fand mich allein in meinem sonnengelben Himmelbett wieder. Draußen war alles weiß. In der Nacht hatte es offenbar endlich richtig zu schneien begonnen, und in einem fort fielen dicke weiße Flocken. Mir war immer noch schwindlig. Hatte ich gestern Abend doch zu viel getrunken und alles nur geträumt? Aber nein, so etwas konnte man nicht träumen. Wo war aber dann Maximilian? Vielleicht im Bad? Oder hatte er sich ohne ein Wort davongestohlen?

So schätzte ich ihn zwar nicht ein, war aber zu schlaftrunken, um der Sache nachzugehen. So zog ich mir die Decke über den Kopf, drehte mich auf die andere Seite und schlief wieder ein.

Als ich gegen halb neun dann doch aufstand, mit wackeligen Beinen und müden Gliedern, aber klarem Kopf, erinnerte ich mich plötzlich an die lustige kleine Melodie, die ich in der Nacht gehört hatte – oder war es schon am Morgen gewesen? Jemand hatte mir über den Rücken gestrichen, ein Kuss auf die Stirn.

Auf dem Frisiertisch entdeckte ich einen hastig gekritzelten Zettel:

Habe ganz vergessen, dass ich mich heute mit Kollegen zum Skifahren verabredet habe. Sei bitte nicht sauer. Um sieben fahren wir ins Zillertal, ich muss los. Du schläfst wie ein Engel, ich melde mich später. Tausend Küsse, Maximilian. PS: Vergiss mich nicht, meine Schöne. Wann sehen wir uns wieder?

Singend tanzte ich ins Bad.

Später schwebte ich durch die Villa, dachte an die vergangene Nacht, von der bruchstückhaft Erinnerungsfetzen zurückkehrten, an diese noch nie erlebte Nähe zwischen Maximilian und mir. Ich wusste nicht, ob wir uns heute Abend wiedersehen würden, morgen, in einer Woche. Aber dass wir beide es wollten, daran bestand kein Zweifel.

Daneben erledigte ich die von der Woche liegen gebliebene Post – es war Samstag –, warf die Waschmaschine an, schaufelte den Weg ums Haus und die Einfahrt vom vielen Schnee frei. Die Luft war kalt und frisch, und die durch die Wolken brechenden Sonnenstrahlen sahen aus wie die Zacken einer Königskrone aus purem Gold. Später musste ich den Oldtimer holen, fiel mir ein. Er stand immer noch vor dem Lokal an der Donaulände. Anschließend würde ich nach Nikolai sehen und ins *BellaDonna* fahren.

Als ich fertig war mit Schneeräumen, türmten sich weiße Haufen an allen Seiten der Villa auf. Das Sonnenlicht verwandelte sie in Berge aus Diamanten und tauchte das Haus selbst in ein silbernes Licht. Die Glasscheiben des Wintergartens und die Fenster in den Dachgauben und Erkern blitzten um die Wette. Im Schein der Wintersonne konnte man kaum erkennen, dass die ehemals tiefblauen Fensterläden dringend gestrichen werden sollten und das Apricot der efeubewachsenen Mauern an vielen Stellen abblätterte.

In der Prebrunnallee spielten Kinder. Sie warfen Schneebälle und lachten. Ein Ball traf mit voller Wucht einen Passanten, der hinter einem Baum auf jemanden zu warten schien. Ich beobachtete, wie sich der Täter, ein Junge in Vincenzos Alter mit Fransenschal und Wollmütze, hinter einem parkenden Lieferwagen versteckte. Die anderen standen betreten herum und fingen an zu kichern. Doch der Mann stellte den Übeltäter nicht zur Rede. Stattdessen zerrte er sich die ohnehin schon tief ins Gesicht gezogene Kapuze mit einer hektischen Bewegung fast bis unter die Nase. Dann verschwand er eilig die Allee hinab in Richtung Innenstadt.

Ich ging zurück ins Haus. In der Küche legte ich Schmusemusik in den CD-Spieler und träumte noch ein wenig von Maximilians sensationellen Zärtlichkeiten. Nebenbei machte ich Monas kläglich miauender Katze mindestens dreimal die Terrassentür auf. Doch Semiramis begutachtete jedes Mal nur misstrauisch das viele Weiß, hob eine Pfote, schnupperte angewidert, verharrte einige Augenblicke in der halb geöffneten Tür. Dann rollte sie sich beleidigt wieder auf Nonna Emilias Diwan im Wintergarten ein.

Beim Anblick des vielen Schnees auf der Terrasse fiel mir der Mann in der Kapuzenjacke ein. Mir war, als hätte ich ihn schon einmal gesehen, konnte mich aber nicht erinnern, wo.

Gegen zehn suchte ich mir etwas zu essen, brühte Tee auf und blätterte die erste Hälfte der Wochenendzeitung durch. Generalstreik in Frankreich, ein Bombenanschlag in Israel, Krieg in Kenia. In Nürnberg hatte es wieder eine tätliche Auseinandersetzung in einem italienischen Restaurant gegeben, hinter der die Polizei Schutzgelderpressung vermutete.

Zum Anschlag auf Nikolai gab es nichts Neues, dafür widmete man der noch immer nicht identifizierten Wasserleiche aus dem Regen einige Zeilen. Die Beschreibung der Toten war erstaunlich detailliert: Alter zwischen zwanzig und dreißig, Größe 1,57 Meter, neunundvierzig Kilo schwer, kastanienbraunes kinnlanges Haar, Augenfarbe unbekannt, keine besonderen Kennzeichen. Die Frau hatte nur einen grauen Jogginganzug und Socken getragen. Beziehungsweise das, was davon übrig gewesen war.

Irgendwann stopfte ich die Zeitung in den Kamin und die Wäsche in den Trockner. Später ließ auch Mona sich blicken. Nach der Arbeit in der Kneipe hatte sie bei ihrem neuen Lover übernachtet. Sie holte sich etwas Frisches zum Anziehen und wollte bald wieder verschwinden. In Olafs traumhaftes Loft, wie sie bei einer Tasse Kaffee mit seligem Lächeln flötete. Ihren Dienst im *BellaDonna* würde sie selbstverständlich pünktlich antreten, versprach sie. Ich war nicht sicher, ob sie ihr Versprechen halten würde, war aber ebenso in den Wolken wie sie. Gemeinsam schwärmten wir davon, wie schön es war, bis über beide Ohren verliebt und endlich einmal wieder so richtig glücklich zu sein.

Kaum war sie weg, bimmelte das Telefon. Es war Gina, meine alte Freundin aus Lucca. Für eine Italienerin sehr untypisch erkundigte sie sich nur der Form halber nach meinem Befinden und erzählte auch nichts vom neuesten Klatsch, sondern kam nach dem unvermeidlichen *Come stai?* sofort zum Thema. Seit Tagen schlage sie sich mit einer bösen Erkältung herum, jammerte sie mit belegter Stimme, und wenn ihr ständig heiß und schwindelig sei, wie solle sie da die Modelle für mich fertig nähen? Als sie hörte, dass ich den größten Teil ihrer Kollektion bereits verkauft hatte und spätestens bis Weihnachten Nachschub brauchte, brach sie fast in Tränen aus. Ich beruhigte sie, beschwor sie aber, so viel Tee mit Zitrone wie möglich zu trinken.

Keine zwei Minuten nach Ginas Anruf meldete sich Fiffi.

»Also, der Joachim weiß nichts davon, dass beim CT was kaputt gewesen wäre«, fing sie in ihrem Verschwörerton an. »Dann kann der Griaux auch nicht im Keller gewesen sein, weil, auf den Joachim ist Verlass, der arbeitet nämlich wie ein Tier, und dabei hat der's echt schwer gehabt, vor neun Jahren haben die ihn aus seinem zerquetschten Auto rausgeschnitten, dem anderen Fahrer ist gar nichts passiert, obwohl der schuld war, aber beim Joachim war alles kaputt, Rippen, Knochen, sogar eine Niere haben die ihm entfernt, und der Professor hat ihm praktisch das Leben gerettet, der war damals nämlich noch an der Uniklinik als Neurochirurg, da hat er den Joachim am Kopf operiert, und nach der Reha konnte der bei seinem früheren Arbeitgeber nicht mehr anfangen, und da hat der Professor ihn als Hausmeister eingestellt und …«

»Was hast du über Jazira herausgefunden?«, unterbrach ich sie.

»Mit der stimmt was nicht, mit keinem will die was zu tun haben, die interessiert nur die Arbeit, hier sind zwar alle Ärzte voll im Stress, weil, neben den normalen Schichten haben die ja auch noch ständig Bereitschafts- oder Nachtdienste, aber die anderen unterhalten sich auch mal mit den Kollegen oder trinken auch mal ein Bierchen zusammen, bloß diese Jazira, die lässt sich nicht mal zu ’nem Kaffee überreden, auf der Weihnachtsfeier neulich war sie zwar da, aber dauernd so komisch, total unruhig irgendwie, und nachdem das mit Nikolais Sektglas passiert ist, da war sie dann auf einmal verschwunden.«

»Hast du was über ihre Vergangenheit rausbekommen? Angeblich kann sie nicht mehr zurück in ihre Heimat.«

»Ich weiß nur, dass sie seit fünf Jahren in Regensburg ist, sie hat an der Uni studiert, zumindest die letzten Semester, und nach dem zweiten Staatsexamen hat sie dann hier bei uns angefangen, vielleicht hat sie ja was ausgefressen dahinten in Kirgisistan, und als Wiedergutmachung soll sie jetzt die Arbeitsmethoden in deutschen Krankenhäusern ausspionieren, unser Gesundheitssystem, die neuesten Techniken, keine Ahnung.« Plötzlich schnappte sie nach Luft. »Am Ende arbeitet die noch für den Geheimdienst!«

Bis zum nächsten Mal wisse sie jedenfalls alles über diese Jazira, fügte Fiffi in ihrer atemlosen Sprechweise hinzu und legte so schnell auf, dass ich mich kaum verabschieden konnte.

Nach diesem weiteren Telefonat war mein Glücksgefühl nun doch ein wenig getrübt. Anstatt den ganzen Vormittag nur von Maximilian zu träumen, sollte ich mich besser an Griaux' und Jaziras Fersen heften. Die beiden verbargen etwas, so viel war klar. Und bevor ich in die Boutique musste, wollte ich ja auch noch nach Nikolai sehen.

Kurzerhand schlüpfte ich in meine gefütterten Schnürstiefel und den Leopardenplüschmantel und machte mich auf den Weg zu meinem Wagen, vorbei am Naturkundemuseum in Richtung Innenstadt. Unterwegs rief ich Vincenzo an. Gestern Abend war er trotz seines Versprechens erst mit einer Viertelstunde Verspätung im *BellaDonna* aufgetaucht, und Paolo, der ausnahmsweise einmal früher dran gewesen war, hatte schon auf ihn gewartet. So hatte ich keine Gelegenheit gefunden, meinen Kleinen zu fragen, warum und mit wem er in der Albertstraße gewesen war. Und wofür er die vierzig Euro denn nun ausgegeben hatte.

Aber nur die Mailbox meldete sich. Überrascht stellte ich fest, wie dunkel Vincenzos Stimme klang. Ich probierte es bei Paolo. Es dauerte eine Ewigkeit, bis er endlich abhob.

»Wenn alles klappt, bleibt Vincenzo heute noch mal bei mir«, schrie er mir so laut ins Ohr, dass ich den Hörer zehn Zentimeter weit weg hielt. Im Hintergrund war Rockmusik zu hören, irgendein Uraltsong von den Stones. »Hab ihn grad zu seinen neuen Kumpels gefahren, du musst heute ja sicher auch arbeiten, oder?«

Vermutlich hatte Paolo die CD eingelegt, kaum dass unser Sohn aus dem Wagen gestiegen war. Dessen bevorzugte Musikrichtung war im Moment härtester Techno. Die Lautstärke war allerdings die gleiche wie bei Paolo.

»Zu Alex und Patrick?«, vergewisserte ich mich, war aber nicht sicher, ob er mich wegen des Lärms verstanden hatte. »Sind sie nett?«

»Ich hab ihn nur abgesetzt, bin grad auf dem Weg ins Büro«, fuhr mein Ex endlich in normaler Lautstärke fort, aber in einem Tonfall, den ich nur schwer einordnen konnte. Die Musik war jetzt nur noch gedämpft zu hören.

»Du hattest übrigens unrecht mit deiner Vermutung«, kam es dann mit leisem, aber unüberhörbarem Triumph. »Frau Baum ist keineswegs mittellos, wenn dein Nikolai sterben sollte.«

»Gibt es was zu erben?«

»Pfeiffer hat rausbekommen, dass Nikolai Baum vor zwei Jahren eine Risikolebensversicherung zugunsten seiner Frau abgeschlossen hat. Die Summe im Todesfall ist nicht ohne.«

Hatte ich mich wirklich von Betty so täuschen lassen? Hatte sie mir ihre Verzweiflung nach dem zweiten Anschlag auf Nikolai und diese Szene im Bauchtanzstudio tatsächlich nur vorgespielt? Und hatte sie sogar Maximilian an der Nase herumgeführt?

Als ich auflegte und in die Holzländestraße bog, merkte ich, dass mein Glückshormonspiegel wieder auf Normalpegel abgesunken war.

Abwechselnd blickte ich auf Nikolais bleiches Gesicht und durch das Fenster hinaus auf die Winterlandschaft, die sich in der letzten Stunde sehr verändert hatte. Jetzt war der Himmel bedeckt, fast bleiern, nirgendwo noch ein heller Fleck, geschweige denn ein Sonnenstrahl. Dafür hatte es wieder zu schneien begonnen. Zuerst nur leicht, dann aber in dicken, schweren Flocken. Zudem war ein eisiger Wind aufgekommen, der sich vielleicht bald zu einem Schneesturm mausern würde.

Der Streifenpolizist vor der Tür hatte sich meinen Ausweis zeigen lassen und mich erst nach einigen Fragen ins Zimmer gelassen. Eine pummelige Schwester mit Stupsnase erzählte mir bereitwillig, dass die junge Frau mit dem schwarzen Zopf hier gewesen sei. Sehr fürsorglich sei die immer, auch gestern Abend habe sie sich nach dem Zustand des Patienten erkundigt, bestimmt sei die in den verliebt.

Ich hielt Nikolais Hand und musste an Bettys Verzweiflung im Bauchtanzstudio denken. Immer wieder starrte ich auf seine geschlossenen Augen, sein wächsernes Antlitz, die vielen Kanülen und Schläuche und wurde den Gedanken nicht los, dass sie sein Leben nicht erhielten, sondern zerstörten. Ein absurder Gedanke, natürlich. Aber nichts von seiner Kraft war mehr spürbar. Ob er vielleicht doch sterben würde, ob sein Tod so käme wie der Schnee da draußen? Ganz leise, fast unmerklich, aber unabwendbar?

Mit einem Mal wurde mir bewusst, dass sich seit meinem letzten Besuch etwas verändert hatte. Beim Gedanken an Nikolais Tod setzte nicht mehr mein Herzschlag aus. Wenn er tatsächlich sterben sollte, womöglich an einer Gehirnblutung, würde ich ihn betrauern, ehrlich und in aller Betroffenheit. Aber wie einen Freund, von dem ich mich nicht hatte verabschieden können – und nicht wie einen Geliebten. Noch gestern waren meine Gefühle für ihn zwiespältiger gewesen, komplexer.

Bevor ich mit Maximilian geschlafen hatte.

Und was ist mit Maximilians Frau?, raunte mir plötzlich eine leise, aber eindringliche Stimme zu. Wir kannten uns erst seit kurzer Zeit, und das wenige, was ich von ihm wusste, war beileibe keine gute Basis für eine gemeinsame Zukunft.

Auch eine schlechte Ehe ist eine Ehe.

Warum hatte ich immer nur Pech mit den Männern? Zuerst die Trennung von Nikolai, dann die Scheidung von Paolo, vor und nach meiner Ehe die eine oder andere Affäre, die nie länger als wenige Monate gedauert hatte. Und nun auch noch ein verheirateter Mann …

Mein Handy meldete sich mit dem typischen Kinderlachen, als Signal für eine neue SMS. Ich holte es aus der Tasche.

> *Auf der Piste ist es phantastisch, aber bei dem vielen Schnee wird die Rückfahrt die Hölle. Vielleicht suchen wir uns hier irgendwo ein Zimmer. Ich ruf*

Dich an, sobald ich mehr weiß. Tausend Küsse, wohin Du willst. Maximilian. PS: Ich träume ständig von Dir und weiß nicht, wie ich diese Nacht ohne Dich überstehen soll.

Sofort schrieb ich zurück. Doch dann starrte ich auf die letzten Worte, die ich, ohne nachzudenken, ins Handy getippt hatte: *Ich freu mich auf Deinen Anruf, ich muss unbedingt Deine Stimme hören. Du fehlst mir.*

Langsam löschte ich die Nachricht.

Was wollte ich mit einem Mann, der einer anderen gehörte?

Schweren Herzens steckte ich das Handy zurück, fasste wieder nach Nikolais Hand, konzentrierte mich auf das, was die pummelige Schwester mir erzählt hatte. Hatte Betty recht mit ihrer Vermutung? Waren Nikolai und Jazira ein Liebespaar? Kam sie deshalb so oft an sein Krankenbett? War sie am Donnerstag tatsächlich zweimal bei ihm gewesen, wie Betty behauptet hatte?

Nikolais Hand, die eben noch ruhig in der meinen gelegen hatte, fing an zu zucken.

Zuerst merkte ich es nicht einmal, so versunken war ich in meine Grübeleien. Als aber Nikolais Finger immer fester zudrückten, wurde mir auf einmal wieder bewusst, wo ich mich befand.

»So heiß«, murmelte er. »So furchtbar … heiß.«

Ich blinzelte, völlig starr vor freudigem Schrecken.

»Diese Hitze … das halte ich nicht …«

»Nikolai!« Ich fuhr in die Höhe »Was hast du gesagt?«

Er atmete schwer. Ich strich über seine Stirn. Sie war trocken und kühl.

»*Mister Mirza, do you drink coffee?*« Nikolais Stimme klang schwach, weit weg, als käme sie aus einer anderen Welt. »Nein, nein, Mister Mirza trinkt … doch keinen Kaffee.«

»Nikolai, wie geht's dir?«

Ich beugte mich zu ihm. Seine Augen waren immer noch geschlossen. Mein Herz klopfte viel zu laut.

»Kannst du dich erinnern, was passiert ist?«, fragte ich atemlos. »Warum du hier bist?«

»Tee, immer nur Tee trinkt er …« Er atmete flach und schnell, das Reden kostete ihn offensichtlich unendliche Kraft. »*Yes, you're right … we are all eating … too much in this … bloody fucking country.*«

»Nikolai, hör doch, ich bin's: Anna …«

»Aber, Ghulam … Es geht um … Leben oder Tod?« Nikolais Augenlider flatterten, doch er schaffte es nicht, sie zu öffnen. »Ja, natürlich, ich schick dir eine Mail …«

Plötzlich ging ein Ruck durch seinen Körper, sein Kopf schnellte zur Seite, den Bruchteil einer Sekunde öffneten sich seine Augen.

»Betty … natürlich liebe ich dich … nur dich …«

Er schrie so laut auf, dass ich zusammenschrak. Dann riss er seine Hand los, schlug um sich. Und so plötzlich, wie er aufgewacht war, sackte er wieder in sich zusammen.

»Nikolai!«, rief ich.

Ich drückte seine Hand, die von einer Sekunde zur anderen wieder wie welk auf der Bettdecke lag, den ganzen Arm, konnte mit einem Mal nicht mehr sitzen, fuhr in die Höhe.

»Nein, du darfst nicht wieder einschlafen! Bitte, komm zurück! Sag was, sag doch was!«

Ich schüttelte ihn an den Schultern, zuerst vorsichtig, aber irgendwann wie wild. Ich konnte ihn doch nicht so gehen lassen. Ich musste ihn wieder zurückholen. Irgendwie …

Aber was ich auch versuchte, es war vergebens.

Ich rannte zur Tür. Im selben Moment sprang sie auf, ein Pfleger stand vor mir.

»Er ist aufgewacht!« Ich schnappte nach Luft, deutete in Nikolais Richtung. »Tun Sie doch was!«

»Und er hat gar nichts zum Überfall gesagt?«

»Das hab ich dir doch jetzt schon zehnmal erklärt.« Ich bemühte mich, nicht genervt zu klingen.

»Warum hast du ihn nicht gefragt, wer ihn niedergeschlagen hat?«, wollte Paolo wieder wissen.

»Nikolai war nicht ansprechbar«, sagte ich nun doch eine Spur zu laut. »Er hat kein Wort von dem, was ich gesagt habe, verstanden.«

Der Pfleger, der auf einem Monitor im Überwachungsraum einen Ausschlag verfolgt hatte, hatte die diensthabende Ärztin verständigt. Kein Grund zur Aufregung, hatte mir die schmale, fast knabenhafte Frau mit blauschwarzem Pferdeschwanz und Windpockennarben auf der Stirn erklärt. Patienten, die aus dem Koma erwachten, seien lange Zeit orientierungslos und phantasierten. Dann schickte sie mich aus dem Zimmer, um eine Untersuchung durchzuführen. Im selben Moment tauchte der Polizeibeamte auf. Ausgerechnet dann, wenn er mal musste, passiere so etwas, hatte er verlegen gemurmelt und Paolos Nummer eingetippt.

»Vom Essen und Trinken hat Nikolai geredet«, versuchte ich nun das Geschehene zu rekapitulieren. »Und dass es so heiß sei. Dabei war es gar nicht heiß im Zimmer, und geschwitzt hat er auch nicht. Er muss phantasiert haben. Und immer wieder hat er seinen Vorgänger erwähnt, Ghulam Mirza. Da hat es wohl ein Problem gegeben. Nikolai hat gesagt, es ginge um Leben oder Tod.« Ich überlegte. »Das verstehe ich nicht. Die beiden haben einander doch eigentlich gar nicht gekannt? Sie haben sich nie im Leben getroffen.«

»Von diesem Pakistani hast du also auch schon gehört«, brummte Paolo. »Hatten wir nicht eine Abmachung?«

»Kommst du in die Uniklinik?«, fragte ich nur.

Zuerst müsse er ins Gericht, antwortete er grimmig, zu einer Besprechung mit dem leitenden Staatsanwalt, der ihn dieses Mal sogar am Samstag einbestellt hatte. Paolo hasste solche Termine. Da er nicht sagen konnte, wann er aus dem Büro käme, sollte der Einfachheit halber ich Vincenzo bei seinen Freunden abholen und bei mir behalten. Das passte mir gut. So würde ich endlich Alex und Patrick kennenlernen. Mein Ex versprach, dafür Anfang der Woche einen oder zwei Abende für unseren Sohn einzuplanen. Dann verabschiedete er sich kurz angebunden.

Ich starrte das Handy an. Gerade war mir noch etwas eingefallen. Am Ende hatte Nikolai von Betty gesprochen, hatte sie seiner Liebe versichert.

Hatte das alles vielleicht doch mit Jazira zu tun?

11

Jazira Kujadarowas Wohnung lag im sechsten Stockwerk eines der riesigen Betonblöcke in der Konradsiedlung, wo jeder für sich lebte. Hier wusste niemand, wer nebenan wohnte, sich mit seinem Partner stritt oder vor dem Fernseher vereinsamte.

Als ich aus dem Wagen stieg, schneite es immer noch. Ich stapfte durch den sicher schon zwanzig Zentimeter hohen Schnee, der den Gehweg zum Hochhaus bedeckte. Auf der Straße ratterte ein Schneepflug vorbei, aber die Räumfahrzeuge hatten keine Chance gegen diese Schneemassen. Wenigstens der Sturm hatte sich gelegt.

Ich hatte Jaziras Adresse und Telefonnummer bei der Auskunft erfragt. Zuerst hatte ich überlegt, ob ich sie anrufen und meinen Besuch ankündigen sollte. Aber dann hatte ich mich dagegen entschieden. Wenn ich sie überrumpelte, würde ich vermutlich mehr erfahren.

Die herumlungernden Jugendlichen, die ich in der Eingangshalle des Wohnblocks nach Jazira fragte, wussten weder mit dem ungewöhnlich klingenden Namen noch mit meiner

Personenbeschreibung etwas anzufangen. Erst nach langem Suchen entdeckte ich ihr Namensschild.

Es dauerte ewig, bis der Aufzug kam. Nach einem Blick hinein überlegte ich, ob ich nicht doch besser die Treppe nehmen sollte. Schließlich brachte mich das klapprige, mit Graffiti und Schimpfwörtern beschmierte Ding aber doch sicher nach oben. Ich war froh, als ich den Geruch nach Moder und Urin hinter mir ließ.

Der Flur im vierten Stockwerk war schwach beleuchtet, eine der Neonröhren war ausgefallen. An den meisten Türen war die Farbe abgeblättert. Keine Menschenseele weit und breit. Jaziras Wohnung war die fünfte auf der rechten Seite.

Ich läutete. Nichts rührte sich.

Inzwischen war es kurz vor elf. Bald musste ich in die Boutique. Vielleicht wäre es doch klüger gewesen, vorher anzurufen. Sicherheitshalber drückte ich noch einmal auf den Klingelknopf.

Wieder nichts.

Ich wandte mich zum Gehen.

Da öffnete sich die Tür.

Ich drehte mich um. Jazira stand vor mir. Ihr Gesicht war noch bleicher als sonst, sie starrte mich aus blicklosen Augen an, unter denen dunkle, fast schwarze Schatten hingen. Auf der Stirn und den Wangen sah ich verschmierte, blutrote Male. Auch auf ihrer Kleidung, einem alten Hemd und ausgefransten Jeans, entdeckte ich rote Flecken.

»Haben Sie sich verletzt?«, fragte ich erschrocken. »Brauchen Sie Hilfe?«

Sie sah mich an, als wäre ich diejenige, die Hilfe bräuchte, schüttelte wie in Trance den Kopf. Dann hob sie die rechte Hand, langsam, fast mühevoll. Ich sah, dass sie krampfhaft einen Pinsel festhielt. Daran klebte rote Farbe.

»Ich male«, sagte sie mit dumpfer Stimme.

Erst jetzt bemerkte ich, dass auch ihr Handrücken voller Flecken und verwischter Streifen war. Vermutlich hatte sie nicht aufgepasst und die tropfende Farbe verschmiert. Der Geruch von Terpentin zog an mir vorbei.

»Tut mir leid, dass ich störe.« Ich musste husten. »Aber es ist wichtig. Haben Sie einen Moment Zeit für mich?«

»Was wollen Sie?« Ihre Stimme schien von weit her zu kommen.

»Nikolai ist aufgewacht.«

Zunächst war ich nicht sicher, ob sie mich verstanden hatte. Sie rührte sich noch immer nicht, sah mich an, ohne mich wirklich wahrzunehmen. Dann aber irrte ihr Blick plötzlich hin und her, wie gehetzt. Sie schwankte, hielt sich am Türrahmen fest, atmete heftig.

»Hat er etwas gesagt?«, stieß sie hervor.

»Können wir das nicht drinnen besprechen?«

Sofort schüttelte Jazira den Kopf, lehnte dann aber die Stirn gegen das Holz, warf mir einen lauernden Blick zu. Unentwegt biss sie sich auf die Unterlippe. Schließlich nickte sie aber doch.

Ich trat ein.

Mit schleppenden Schritten ging sie mir durch einen engen Flur voraus, zog eine halb offen stehende Tür zu. Ich erhaschte einen Blick auf weiße Leinwände, eine Staffelei, auf der ein Bild lehnte, in düsteren Farben, dazwischen schreiendes Rot und eine große helle Fläche mit zwei dunklen Punkten, die wie Augen aussahen. Der Terpentingeruch war stechend. Gegenüber der nun geschlossenen Tür befand sich eine winzige Küche.

Jazira deutete auf einen Plastikstuhl und legte den Pinsel in die Spüle. Wir setzten uns. Die Stühle waren ohne Polster, und auch der Plastiktisch, der einst vermutlich zum Campen benutzt worden war, sah einfach und schmucklos aus. Nirgendwo ein Bild an der Wand, und auch sonst gab es nur das Nötigste: eine Kochstelle mit zwei Herdplatten, Kühlschrank, zwei Hängeschränke, ein schiefes Buffet vom Sperrmüll. Außerdem ein Fenster ohne Vorhänge mit Blick auf einen grauen Hinterhof und weitere, ähnliche Wohnsilos, die sich um den Hof in den bleichen Himmel türmten.

»Hat er etwas gesagt?«, wiederholte sie mit klarer Stimme und befingerte den Zopf, der ihr wieder einmal über die Schulter gefallen war. Ihre Bewegungen waren nicht so anmutig wie sonst, wirkten fahrig, manchmal geradezu hektisch. »Aber vermutlich war er gar nicht richtig bei Bewusstsein?«

Ich nickte. »Er ist gleich wieder eingeschlafen. Allerdings hat er von Ihrem Kollegen gesprochen, von diesem Pakistani. Kannten die beiden einander?«

Einen Moment zeigte sich Überraschung auf ihrem Gesicht, gepaart mit Entsetzen. Dann war es wieder so ausdruckslos wie sonst. Dennoch war ihr ganzer Körper jetzt so angespannt, als würde sie jeden Moment davonspringen. »Wo sollten die beiden sich denn kennengelernt haben? Ghulam war doch schon weg, als Nikolai die Stelle angetreten hat.«

»Wissen Sie, warum der pakistanische Arzt so überstürzt abgereist ist?«

»Sein Vater ist gestorben. Als Opfer eines Selbstmordattentats. Ghulam musste sofort nach Hause nach Rawalpindi, weil seine Mutter ihn brauchte. Es war ein schwerer Schlag für ihn. Ihm war klar, dass er nicht zurückkommen würde.« Sie schluckte angestrengt. »Nikolai hat nicht gesagt, wer ihn niedergeschlagen hat?«

»Nein. Was denken Sie, wer es war? Jemand aus der Klinik?«

»Ich glaube nicht, dass man den Täter dort suchen sollte.« Ihre Augen wurden schmal. »Ich denke da eher an seine Frau. Ich glaube, sie hasst ihn.«

»Frau Baum ist der Ansicht, dass Sie und ihr Mann eine Affäre hatten.«

Jaziras dunkle Augen wurden groß und rund. »Wie bitte?«

»Sie haben ihn bewundert, oder nicht?«

»Natürlich habe ich das. Aber das war alles.« Sie blickte zur Seite. »Außerdem waren wir einander ähnlich.«

»Inwiefern?«

»Diese Leidenschaft für unseren Beruf. Dieser Ehrgeiz, es richtig zu machen, weiterzukommen. Immer schon wollte ich Ärztin werden.«

»Aus solchen Gefühlen kann schnell mehr werden.«

»Das ist absurd. Ich hatte kein Verhältnis mit Nikolai.« Wieder berührte sie den dicken Zopf. Ihr Blick wurde vorwurfsvoll, anklagend. »Wollten Sie nicht herausfinden, wer versucht hat, Nikolai zu töten? Und Ihre einzige Spur ist diese lächerliche Unterstellung?« Angestrengt betrachtete sie jetzt die Tischplatte. »Was haben eigentlich die Nachforschungen der Polizei ergeben?«

Jetzt war mir klar, warum sie mich in die Wohnung gelassen hatte. Sie wollte wissen, was ich wusste.

»Wie erklären Sie dann, dass Sie auf der Weihnachtsfeier ständig in seiner Nähe waren?«, fragte ich zurück.

»Wer sagt das?«

»Seine Frau. Auf dieser Feier hat sich Nikolai an der Hand verletzt. Betty Baum ist der Meinung, dass Sie mit Absicht in seine Richtung gefallen sind – um seine Aufmerksamkeit zu erregen. Und als es schiefging, sind Sie mit einem Mal verschwunden.«

Wie durch einen Schleier sah sie mich an, blinzelte, blickte zu Boden. »Es war nur … ein dummes Missgeschick.«

Plötzlich sprang sie auf, lief zum Fenster, starrte hinunter in den Hof. Ein Zittern lief durch ihren Körper.

»Wir haben alle Sekt getrunken«, erzählte sie dem trüben Tag dort draußen. »Ich habe wohl ein wenig zu viel davon erwischt. Ich bin Alkohol nicht gewöhnt. Irgendwie bin ich gestolpert, es ging so schnell. Dabei bin ich mit Nikolai zusammengestoßen. Sein Glas ist zerbrochen.« Sie holte tief Luft, fuhr sich über die Stirn. »Die Wunde hat stark geblutet. Mein Kleid war völlig ruiniert, ich musste mich umziehen.

Später hatte ich dann keine Lust mehr auf Menschen und Trubel.«

Das Telefon im Flur läutete.

Jaziras Rücken straffte sich. Sofort verließ sie die Küche. Ich hörte, wie sie in der Diele den Hörer von der Ladestation nahm und ein paar unverständliche Worte ins Telefon murmelte.

»Ich habe jetzt leider keine Zeit mehr«, sagte sie, als sie wieder im Türrahmen stand. »Bitte gehen Sie.«

»Ein Notfall in der Klinik?«

Sie nickte.

»Darf ich fragen, was Sie malen?«, fragte ich auf dem Weg zur Tür.

»Erinnerungen an meine Heimat, an meine Schwester.« Sie blickte an mir vorbei. »Manchmal auch Eindrücke von hier.«

»In Rot und Schwarz?«

Sie riss die Tür auf und schob mich nach draußen. Als ich mich noch einmal zu ihr umdrehte, um mich zu verabschieden, knallte die Tür schon ins Schloss.

Langsam ging ich zum Aufzug, drückte auf den Knopf, wartete. Wieder dauerte es geraume Zeit, bis das lärmende Ding erschien. Ich erinnerte mich an das letzte Mal, als Nikolai und ich miteinander geschlafen hatten, an das abrupte Ende durch diesen vermaledeiten Notruf. Auch neulich, im Marilyn-Monroe-Bistro, war der Ablauf wie damals gewesen: Nikolai stand sofort auf, zog sich an, verschwand. In Jaziras Apartment blieb jedoch alles still. Auch als sich die Aufzugtür hinter mir schloss, war sie immer noch nicht in Stiefeln und Mantel an der Wohnungstür erschienen. Vermutlich musste sie sich erst einmal gründlich das Gesicht reinigen.

Im Erdgeschoss wartete ich noch eine Weile vor dem Aufzug. Doch er setzte sich nicht in Bewegung, um Jazira nach unten zu bringen.

Nach fünf Minuten erschien ein alter Mann am Eingang. Er klopfte sich die Winterschuhe ab, und sein Hund bellte mich mit wedelndem Schwanz an. Ich strich dem Hund über den Kopf und verließ das Haus.

Jazira hatte mit Sicherheit keinen Notruf aus der Klinik erhalten.

12

Im *BellaDonna* hatten wir alle Hände voll zu tun. Jenny war ausnahmsweise schon vor mir eingetroffen, Mona kam erst kurz nach zwölf. Der Laden brummte, wie immer an den Adventssamstagen. Der Ständer mit den Accessoires aus Mailand, den ich vorgestern erst bestückt hatte, war bald wieder zur Hälfte leer, und auch die Regale lichteten sich mehr und mehr. Sogar das Spitzenkleid in Karminrot ging über den Ladentisch, und fast alle Tuniken waren verkauft.

Bei der ersten Gelegenheit rückten mir Jenny und Mona mit dem Dauerthema zu Leibe, das ich am wenigsten leiden mochte: Wann würde ich bei diesem Umsatz endlich ihren Stundenlohn erhöhen? Wieder musste ich ihnen erklären, wie knapp meine Kalkulation war, wie hoch die Miete und die Nebenkosten waren, und am Ende einigten wir uns irgendwo in der Mitte.

Während weitere Kundinnen das *BellaDonna* durchstöberten, überlegten Mona und ich, wie wir den Laden und die inzwischen halb leeren Schaufenster neu dekorieren sollten. Das brombeerfarbene Abendkleid, das Nellie trug, hing zwar noch in der Auslage. Aber ich brauchte dringend neue Ware. Hoffentlich erholte sich Gina bald von ihrer Erkältung.

Zwischendurch versuchte ich es wieder bei Vincenzo. Zu meinem Erstaunen erreichte ich ihn. In den Laden wollte er nicht kommen. Chillen bei Alex und Patrick sei echt cooler, meinte er, in die Ballettschule müssten sie auch noch, und seine gestrigen Einkäufe könne ich schließlich auch am Abend begutachten. Immerhin gab er mir die Adresse in Kumpfmühl, wo ich ihn um Viertel nach acht abholen sollte. Dann setzte ich mich an den Computer. Ich hielt im Internet Ausschau nach günstigen Angeboten für ein repräsentatives Firmenschild für meine Detektei, fand aber nichts Passendes.

Dreimal lachte mein Handy, und jede SMS war von Maximilian. Zuerst schwärmte er von unserer Wahnsinnsnacht. Dann schrieb er, alle Zufahrtswege seien von dem vielen Schnee inzwischen gänzlich verstopft, seine Kollegen und er hätten aber glücklicherweise zwei Doppelzimmer in einer Pension aufgetrieben. Bei der dritten Nachricht fragte er, warum ich immer so einsilbig antwortete. Ich schob alles auf die viele Arbeit, verfluchte im Stillen den Umstand, dass er verheiratet war, hoffte aber dennoch inkonsequenterweise, er würde sich wieder melden.

Als es gegen halb fünf endlich ruhiger wurde im Laden, fiel Jenny ihre gefürchtete Prüfung in Pflanzenphysiologie ein, durch die sie beim ersten Mal gerasselt war. Sie musste dringend lernen. Da wir heute einen guten Umsatz gemacht hatten und in den Abendstunden ohnehin nicht mehr viel geschehen würde, schickte ich sie nach Hause. Auch Mona stand bald in Mantel und Stiefeln vor mir. Der Plan für ihren restlichen Samstag war klar: Olaf, Bedienen in der Kneipe, Olaf. Da nun wirklich nichts mehr los war, entließ ich auch sie und räumte die letzten herumliegenden Pullover auf. Anschließend öffnete ich die Post, für die ich bisher noch keine Zeit gehabt hatte, sortierte Rechnungen, warf die Werbung in den Papiereimer, inspizierte meinen Vorrat an Tüten und gab per Mail eine neue Bestellung in Auftrag. Nachdem ich die neuen Nachrichten in der Mailbox überflogen hatte – es war nichts Wichtiges darunter –, faltete ich wieder Pullis und Shirts, um nur irgendetwas zu tun. Bald hatte ich auch das erledigt und die Tür kein einziges Mal gebimmelt.

Inzwischen war es halb sechs und längst dunkel. In der Gasse war die Beleuchtung nur spärlich. Die wenigen Passanten, die ich hin und wieder vorbeischlendern sah, waren vermutlich alle auf dem Weg zum Christkindlmarkt am Neupfarrplatz. Nur sehr gedämpft drang der Lärm des Kinderkarussells in die Gasse. Nicht einmal im *Café Lila* schräg gegenüber war etwas los. Zwei, drei Gäste saßen an den Tischen, die Bedienung, eine Studentin, die immer wieder gerne das eine oder andere Top bei mir kaufte, stand an der Theke und blätterte in der Zeitung.

Die Stille im *BellaDonna* war bedrückend. Wenn das so weiterging, würde ich den Laden heute früher schließen als sonst, beschloss ich. Dann blieb mir zumindest noch Zeit, um die Mutter von Patrick und Alex kennenzulernen. Sie war wie ich alleinerziehend.

Als das Telefon läutete, schrak ich zusammen.

»Ganz egal, wen ich frage, immer kriege ich dasselbe zu hören«, hörte ich Fiffis atemlose Stimme, »mit dieser Jazira stimmt was nicht, die hat null Kontakte, keine Freunde, nichts – bei jedem ruft doch hin und wieder mal wer an, auch während der Arbeit, bloß bei der nicht, und dabei tippt die eine SMS nach der anderen ins Handy, also echt, wem schickt die bloß ihre tausend Nachrichten, weil, wenn du meine Meinung hören willst … «

»Kann es sein, dass sie ein Verhältnis mit Nikolai hatte?«, stoppte ich ihren Redefluss.

»Diese dumme Kuh?« Fiffi schnaubte in den Hörer. »Im Ernst jetzt?«

Ich konnte mir lebhaft vorstellen, wie groß und ungläubig ihre schwarz und pfirsichfarben umrandeten Augen jetzt aussahen.

»Also echt nicht«, fuhr sie geringschätzig fort. »Allerdings, im letzten Krimi von Penny Taylor, da hat auch diese fade Gans ihren Lover um die Ecke gebracht, und das bloß, weil der im Job erfolgreicher war als sie und … « Sie verstummte. »Und was, wenn die Jazira und der Griaux was miteinander haben und die den Nikolai gemeinsam aus dem Weg geräumt haben? Neulich ist der französische Schnösel nämlich mit einem nagelneuen Porsche aufgekreuzt, und vielleicht springt für sie ja auch was dabei raus, wenn er die Karriereleiter so plötzlich nach oben klettert.«

Sie überlegte noch ein Weilchen herum, wer von diesem sauberen Gangsterpärchen den Angriff auf Nikolai durchgeführt haben mochte. Ich bat sie, so viel wie möglich über den pakistanischen Arzt herauszufinden, und im Besonderen, ob Ghulam Mirza und Nikolai einander doch irgendwo begegnet sein könnten. »Aber bitte so unauffällig wie möglich, okay?«

Als ich auflegte, sah ich aus den Augenwinkeln, wie sich vor dem Ladenfenster etwas bewegte. Im nächsten Moment knallte etwas, dann lautes Klirren, ein Prasseln wie von tausend Scherben, dumpfes Krachen, neben mir fiel etwas um. Augenblicke später der nächste Knall, wieder splitterte Glas. Etwas Großes flog haarscharf an mir vorbei, schlug hinter mir ein. Ich duckte mich, lauschte angestrengt. Alles blieb still. Nur in der Ferne das Kinderkarussell, jetzt lauter durch die kaputten Schaufensterscheiben.

Ein eiskalter Luftzug.

Mein eigener schwerer Atem.

Dann glaubte ich, draußen schnelle Schritte zu hören.

Jemand lief die Gasse hinunter.

Ich rannte zur Tür, riss sie auf. An der Ecke zur Obermünsterstraße fiel eine Autotür ins Schloss, ein Motor heulte auf. Ich lief dem Dreckskerl nach, versank aber mit meinen hohen Absätzen im Schnee, kam viel zu langsam voran. Als ich die Ecke schließlich erreichte, sah ich in der Ferne nur noch die roten Rücklichter eines davonrasenden Wagens. Das Kennzeichen war nicht mehr auszumachen.

Heftig atmend blickte ich mich um. Kein Mensch auf der Straße. Die ersten Läden waren schon dunkel. Eilig ging ich zurück.

Zwei Männer und eine Frau standen vor dem *Café Lila*,

während Sandra, die junge Bedienung, stirnrunzelnd die Schaufenster neben dem Eingang meines *BellaDonna* inspizierte.

»Was war na des für a Depp?«, fragte sie mehr sich als mich. »Is der komplett übergschnappt? Mein Gott, wia des jetz ausschaut – olles kaputt!«

Wo bis vor einer Minute noch zwei Scheiben gewesen waren, prangten jetzt zwei riesige Löcher, überall blitzten Glassplitter. Verloren blinkten in der Auslage die wie durch ein Wunder heil gebliebenen Lichtergirlanden. Der Rest war Verwüstung. Nellie, meine Lieblingspuppe, lag umgekippt zwischen goldenen Engelchen und samtenen Stoffen, sogar ihr wunderschönes Abendkleid war zerrissen. Und mitten in dem ganzen Durcheinander lag ein Stein von der Größe einer Männerfaust.

Ich dachte an das scharfe Geräusch neben meinem Ohr, den Aufprall hinter mir. Sicher war im Verkaufsraum ein weiterer Stein.

Langsam betrat ich den Laden. Der Ständer mit den Accessoires war umgefallen, in alle Ecken verstreut lagen Strassohrringe, Federboas, Gürtel mit Nieten, Stirnbänder, Glitzerschals. Über den Boden kullerten Perlen, sogar der Parkettboden war zerkratzt. Neben dem Ladentisch fand ich den zweiten Stein. Er war noch größer als der in der Auslage.

Erst jetzt wurde mir bewusst, dass er mich auch am Kopf hätte treffen können.

13

Zwanzig Minuten später saß ich im Mantel auf dem roten Samtsofa, fror trotzdem erbärmlich, kippte den nunmehr zweiten Espresso hinunter, betrachtete immer wieder das Chaos vor mir und wartete auf die Streife, die längst hätte hier sein sollen.

Die Polizei musste den Schaden zu Protokoll nehmen, sonst würde sich die Versicherung querstellen, so viel war klar. Was wohl zwei neue Scheiben kosten würden? War ich überhaupt gegen Vandalismus versichert? Und wie lange würde es dauern, bis ich jemanden gefunden hatte, der am Samstagabend im Advent zwei Scheiben einsetzte? Inzwischen war es schon nach sechs.

Sandra, die Bedienung aus dem *Café Lila*, war der festen Überzeugung, dass irgendwelche linken Querulanten hinter dem Anschlag steckten, Studenten, Mitglieder der Antifa, was auch immer. Es ging mir jedoch nicht in den Kopf, warum jemand mit dieser Gesinnung sich ausgerechnet meinen Laden als Zielscheibe ausgesucht haben sollte und nicht den Juwelier ein paar Häuser weiter.

Die Übergriffe auf italienische Lokale in Würzburg und Nürnberg fielen mir ein, von denen ich kürzlich in der Zeitung gelesen hatte. In meiner alten Heimat waren Schutzgelderpressungen an der Tagesordnung, und offenbar wurden sie auch hier im Norden immer häufiger. In der Regel gingen die Erpresserbanden in Süditalien heute so vor: Erst erschreckte man den Geschäftsinhaber einmal kräftig, um ihm seine Wehrlosigkeit zu demonstrieren. Dann gestalteten sich die anschließenden »Verhandlungen« umso unproblematischer. Würden mir meine sogenannten »Beschützer« demnächst einen Besuch abstatten und mich zur Kasse bitten?

Wie auch immer, ich hatte wenig Hoffnung, dass die Schupos mehr herausfinden würden als ich. Niemand im *Café Lila* hatte etwas beobachtet, weder den Anschlag selbst noch die Person, die ihn verübt hatte. Einen Knall hatte man gehört, womöglich auch zwei, sich zunächst aber nichts dabei gedacht. Sandra hatte mich mit tröstenden Worten und Espresso versorgt.

Die Ladentür bimmelte.

»Ja, san die Deppen von der Bullerei immer no net da?«, fragte Sandra. »Mogst vielleicht noch an Espresso?«

Die beiden Streifenpolizisten, die zehn Minuten später endlich erschienen, nahmen alles genau zu Protokoll. Sie würden Anwohner befragen, versicherten sie mir, vielleicht sogar Flugblätter in die Briefkästen werfen. Doch sie machten sich wie ich keine Illusionen und gaben offen zu, dass es schwer sein würde, den oder die Täter zu fassen.

Die Frage, ob man den ärztlichen Notdienst verständigen solle, verneinte ich. Ich war weder verletzt, noch stand ich unter Schock. Ich war ratlos und wütend. Mein letztes Highlight, Ginas Abendkleid aus brombeerfarbener Seide, war durch den Steinwurf völlig ruiniert. Außerdem waren die Löcher in den Scheiben riesig. Jeder konnte aus den kaputten Schaufenstern etwas mitgehen lassen oder sogar in den Laden steigen. Nachts trieben sich in dieser Straße allerhand Betrunkene aus den nahe gelegenen Diskotheken herum. Sehnsüchtig dachte ich an die in meiner Heimat üblichen Stahlgitter, mit denen man am Abend die Geschäfte verschloss.

Als die Polizisten endlich mit ihrem Protokoll abgezogen waren, rief ich meine Mädels an. Die Einzige, die ich erreichte, war Jenny. Als sie hörte, was geschehen war, versprach sie, so schnell wie möglich zu kommen.

Minuten später stand sie atemlos und mit offenem Mund im Türrahmen. Sie hatte ihren Onkel im Schlepptau. Er war Schreinermeister und besah sich mit gerunzelter Stirn meine demolierten Auslagen. Fachmännisch erklärte er mir, wie er die Schaufenster zunächst mit je einer Holzplatte sichern würde. Auch um das Abschleifen des Parkettbodens und den Austausch der Glasscheiben würde er sich kümmern. Vor Montagmorgen würde in dieser Hinsicht zwar nicht viel vorwärtsgehen, doch spätestens am Dienstagabend sei alles wieder wie neu.

Also suchte ich ein Stück Pappe und schrieb darauf in großen Lettern: *Ab Montag geschlossen.*

»Du kommst viel zu früh«, begrüßte mich Vincenzo ungnädig.

Es war kurz vor halb acht. Das gepflegte Reiheneckhaus in Kumpfmühl, wo Patrick und Alex mit ihrer Mutter wohnten, hatte ich problemlos gefunden. Dennoch war ich müde und frustriert.

Jenny und ich hatten noch die gröbsten Aufräumarbeiten erledigt, während ihr Onkel schon fleißig hämmerte. Zufällig hatte er eine passende Platte in seiner Schreinerei gefunden, und eine zweite würde er sich noch heute von einem Kollegen besorgen, versicherte er mir. Irgendwann hatte ich Jenny den Schlüssel fürs *BellaDonna* in die Hand gedrückt, mich bei beiden für die Hilfe bedankt und mich auf den Weg gemacht.

Nach den anstrengenden Stunden wollte ich jetzt nur noch nach Hause. Sogar in den dick gefütterten Stiefeln war mir kalt, und angesichts der schlechten Wetterverhältnisse – es schneite immer noch – wollte ich später nicht noch einmal ins Auto steigen. Die meisten Hauptstraßen waren zwar geräumt, aber auf allen Nebenstraßen lag zentimeterdick der Schnee.

Hinter meinem Sprössling tauchte ein Junge in der Diele auf. Im Gegensatz zu meinem Sohn murmelte er immerhin etwas, das sich nach *Guten Abend* anhörte, und stellte sich als Patrick vor. Ich meinte, feinen Zigarettenrauch an ihm wahrzunehmen. Er überragte Vincenzo um etwa zwanzig Zentimeter und war mindestens zwei Jahre älter. Ansonsten sah er aber ganz nett aus. Auf seiner Nase saß eine Nickelbrille, das rötliche, zerzauste Haar reichte ihm fast bis zum Kinn, und er trug ausgewaschene Baggy Pants. Sein Blick war offen.

Ich begrüßte Patrick und fragte, ob er sich schon in Regensburg eingewöhnt habe und wie es ihm an der neuen Schule gefalle. Höflich, aber wortkarg beantwortete er meine Fragen. Als ich mich erkundigte, ob seine Mutter kurz Zeit habe, hieß es, sie telefoniere gerade.

»Hast du alles?«, fragte ich Vincenzo.

Maulend schlüpfte er in Parka und Winterboots, schulterte den Schulrucksack, griff nach einer ausgebeulten Tasche, die vermutlich voller Playstation-Spiele und CDs war, blieb dann aber stehen, wo er war. Unruhig guckte er ins Halbdunkel des Hauses. Irgendwo im ersten Stockwerk gab Lady Gaga ihren neuesten Song zum Besten und rekelte sich vermutlich im schwarzen Knautschlack-Outfit auf der Mattscheibe. Es roch nach Bratkartoffeln und Spiegeleiern. Ich hörte meinen Magen knurren und wunderte mich über den plötzlich veränderten Musikgeschmack der Jungs.

»Einen schönen Gruß an deine Mutter, Patrick, und vielen Dank für alles«, sagte ich und zog Vincenzo zur Tür. Doch er war wie festgewachsen.

»Wenn ihr Lust habt, könnt ihr euch gerne auch mal bei uns treffen«, schlug ich vor. »Dann lerne ich auch Alex kennen. Wie wär's morgen Nachmittag?«

»Geile Idee!«, fand mein Sohn.

»Morgen geht nicht, da feiert Opa seinen Siebzigsten.« Patrick warf Vincenzo einen schnellen Blick zu. »Alex muss auch mit.«

Eine genervte Frauenstimme rief von oben: »Kann hier bitte mal jemand aufräumen? Alex, Patrick – wo steckt ihr bloß wieder?«

Lautes Fußgetrappel auf der Treppe. Dann ein Rumpeln, als wäre jemand gestolpert. Irgendetwas flatterte durchs Treppenhaus. Es war schwarz und glänzend und kam mir sehr bekannt vor.

»Ciao dann.« Mit plötzlich erwachter Energie stürmte mein Sohnemann zur Tür. »Dann bis Montag, okay?«

Ich hatte Mühe, ihn bis zum Wagen einzuholen.

Während der Fahrt war Vincenzo ungewöhnlich schweigsam. Ich erzählte vorerst nichts von dem Steinwurf. Warum sollte ich ihn unnötig in Aufregung versetzen?

Als wir endlich zu Hause in der Küche saßen, erfuhr ich

immerhin das Wichtigste aus der Schule. Gestern Mittag war Vincenzo so schnell wieder verschwunden, dass ich gar nicht nachgefragt hatte, und auch am Abend hatte ich ihn keine fünf Minuten gesehen. Die Neuigkeiten aus der Schule waren leider nicht die besten: eine Vier minus in Latein und eine Fünf in Erdkunde. Während ich ihm ins Gewissen redete, nickte er immer wieder betreten und versprach am Ende sogar, in Zukunft mehr Sorgfalt auf seine Hausaufgaben zu verwenden. Immerhin spreche er leidlich Italienisch, da müsse es doch zumindest mit Latein klappen, meinte er ohne große Überzeugung.

Ich fühlte mich wie eine Rabenmutter. Ich vergeudete meine Zeit mit nörgelnden Kundinnen, verheirateten Männern und sinnlosen Nachforschungen zu einem missglückten Mordfall, den früher oder später ohnehin die Polizei aufklären würde. Ständig wurde Vincenzo herumgeschoben, von der Tagesmutter über Mona zu seinem Vater und sogar am Wochenende noch zu Freunden, und geriet so womöglich in schlechte Kreise. Ich beschloss, mich künftig wieder mehr um ihn zu kümmern. Auch andere Mütter schafften das. Warum also nicht auch ich? Noch dazu mit meinem italienischen Erbe. Bekanntlich steht die Familie in meiner alten Heimat an höchster Stelle.

Morgen war Sonntag. Ich beschloss, den ganzen Tag für Vincenzo zu reservieren. Nach dem Aufstehen würde ich ein schönes Frühstück zubereiten und anschließend meinem Sprössling lateinische Vokabeln und die Namen sämtlicher europäischer Gebirge einbläuen. Und später bliebe uns sogar noch Zeit für eine gemeinsame Unternehmung, am besten an der frischen Luft.

Ja, ab jetzt würde alles anders werden.

Ich schlug vor, am Sonntagnachmittag an den Schwetzendorfer Weiher zum Schlittschuhlaufen zu fahren. Schon als Kind hatte mich das Eislaufen fasziniert, ein in Italien so gut wie unbekannter Sport. Nonna Emilia hatte mir auf mein

Drängen hin die ersten Schlittschuhe geschenkt und mich oft am Rande des zugefrorenen Donaualtwassers bewacht, während ich meine Kreise zog.

Vincenzo verzog das Gesicht und warf Semiramis ein Schinkenstückchen zu, auf das sie sich sofort stürzte.

»Mit Daniel hast du doch immer so gerne Eishockey gespielt«, wandte ich ein, schnitt die Tomate auf meinem Teller in Scheiben und beträufelte sie mit Olivenöl.

»Eishockey ist aber nicht Schlittschuhfahren.«

»Dann eben Eishockey.«

»Mit dir?«

Fast verschluckte er sich an seinem üppig belegten Dreifachtoast, den er sich nach einer doppelten Portion Champignonomelett noch gönnte. Wie gut, dass ich gestern reichlich eingekauft hatte. So gab es genügend Auswahl für den unstillbaren Appetit meines großen Kleinen. Inzwischen überragte er mich schon um sieben Zentimeter, hatten wir bei der letzten Messung festgestellt.

»Du kannst es mir doch beibringen.«

»Mama, Eishockey ist doch nichts für Frauen«, meinte Vincenzo. »Wenn dich der Puck trifft, das tut saumäßig weh. Und ...«

»Und?«

»Na ja ... wer geht denn schon mit seiner Mutter aufs Eis?«

Halb tröstend, halb schuldbewusst tätschelte er mir die Hand und wechselte geschickt das Thema. Meine Nase habe mich neulich nicht getrogen, erzählte er mir – Paolo hatte eine neue Freundin. Sie hieß Lilo, war gertenschlank, leidenschaftliche Skilangläuferin und zehn Jahre jünger als ich, in Vincenzos Augen also viel zu jung für seinen Papa. Zum großen Schrecken meines Sohnes hatte sie außerdem eine Vorliebe für vegetarische Gerichte. Auch zum Skilanglauf hatte sie ihn schon überreden wollen. Es tröstete mich ein wenig, dass auch sie keinen Erfolg gehabt hatte.

Ich trank einen Schluck Wasser, widmete mich den Tomaten und dem Omelett auf meinem Teller und erwähnte nebenbei, dass eine meiner Kundinnen Vincenzo gestern in der Albertstraße gesehen hatte. Semiramis wartete mit großen Augen darauf, dass wieder etwas vom Tisch fiel.

»Da sind wir ins DEZ gefahren, Alex, Patrick und ich«, lautete seine Antwort. »Und ein Freund von Patrick ist auch noch dabei gewesen.«

Im Donaueinkaufszentrum, einem der größten Einkaufszentren der Stadt, vertrieben sich viele Kinder und Jugendliche die Zeit, eine Sitte, die in den letzten Jahren von den USA über Italien nach Deutschland geschwappt war.

»Stimmt es, dass ihr geraucht habt?«, hakte ich nach.

»Patricks Freund.« Angestrengt musterte er seinen Teller, auf den er soeben den halb gegessenen Toast zurückgelegt hatte. »Der ist aber schon sechzehn.«

»Eigentlich darf man erst mit achtzehn in der Öffentlichkeit rauchen.«

Keine Reaktion.

»Und ihr anderen?«

»Okay, Patrick raucht manchmal auch, aber er ist ja auch schon fünfzehn«, kam es trotzig. »Alex findet Zigaretten oberpeinlich, und ich hab's nur ein einziges Mal probiert. Ehrlich.«

Ich sparte mir eine Moralpredigt und sagte auch nichts von meinen Bedenken gegenüber Freunden, die vier Jahre älter waren als er. Je mehr ich auf Verbote pochte, umso interessanter wurden sie, hatte ich schon oft erfahren. Stattdessen erkundigte ich mich nach Vincenzos Ballettplänen und wollte wissen, was aus meinem Geld geworden war. Er und Alex hatten bereits eine Schnupperstunde absolviert, erfuhr ich, und den Vertrag hatte er in der Schultasche. Nur mit Mühe konnte ich ihn davon überzeugen, dass es ein wenig verfrüht war, ihn zu unterschreiben. Vincenzo hatte sich inzwischen von irgendjemandem ein Paar alte Tanzschläppchen ausgeliehen und sich im DEZ reduzierte Gymnastikkleidung gekauft.

Ohne dass ich ihn auffordern musste, drückte er mir den übrig gebliebenen Zehner in die Hand.

»Sag mal, war das vorhin nicht meine Lackschirmmütze?« Ich spießte ein Stück Champignon auf und fixierte meinen jetzt wieder mit dicken Backen kauenden Vincenzo. »Die da bei deinen Freunden die Treppe runtergefallen ist?«

Er verschluckte sich so heftig, dass ich ihm einige Male auf den Rücken klopfen musste. Als der Hustenanfall vorüber war, stopfte er sich den Rest des Toasts in den Mund und sprang auf. Im Hinausgehen fragte er, ob er noch fernsehen dürfe, irgendeine Show käme sicherlich. Da heute Samstag war, nickte ich. Normalerweise hätte ich ihn daran erinnert, dass zu einem gemeinsamen Abendessen auch ein gemeinsam abgeräumter Tisch gehörte. Aber ich wollte in Ruhe zu Ende essen, und außerdem plagte mich mein schlechtes Gewissen.

Das Fernsehzimmer befand sich in der ersten Etage. Bei unserem Umzug in die Villa hatte ich trotz der vielen Räume im Erdgeschoss darauf bestanden, den Fernseher außer Hör- und Sichtweite zu verbannen.

Mit italienischer Gemächlichkeit leerte ich meinen Teller, goss mir ein Glas Rotwein vom Landgut meines Onkels ein, einen samtenen Canaiolo, und blätterte die zweite Hälfte der Zeitung durch, zu der ich am Vormittag nicht gekommen war.

Plötzlich lachte mein Handy. Wieder eine SMS von Maximilian. Das Zimmer in der Pension sei winzig für zwei Personen, schrieb er, aber gut geheizt. Er hätte es lieber mit mir geteilt und freue sich auf morgen, wenn er mich endlich wieder in die Arme schließen könne. Ich überlegte lange, was ich erwidern sollte. Doch dann verschob ich meine Antwort schweren Herzens auf später.

Nun konnte ich mich noch weniger konzentrieren als ohnehin schon und überflog nur noch das Fernsehprogramm. Die üblichen Samstagabendshows, eine Liebeskomödie, *Der Pate*. Nein, ich hatte weder Lust auf seichte Unterhaltung noch auf blutigen Nervenkitzel. Also warf ich die Zeitung in den Kamin, ging in die Bibliothek und durchwühlte den Aktenordner mit meinen Versicherungsunterlagen. Ich fand zwar eine Telefonnummer, bei der man im Schadensfall Tag und Nacht anrufen konnte, erreichte dort jedoch niemanden. Ich hinterließ eine Nachricht auf Band, mit der Bitte um Rückruf. Dann rief ich im *BellaDonna* an, wo eifriges Schleifen zu hören und laut Jennys Auskunft alles in Ordnung war.

Ich ging nach oben ins Badezimmer, ließ mir die Wanne ein und schüttete die halbe Flasche Lavendelöl ins Wasser. Nach diesem Tag würde ich mir einen Wellnessabend gönnen. Vielleicht besserte sich dann meine Stimmung. Inzwischen stand meine Entscheidung fest. Nicht nur bei der Kindererziehung würde alles anders werden. Auch verheiratete Männer waren ab sofort wieder tabu. Selbst wenn mir Maximilian noch tausend sehnsüchtige SMS schicken sollte – ich würde hart bleiben.

Während das Wasser einlief, holte ich mir aus dem Schlafzimmer etwas zu lesen. Den Liebesroman, den ich kürzlich angefangen hatte, warf ich in die hinterste Ecke und griff mir stattdessen einen historischen Schmöker mit über tausend Seiten. Aus dem Fernsehzimmer dröhnten Maschinengewehrsalven und markerschütternde Schreie. Mein Sohnemann nutzte die Ruhe im Haus, um sich ungehindert den *Paten* anzugucken. Keine Minute später drehte ich trotz wilder Proteste die Flimmerkiste aus und scheuchte ihn ins Kinderzimmer, wo sich nun doch noch eine kleine Diskussion entspann. Schließlich ließ ich mich dazu überreden, dass er zumindest noch mit Alex und Patrick chatten durfte.

Als ich endlich in der Wanne lag, mit halbwegs entspannten Gliedern und dem beruhigenden Duft der Provence in der Nase, war es aber wie verhext. Den historischen Roman legte ich nach der ersten halben Seite wieder weg. Mit einem Mal sehnte ich mich nach Zärtlichkeit. Sosehr ich mich auch bemühte, es wollte mir einfach nicht gelingen, Maximilians

Gesicht auszublenden, seine sanften Hände, diesen geschmeidigen Körper. Und die vielen kleinen Momente voller Nähe, Unbeschwertheit und Leidenschaft, die uns schon jetzt zu verbinden schienen und die ich nun wohl nie wieder erleben würde.

Um mich abzulenken, versuchte ich, an etwas anderes zu denken. Der Steinwurf kam mir in den Sinn. Wenn tatsächlich die italienische Mafia dahintersteckte, würde man mir bald einen Besuch abstatten. Aber darüber konnte ich mir Gedanken machen, wenn es so weit war. Dann sah ich Nikolai vor mir, erinnerte mich an den Moment, als er aufgewacht war. Wenn ich ihn nur länger bei Bewusstsein hätte halten können. Wenn ich nur verstanden hätte, wovon er gesprochen hatte. Ich wusste nur wenig über Komapatienten. Wie reagierten sie, wenn sie in diese Welt zurückkehrten? Woran konnten sie sich erinnern? Machten sie einfach da weiter, wo sie das Bewusstsein verloren hatten? Oder phantasierten sie nur, wie die Ärztin mit den Windpockennarben mir erklärt hatte?

Wie gerne hätte ich mit Maximilian die neuesten Entwicklungen besprochen, seine Meinung gehört, seine Stimme – zumindest das. Aber das ging ja jetzt nicht mehr …

Das Klingeln des Telefons riss mich aus meinen Überlegungen.

Ich angelte mir den Hörer vom Fensterbrett.

»Hast du mich vermisst, meine Schöne?«, erklang Maximilians teils sehnsuchtsvolle, teils besorgte Stimme. »Hast du meine letzte SMS nicht bekommen?«

Als ich ihn hörte, so unvorbereitet und mit den Gedanken ausgerechnet bei ihm, wusste ich im ersten Moment nicht, was ich sagen sollte.

»Doch.« Ich schluckte. »Aber ich liege in der Badewanne.«

»Schade, dass ich ausgerechnet jetzt so weit weg bin.«

Ich überlegte, ob ich am besten gleich einen Schlussstrich ziehen sollte. Aber noch bevor ich irgendetwas erwidern konnte, hörte ich Maximilian sagen: »Deine SMS waren irgendwie komisch. Bist du sauer, weil ich heute in die Berge gefahren bin?«

»Nein, natürlich nicht. Aber …«

»Aber was?«

»Es geht nicht«, entgegnete ich schließlich.

»Oh, entschuldige bitte. Ich dachte, du bist allein. Soll ich lieber später anrufen?«

Natürlich hatte ich ihm von Vincenzo erzählt, und er musste annehmen, dass mir sein Anruf in der Anwesenheit meines Sohnes im Haus unangenehm wäre. Im Gegensatz zu Paolo, dessen neue Freundin wie ihre Vorgängerin schon nach kurzer Zeit eingezogen war, hatte ich bei meinen Männerbekanntschaften immer auf Zurückhaltung geachtet.

»Nein … Das heißt ja …« Mein Hals fühlte sich trocken an. »Nein, das ist es nicht. Aber ich kann dich nicht mehr treffen.«

Ein Geräusch, als ob aus einem Ballon die Luft entweichen würde. »Es war also nur ein One-Night-Stand für dich?«

»Natürlich nicht! Ich würde dich so gerne wiedersehen, ständig muss ich an dich …«

Wie sollte ich ihm nur begreiflich machen, welcher Aufruhr in mir herrschte? Ich durfte nicht wieder den gleichen Fehler machen wie bei Nikolai. Ich musste für klare Verhältnisse sorgen. Sofort.

»Du bist verheiratet«, sagte ich also tapfer. »Es hat keinen Sinn mit uns beiden.«

»Aber du weißt doch, dass meine Frau und ich kein richtiges Paar mehr sind.« Er lachte erleichtert. »Es ist nur eine Frage der Zeit, bis wir uns trennen. Und seit ich dich kenne …«

»Das sagen alle verheirateten Männer, die fremdgehen.«

»Anna, du tust mir unrecht.« Sein Ton wurde flehend. »Du bist mir wichtig. Wichtiger als Ruth. Auch wenn ich das nicht verstehe, wir kennen uns ja erst seit Kurzem. Aber lass mir bitte ein wenig Zeit, gib mir eine Chance, ich verspreche dir, dass ich eine Lösung finden werde …«

»Ich ertrage es nicht, wenn du in vier Wochen nichts mehr von mir wissen willst«, unterbrach ich ihn und schluckte eine Träne hinunter. »Dann mache ich lieber gleich Schluss.«

»Nein, hör doch …«

Ich murmelte nur noch ein leises »Ciao« und legte auf.

14

»Ihr habt die Tatwaffe gefunden?«, fragte ich überrascht.

»Ganz in der Nähe der Klinik, auf einem zugeschneiten Acker«, brummte Paolo am Sonntagvormittag verschlafen in den Hörer.

Es war kurz nach zehn, Vincenzo lag noch im Bett, und ich saß bei meiner zweiten Kanne Tee. Vor einer Viertelstunde war ich aus dem *BellaDonna* zurückgekommen. Ich war früh dort gewesen und hatte nur noch die paar Kleinigkeiten aufgeräumt, die Jenny gestern Abend nicht mehr geschafft hatte. Ihr Onkel hatte inzwischen auch die zweite Holzplatte eingesetzt und das Parkett abgeschliffen. Man musste es nur noch lackieren.

»Spaziergänger haben die Eisenstange entdeckt, heut Morgen«, fuhr mein Ex fort. »Sogar Blutspuren sind noch drauf. Und Fingerabdrücke. Die meisten sind zwar nicht brauchbar – der Täter hat sie abgewischt –, aber bei einem oder zweien könnte es klappen mit dem Abgleich. Vielleicht finden die beim LKA was im Computer.« Pause. »Oder die Abdrücke stammen von Frau Baum. Von der Lebensversicherung hat sie angeblich nichts gewusst, aber ich glaube ihr kein Wort.«

»Habt ihr Doktor Griaux' Fingerabdrücke auch erfasst?« Ich überlegte, ob ich mein Wissen mit Paolo teilen sollte, sagte dann aber doch: »Bei der Bank wollte er einen Kredit für ein Motorboot – und zwar schon vor der offiziellen Bekanntgabe seiner Beförderung. Und einen nagelneuen Porsche hat er sich auch geleistet.«

Paolo war sauer, weil wieder einmal ich mehr herausgefunden hatte als er. Von dem Anschlag auf die Boutique erzählte ich ihm nichts. Ich wusste ja, was die Antwort wäre. Als es mir nicht gelang, ihm im Gegenzug für meine Information über Griaux doch noch die eine oder andere Einzelheit zu entlocken, kamen wir auf die organisatorischen Details in Sachen Vincenzo zu sprechen. Paolos neue Freundin hatte als Sekretärin geregelte Arbeitszeiten, erfuhr ich, und wollte unseren Sohn gerne besser kennenlernen. Deshalb hatte sie angeboten, sich auch dann um ihn zu kümmern, wenn Paolo nicht pünktlich nach Hause kam. Wir vereinbarten, dass ich Vincenzo als Entschädigung für den verpassten Samstag und Sonntag am späten Nachmittag vorbeibringen würde und er bis Dienstag bleiben sollte.

Nachdem ich aufgelegt hatte, ging ich in die Küche und bereitete den Sonntagsbrunch vor. Italienische Caprese, Ananas-Shrimps-Salat und bayerische Brezen zu Rührei mit Speck – das sollte den fast unstillbaren Appetit meines Sohnes befriedigen.

Als ich den Tisch deckte, stand er plötzlich im Türrahmen, gähnend im karierten Flanellschlafanzug. Gestern Abend hatte ich nicht mehr darauf geachtet, wie lange er noch mit Alex und Patrick gechattet hatte. Vermutlich war aus der vereinbarten halben Stunde eine halbe Nacht geworden.

Natürlich brach Vincenzo nicht in Begeisterungsrufe aus, als ich ihn an die geplante Nachhilfe nach dem Frühstück erinnerte. Während ich die nächste Kanne Tee aufgoss, starrte er düster aus dem Fenster. Ich schob es darauf, dass er gerade erst aufgestanden war. Aber auch ich war an diesem Vormittag schweigsam. Immer wieder hatte ich Maximilians Stimme im Ohr.

Doch auch das Essen schien meinem Söhnchen heute nicht zu schmecken. Lustlos stocherte er auf dem Teller herum, auf dem ich die Tomaten- und Mozzarellascheiben für die Caprese angerichtet hatte. Ein würziger Duft nach Aceto balsamico, Basilikum und Heimat lag in der Luft.

Plötzlich legte Vincenzo seine Gabel zur Seite. »Du, Mama …«

»Ja?«

»Sag mal.« Er gab sich einen Ruck. »Warst du eigentlich in den Papa verliebt?«

Ich kaute eine Olive und dachte an den Tag, als ich Paolo kennengelernt hatte. Ein strahlend schöner Sommermorgen vor vierzehn Jahren. In einem Laden in Münchens belebter Kaufingerstraße hatte ein Verrückter drei Geiseln in seine Gewalt gebracht. Bei dem riesigen Polizeiaufgebot, das bald darauf anrückte, war auch ich dabei, eine blutige Anfängerin. Auf einmal fing der Irre in dem Laden an zu schießen. Wenn dieser gut aussehende dienstältere Kollege mit den schwarzen Haaren und klugen Augen, der bald darauf mein Vorgesetzter sein sollte, mich nicht aus der Schusslinie gerissen hätte, wäre auch ich getroffen worden. Wie lange das alles her war. Als ob es in einem anderen Leben geschehen wäre.

»Ja«, antwortete ich schließlich. »Sehr sogar.«

»Und Papa auch in dich?«

»Und wie!«

»Und wie merkt man das?«

»Dass man verliebt ist?«

Vincenzo nickte, seine dunklen Augen fest auf mich gerichtet.

Was sollte ich antworten? Dass manch einer deshalb in ferne Länder gereist war, Ozeane überquert und unvorstellbare Entbehrungen und Gefahren auf sich genommen hatte? Oder dass manche Frau aus dem gleichen Grund im Bett mit einem fast wildfremden, dummerweise verheirateten Mann landete und trotz bester Vorsätze Tag und Nacht an ihn dachte?

»Die einen lächeln den ganzen Tag vor sich hin«, sagte ich stattdessen und wischte mir verstohlen eine Träne aus dem

Auge, »auch wenn es gar nichts zu lachen gibt. Und die anderen können die halbe Nacht nicht schlafen, obwohl sie hundemüde sind.« Ich vermied es, auf seinen unberührten Teller zu gucken, und fragte mich, ob er womöglich nicht mit seinen beiden Freunden, sondern mit jemand ganz anderem gechattet hatte. »Und wieder andere kriegen keinen Bissen runter, obwohl sie sonst ganze Berge verspeisen.«

Mein Sohn stieß einen abgrundtiefen Seufzer aus und starrte seine Brezel so vorwurfsvoll an, als erwartete er von ihr eine bessere Antwort.

»Ich check das nicht«, murmelte er. »In den Songs hört sich das immer so an, als ob Verliebtsein das Geilste auf der Welt wär. Und dabei ist es das Beschissenste überhaupt.«

»Die Liebe hat immer zwei Gesichter.« Sanft strich ich ihm das borstige schwarze Haar aus der Stirn und spürte die nächsten Tränen hochsteigen. »Das eine lacht, das andere weint.«

Oder wie man in Italien sagte: *Dalla rosa nasce la spina e dalla spina nasce la rosa.* Aus der Rose entsteht der Dorn, und aus dem Dorn entsteht die Rose.

Nach dem Frühstück quälten wir uns durch das Erdkundebuch und lateinische Vokabeln. Doch keiner von uns beiden war so recht bei der Sache. Als Vincenzo irgendwann nur noch Löcher in die Luft starrte und völlig unzusammenhängende Antworten gab, klappte ich die Bücher kurzerhand zu und schickte ihn nach oben.

Ich klemmte mich ans Telefon und erreichte endlich jemanden bei der Versicherung. Eine freundliche Dame nahm den Schaden auf, ließ sich aber auf keinerlei Zusagen ein, ob und, wenn ja, wie viel man mir erstatten würde. Sie versprach jedoch immerhin, mir noch heute die notwendigen Unterlagen zu schicken. Erst wenn mein detaillierter Schadensbericht und die Rechnung für die neuen Scheiben vorlägen, könne man weitersehen.

Dann rief ich Jenny an. Ihr Onkel hatte bereits die abgeschliffene Stelle im Parkett lackiert und den Glaser verständigt, erfuhr ich, einen seiner Freunde vom Eisstockschießen. Morgen würde er im *BellaDonna* vorbeikommen und Maß nehmen und spätestens am Dienstag die Scheiben einsetzen. Als nächste wählte ich die Nummer der Polizeiwache. Auch dort hatte man noch nichts herausgefunden. Nirgendwo ein Zeuge, der etwas beobachtet hatte, auch auf den Steinen keinerlei Spuren. Meinem Hinweis auf eine mögliche Schutzgelderpressung würde man nachgehen, versprach mir der erbärmlich schniefende Hauptwachtmeister, der gestern zusammen mit seinem inzwischen krankgemeldeten Kollegen den Überfall aufgenommen hatte. Ich wünschte allseits gute Besserung und setzte Teewasser auf.

Nach dem Telefonat stieg ich die Treppe hinauf und ging in Vincenzos Zimmer. Trübsinnig hockte er auf dem Bett. Ich versuchte, mit ihm die Planung für den Nachmittag zu besprechen. Aber egal, was ich ihm vorschlug – Bratwurst auf dem Christkindlmarkt, ein Besuch im Westbad, Trampolinspringen im Pentlinger Trampoline –, zu nichts hatte er Lust. Irgendwann entdeckte ich seine ausgeliehenen Ballettschläppchen. Sie lagen im Abfalleimer. Ballett sei nämlich total blöd, erfuhr ich zu meiner Verblüffung.

Ich fand zwar nicht heraus, was es mit diesem plötzlichen Gesinnungswandel auf sich hatte, konnte ihn nach einigem Hin und Her aber zumindest zu einem Kinobesuch überreden. Ich überließ ihm die Auswahl des Films. Wenn es sein musste, würde ich jeden blutrünstigen Thriller durchstehen. Hauptsache, er war danach besserer Laune. Irgendwann entdeckte ich die neue Nachricht auf meinem Handy:

> *Du täuschst Dich in mir, liebste Anna, ich meine es wirklich ernst. ICH MUSS DICH WIEDERSEHEN. Hast Du heute Abend Zeit? Immer noch Dein Maximilian.*

Kurz flammte die alte Sehnsucht wieder auf. Doch dann antwortete ich mit einem schmerzvollen, aber knappen »Nein« und stürzte mich in Arbeiten, die ich sonst endlos vor mir herschob. Ich bügelte Berge von Blusen, Röcken und Hosen. Ohne Vincenzo auch nur einmal daran zu erinnern, dass eigentlich er an der Reihe war, räumte ich die Spülmaschine aus. Ich schleppte Brennholz aus der Gartenhütte und schippte Schnee rund ums Haus. In der Nacht hatte es wieder kräftig geschneit und nur während des Frühstücks vorübergehend aufgehört. Die Schneedecke war dick und schwer.

Später setzte ich mich in der Bibliothek, wo inzwischen ein gemütliches Feuer im Kamin knackte, vor den PC und öffnete meine Mailbox. Sobald ich die elektronische Post durchgesehen hatte, würde ich einen Briefkopf für meine Detektei entwerfen. Vincenzo war im Moment leider zu nichts zu gebrauchen. Aber zumindest ich kam so auf andere Gedanken.

Zwischen unzähligen Spammails und Einladungen zu Modenschauen fand ich ein paar Zeilen von Gina. Seit gestern Abend war sie wieder kerngesund. Sie war schon fleißig am Nähen und hatte mir Fotos von ihren neuen Abendkleidern geschickt, eines umwerfender als das andere. Das war genau die Ware, die meine Probleme löste. Sofort schrieb ich zurück und kündigte meinen Besuch an. Die Boutique konnte ich ohnehin erst dann wieder eröffnen, wenn der Glaser die Scheiben eingesetzt hatte. Und Vincenzo war ebenfalls bis Dienstag bei Paolo und Lilo. Sobald ich meinen Sohn nach dem Kino abgeliefert hatte, würde ich also nach Lucca aufbrechen.

Erleichtert begann ich mit dem Entwurf für den Briefkopf. In höchstens einer Viertelstunde hätte ich damit fertig sein sollen, anschließend zwei, drei organisatorische Telefonate und packen. Ich orientierte mich an der Visitenkarte und war nach wenigen Minuten mit dem Zeichnen fertig. Den Entwurf in den Computer zu übertragen stellte sich jedoch als schwieriger heraus, als ich gedacht hatte. Nie traf ich die richtigen Farbtöne, der Abstand zwischen den Zeilen wollte mir nicht gelingen, die Schrift stimmte einfach nicht.

Knarrend schwang die Tür auf.

»Das Kino geht um Viertel nach eins los«, sagte Vincenzo ohne große Begeisterung.

»Was hast du ausgesucht?«

»*Tough boys don't cry*«, schluchzte er. »Blöd, dass Alex und Patrick nicht mitkommen können. Gestern beim Chatten haben wir noch ewig rumüberlegt, Alex wollte sogar die Mutter überreden. Aber der passt zurzeit rein gar nichts, und der Opa-Geburtstag geht natürlich sowieso vor.« Lustlos schleppte er sich zum Schreibtisch. »Und was mache ich jetzt bis Viertel nach eins?«

»Wie wär's mit Hausaufgaben?«

Finster starrte er auf den Bildschirm. »Was soll denn das werden?«

Noch während ich ihm den von Hand gezeichneten Entwurf zeigte, fing er an, mit fliegenden Fingern auf der Tastatur herumzutippen. Bereitwillig überließ ich ihm den Schreibtischstuhl.

In der Bibliothek war es jetzt ungewöhnlich warm, fast stickig. Ausnahmsweise funktionierten heute einmal alle Heizkörper. Ich ging zum Fenster und lüftete. Von der Straße her drang gedämpfter Verkehrslärm herein, wenn auch weniger als unter der Woche. Die in der Prebrunnallee geparkten Autos waren inzwischen komplett eingeschneit. Nur ein kleiner, dunkler Wagen am Ende der Allee war schneefrei, vermutlich stand er noch nicht lange dort. Aus der Ferne waren weder die Farbe noch der Autotyp eindeutig zu bestimmen, womöglich ein Ford Fiesta oder alter Golf. Ich sah, wie jemand einstieg.

Als ich wenige Minuten später das Fenster wieder schloss, stand der kleine Wagen immer noch an seinem Platz, mit qualmendem Auspuff, fuhr aber nicht los. Plötzlich musste ich an den Mann in der Kapuzenjacke denken, den ich gestern in der Allee gesehen hatte. Als die Kinder Schneebälle geworfen hatten, hatte er unbeteiligt hinter einem Baum gestanden. Oder hatte er sich versteckt? Dann war er weggelaufen. Seine Jacke war mir bekannt vorgekommen. Jetzt fiel mir auch wieder ein, wo ich sie schon einmal gesehen hatte. Vor dem *BellaDonna*, als ich mit dem Passanten zusammengestoßen war. Auch der war dann eilig verschwunden. Vielleicht, weil er die Gegend ausgekundschaftet hatte, die Boutique beobachtet? Und mich?

»Wie findest du das, Mama?«, hörte ich Vincenzos Stimme.

Gerade, als ich mich umdrehen wollte, fuhr der Wagen langsam weg.

Ich ging zurück zum Bildschirm. Dieselben Blautöne wie auf der Visitenkarte, auch Schriftgröße und Zeichensatz passten. Ich klopfte meinem Sohn auf die Schulter.

Tough boys don't cry entpuppte sich zu meiner Überraschung als flotte Teeniekomödie voller witziger Dialoge und amouröser Verwicklungen. Ein schnippisches, aber liebenswertes Girlie und ein verträumter Junge, der natürlich wesentlich älter und cooler sein wollte, als er war, schmachteten sich ständig aus der Ferne an. Trotz verzweifelter Bemühungen und dank eines einfallsreichen Drehbuchs konnten sie aber nicht zueinander kommen – fast wie die beiden unglücklich Liebenden aus dem alten deutschen Lied *Es waren zwei Königskinder*, das meine Mutter mir manchmal vorgesungen hatte. Mein Berge von Popcorn vertilgender Sohnemann lachte immer häufiger und vergaß endlich den letzten Rest seiner schlechten Laune. Auch das vorwiegend weibliche Publikum zwischen zehn und vierzehn Jahren quietschte unentwegt.

Zu Beginn des Kinofilms war ich allerdings nur halb bei der Sache. Wieder einmal waren wir spät dran gewesen und hatten gerade noch die letzten beiden Karten ergattert. Zwei Dinge spukten mir durch den Kopf: der Steinwurf und der dunkle Wagen vor der Villa. Wenn tatsächlich die Mafia hinter dem Anschlag auf die Boutique steckte und man meine Villa ausgekundschaftet hatte, dann waren Vincenzo und ich von nun an eine Weile aus der Schusslinie. Nach dem Kino würde ich ihn wie verabredet zu Paolo und Lilo fahren und mich auf den Weg nach Italien machen. Nein, zuerst mussten wir noch einmal kurz nach Hause. In der Eile hatten wir Vincenzos Schulrucksack vergessen. Andererseits war es bei Schutzgelderpressungen nicht üblich, über die Kinder Druck auf das Zielobjekt auszuüben, und auch ich hatte nichts zu befürchten, wenn ich zahlte. Aber wer war sonst die Person in dem dunklen Auto gewesen, wenn kein Erpresser?

Auch an das Gespräch mit Jazira vom vergangenen Abend musste ich denken, ihr seltsames Verhalten, als ich Ghulam Mirzas Namen erwähnt hatte, Fiffis letzten Anruf. Während ich den Teenies auf der Leinwand beim Chatten zusah, kam mir plötzlich ein Gedanke: Vielleicht würde Jazira mir die E-Mail-Adresse des pakistanischen Arztes verraten? Vielleicht konnte ich auf diesem Weg herausfinden, ob und wo er und Nikolai sich begegnet waren. Ich beschloss, sie nach dem Kino anzurufen.

Als irgendwann Gekicher und Gelächter verstummten und sich eine fast andächtige Stille im Kinosaal breitmachte, wurde mir plötzlich wieder bewusst, wo ich mich befand. Das junge Liebespaar hatte endlich, endlich zueinandergefunden und küsste sich mit solcher Hingabe, dass die Slapstick-Komödie von einem Moment zum anderen vergessen war. Dieser eine Kuss trug all das in sich, was die meisten von uns, wenn überhaupt, nur aus Träumen kannten, ihr Leben lang suchten und nicht fanden. All diese Hoffnungen, Wünsche und unerfüllten Sehnsüchte.

Und natürlich dachte ich sofort an Maximilian.

Warum nur musste er unbedingt verheiratet sein?

Monas riesiger Koffer in knalligem Pink stand mitten in der offenen Eingangstür der Villa. Auf den vielen Pappkartons, die sich dahinter türmten, lag ein Kleidersack. Semiramis strich unruhig zwischen den Kartons umher, schnupperte daran, miaute kläglich und guckte mich ratlos aus großen runden Katzenaugen an.

»Was ist denn hier los?«, rief ich.

Mona kam gerade die Treppe herunter und schleifte eine pralle Reisetasche hinter sich her. Dramatisch ächzend stieg sie die letzten Stufen wieder hinauf und gab dem Ding einen unsanften Tritt. Mit lautem Plumpsen landete die Tasche am Fuß der Treppe. Vincenzo half ihr, das Ungetüm durch die Diele zu befördern. Dann ging er nach oben und holte seinen Schulrucksack. Sein restliches Gepäck und mein Rollköfferchen lagen bereits im Fond des Oldtimers.

Mit ihrem unschuldigsten Elfengesicht strahlte Mona mich an. »Ich hab dir doch von Olafs Loft erzählt, mit diesem traumhaften Blick auf die Donau?«

Oh je, das hörte sich nicht gut an.

»Übermorgen hat er Geburtstag. Kannst du dir ein schöneres Geschenk vorstellen?«

»Soll das heißen, du ziehst zu ihm? Du kennst ihn doch erst seit drei Wochen?«

»Das ist die einfachste Lösung.«

»Ich hoffe, in seinem Loft ist genug Platz für deinen ganzen Krempel. Wie groß ist es denn?«

»Zwanzig Quadratmeter«, zirpte sie. »Mindestens.«

»Zwanzig?«, wiederholte ich gedehnt. »Das klingt eher nach Mansarde als nach Loft. Ich dachte, er ist Steuerberater?«

»Also, eigentlich ist er grad erst mit dem Studium fertig geworden und noch auf Stellensuche, aber mit seinem genialen Abschlusszeugnis findet er garantiert bald einen Job und …«

»Ich wette fünfzig Euro.«

»Äh … was?«

»Dass du spätestens in zwei Wochen wieder bei mir einziehst.«

»Ach, du immer!« Sie zog einen Schmollmund. »Junge Liebe braucht nicht viel. Uns reicht was zu essen und eine Dusche.« Sie kicherte. »Und natürlich ein Bett.«

»Mehr passt bei zwanzig Quadratmetern ja auch nicht rein.«

Ich suchte nach dem Schlüssel für die Boutique. Sobald ich Vincenzo zu Paolo gebracht hätte, musste ich noch kurz ins *BellaDonna* und das zerrissene Abendkleid holen. Gina war natürlich Feuer und Flamme gewesen, als sie von meinem geplanten Besuch erfahren hatte, und überzeugt, dass sie das Kleid retten konnte. Aber der Schlüssel lag nicht auf dem Vertiko und auch nicht neben der Tiffany-Lampe.

»Und deine Möbel, was willst du mit denen anstellen?«

»Am besten lasse ich alles erst mal oben, habe ich gedacht.« Sie schenkte mir ihr unwiderstehlichstes Lächeln und strich sich eine ihrer Engelslocken aus der Stirn. »Du brauchst den zweiten Stock momentan doch sowieso nicht, oder?«

Ich stöhnte und rief nach Vincenzo. Endlich entdeckte ich den Schlüssel. Er lag neben der Kommode auf dem alten Perserteppich. Vermutlich hatte Mona ihn mit ihren Siebensachen heruntergewischt. Die wuchtete eben ihre Reisetasche noch näher in Richtung Tür und verfehlte nur knapp Semiramis. Fauchend sprang die Katze zur Seite. Mona machte nur »Miez-Miez« und schielte auf die antike Pendeluhr.

»Olaf müsste eigentlich schon längst da sein.«

Sie zog das Handy aus der Jackentasche und drückte auf eine Taste. Ich schob ihr Gepäck auf die Veranda hinaus und gab der Tür einen Tritt. Meine Heizkosten waren auch so schon hoch genug.

Semiramis strich mir unablässig um die Beine, als wollte sie sich versichern, dass ich sie nicht auch noch verließ. Ich nahm sie auf den Arm. Dankbar rieb sie ihre Nase an meinem Kinn.

»Aber in einem Punkt gibt es keine Diskussion«, stellte ich klar. »Die Katze bleibt hier.«

Zur Bestätigung schnurrte sie. Ich erklärte Mona, dass ich heute noch nach Italien aufbrechen werde und sie bis zu meiner Rückkehr zumindest ihre Katze nicht verhungern lassen dürfe.

»Bei diesem Wetter willst du so weit fahren?« Kopfschüttelnd holte sie wieder ihr Handy hervor. »Und das mit deinem alten Schlitten?«

Als Vincenzo und ich fünf Minuten später endlich im Oldtimer saßen, starrte Mona immer noch niedergeschlagen aus dem Fenster. Ich drehte den Zündschlüssel. Doch es tuckerte nur einige Male, dann blieb alles still. Bitte nicht ausgerechnet jetzt, dachte ich. Bitte nicht schon wieder in die Werkstatt … Ich verfluchte den italienischen Hersteller und versuchte es erneut. Irgendwann spuckte der Motor, ruckelte und heulte schließlich auf. Langsam fuhren wir über die dicke Schneedecke.

Wegen des vielen Schnees herrschte wenig Verkehr, und so erreichten wir die Weichsstraße früher als gedacht. Lilo wartete schon in der Tür von Paolos Reihenhaus. Sie war genauso, wie Vincenzo sie beschrieben hatte. Jung, schlank und sicher auch sportlich, außerdem erfreulich unkompliziert. Meine Frage, ob mein Sohn vielleicht auch einen Tag länger bleiben könne, falls ich es bis übermorgen nicht wieder zurück schaffte, bejahte sie begeistert. Im Falle von Schwierigkeiten wäre ich jederzeit übers Handy zu erreichen. Die Tasse Kaffee, die sie mir anbot, musste ich leider ablehnen. Schließlich hatte ich nach dem Abstecher ins *BellaDonna* eine lange Fahrt vor mir.

In der Boutique kamen mir allerdings Zweifel. Inzwischen war es Viertel nach vier, es dämmerte schon und schneite in einem fort. Vielleicht hatte Mona recht. Wie sollte ich in der Nacht den weiten Weg über die Alpen schaffen? Mit meinem bei diesem Wetter noch unzuverlässigeren Wagen?

Mein Handy meldete sich.

»Bisher hat mir niemand was darüber sagen können, ob der

Nikolai und der Mirza sich irgendwo getroffen haben«, ratterte Fiffis Stimme mir ins Ohr. »Die Agnes von der Zwei will sich noch ein wenig auf der Station umhören, vielleicht weiß doch jemand was, allerdings erst, wenn sie mit Suchen fertig ist, weil, bei denen fehlen nämlich zwei Insulinampullen, und klar gibt es Ärger, wenn da einfach was wegkommt …«

»Seit wann fehlt das Insulin?«, unterbrach ich sie alarmiert.

Leider konnte Fiffi nichts dazu sagen, versprach aber, sich schlauzumachen.

Kaum hatte ich das Gespräch beendet, drückte ich die Kurzwahltaste für Paolos Nummer. Zum Glück meldete er sich schon nach dem dritten Läuten.

»Weiß man inzwischen eigentlich, woher das Insulin stammt, das Nikolai in die Infusion gespritzt worden ist?«, fragte ich nach der Begrüßung.

»Es ist praktisch unmöglich, das rauszufinden. Insulin fällt nicht unters Betäubungsmittelgesetz, niemand führt also Buch, wie viel, wann und von wem etwas genommen wurde. Und in so einem Massenbetrieb wie der Uniklinik erinnert sich keiner daran, wie viele Ampullen vor dem Schichtwechsel noch da waren.« Misstrauisch fragte er: »Warum?«

»Doktor Griaux wäre an seinem eigenen Arbeitsplatz doch viel leichter an das Insulin rangekommen als in der Uniklinik, wo ständig einer vorbeikommen und fragen könnte, was er da zu suchen hat.«

»Um den kümmern wir uns bereits. Mit seinem Alibi am Tatabend stimmt nämlich auch was nicht«, erklärte Paolo. »Lilo hat mich grade angerufen. Du willst heut wirklich noch über die Alpen?«

Ich erklärte ihm, dass ich erst morgen fahren würde. Nicht nur der viele Schnee und die späte Uhrzeit hatten mir die Entscheidung abgenommen. Ich hatte noch etwas vor. Wenn Paolo sich um Griaux kümmerte, würde ich mir Jazira vornehmen.

Die Fahrt nach Bach an der Donau dauerte eine Ewigkeit. Große, dicke Flocken wirbelten mir unaufhörlich entgegen.

Ich hatte Jazira weder auf dem Festnetz noch auf dem Handy erreicht. In der Klinik war sie auch nicht, erfuhr ich durch einen weiteren Anruf: Sie hatte heute Nachmittag frei. Aber sie wurde dort in Kürze erwartet.

Als ich endlich auf dem Parkplatz hielt, war es Viertel nach fünf. Ich stieg aus. Meine Stiefel machten knarrende Geräusche im frisch gefallenen Schnee. Auf der Höhe der Baustelle sah ich plötzlich Jazira vor mir stehen. Sie schien mich nicht zu bemerken, stand nur da und starrte auf den verschneiten Boden. Vielleicht waren es die Stellen, in denen bis vor Kurzem die beiden Eisenstangen gesteckt hatten.

Ich legte ihr die Hand auf den Arm.

Sie fuhr zusammen, starrte mich an.

»Was?«, stieß sie hervor. »Was wollen Sie?«

Ich entschuldigte mich für den Schrecken, den ich ihr eingejagt hatte, und wartete, bis sie sich wieder gefasst hatte.

»Wo waren Sie am Donnerstagnachmittag zwischen vierzehn und siebzehn Uhr?«, fragte ich dann.

Eine kleine Schneeflocke glänzte auf ihren langen schwarzen Wimpern im Laternenlicht. Sie blinzelte. »Zu Hause. Warum?«

»An diesem Nachmittag hat man zum zweiten Mal versucht, Nikolai umzubringen. Am Vormittag haben wir beide uns in seinem Krankenzimmer getroffen, Sie hatten es eilig. Betty Baum hat behauptet, dass Sie ihn am Nachmittag noch einmal besucht haben. Stimmt das?«

»Was wollen Sie eigentlich von mir?«

Jemand stapfte durch den Schnee auf uns zu, dem Geräusch nach zu urteilen, waren es mehrere Personen. Im Schein der Laternen erkannte ich Doktor Griaux, an seiner Seite zwei Männer. Sicherlich Paolos Leute.

»Kommen Sie.« Ich packte Jazira am Ärmel und versuchte, sie in Richtung Parkplatz zu ziehen.

Doch sie blieb, wo sie war.

»Hören Sie auf, mich herumzukommandieren! Ich bin hier, weil ich dringend nach einem Patienten sehen muss.«

Die drei Männer kamen näher. Einem der Polizisten war ich schon einmal in Paolos Büro begegnet. Er wusste, dass Paolo mein geschiedener Mann war. Das brauchte Jazira aber nicht zu erfahren.

»In Professor Schuberts Klinik fehlen zwei Insulinampullen«, sagte ich schnell und versuchte noch einmal, Jazira wegzuziehen.

Sie sah mich mit ihren großen dunklen Augen an. Dann begleitete sie mich plötzlich ohne Widerspruch.

»Was halten Sie von einem Glas Wein?«, schlug ich vor, als wir den Parkplatz erreichten.

Sie nickte.

»In Bach kenne ich eine nette Weinstube. Soll ich Sie mitnehmen, oder fahren Sie mir nach?«

Sie entschied sich für Letzteres und stieg in ihren Wagen.

Es war ein dunkelblauer Ford Fiesta.

15

Beim *Bacherer* ging es hoch her. Die Weinstube, die gleich am Ortseingang lag, war trotz des frühen Abends fast bis zum letzten Platz besetzt. Überall wurde geredet und gelacht, man aß Wurstplatten mit Bauernbrot, Käseaufschnitt oder panierte Schnitzel und trank großzügig vom hiesigen Wein.

Wir gingen in die Stube, die hinter dem eigentlichen Gastraum lag. Hier gab es noch eine letzte freie Bank am hintersten Tisch. Wir setzten uns. Eine attraktive Mittvierzigerin mit weißblondem Wuschelkopf und einem auffallenden Muttermal neben dem rechten Mundwinkel nahm unsere Bestellung auf. Sie versprühte einen bodenständigen Charme, beeindruckte mit unerwartet originellen Witzen und unterhielt nicht nur die komplette Weinstube, sondern hätte vermutlich manchem TV-Comedy-Star ernsthafte Konkurrenz gemacht. Sie schien jeden im Lokal persönlich zu kennen und hatte auch uns Fremde sofort ins Herz geschlossen.

Als die Bedienung unsere Bestellung aufgenommen hatte, wollte Jazira wissen, woher ich von den fehlenden Insulinampullen wusste. Natürlich erzählte ich ihr nichts von meiner Informantin. Am Donnerstagnachmittag hatte sie Nikolai tatsächlich ein zweites Mal besucht, erfuhr ich dann. Doch ihr sei nichts aufgefallen, und sie sei bald wieder gegangen. Abwechselnd befingerte sie ihren Zopf, der über ihrer Schulter lag, sowie ihr Handy, das sie vor sich auf dem Tisch liegen hatte.

Der Wein kam.

»Gibt es einen bestimmten Grund, warum Sie Nikolai so oft besuchen?«, fragte ich.

Jazira nippte nur an ihrem Glas und musterte eine Gruppe grauhaariger Frauen am Nachbartisch. Unter angeregtem Geplauder vertilgten die fünf betagten Damen Berge von Brot mit Obatztem.

»Sie verdächtigen mich«, sagte sie schließlich. »Sie glauben, *ich* hätte Nikolai das Insulin gegeben.« Ihre Augen verengten sich zu Schlitzen. »Aber Sie täuschen sich. Ich will, dass Nikolai lebt.«

»Erzählen Sie mir von Ghulam Mirza«, versuchte ich, das Gespräch in eine andere Richtung zu lenken, und trank einen Schluck Riesling. Ich war überrascht, wie angenehm leicht und fruchtig er schmeckte. »Ist der Pakistani ein religiöser Fanatiker?«

»Das hat Ihnen vermutlich mein Kollege Griaux erzählt.« Sie klang spöttisch. »Aber er ist hier nicht der Einzige, der jeden Moslem für einen Fundamentalisten hält.« Mit einer trotzigen Geste warf sie ihren Zopf nach hinten. »Nein, Ghulam ist ein ganz normaler Mensch. Und ein guter Arzt.«

»Sie sind auch Muslimin?«

»Ja. Kirgisistan ist ein modernes Land, trotz der bäuerlichen Strukturen. Die meisten Frauen tragen kein Kopftuch. Und wenn, dann mit Stolz. In den Großstädten ist es normal, dass junge Frauen studieren, arbeiten, selbstständig sind.« Sie schloss die Augen und lächelte. Es war das erste Mal, dass ich sie lächeln sah. Es machte ihr sonst so verschlossenes Gesicht sanft und schön. »Wir haben nächtelang gesungen und getanzt.«

»Wer ist wir?«

»Meine Studienkolleginnen und ich.« Sie schlug die Augen wieder auf. Eine unaussprechliche Sehnsucht leuchtete plötzlich darin, eine überwältigende Lust am Leben. »Wir alle wollten Ärztinnen werden, ich am allermeisten. Schon immer war das mein größter Wunsch. Am Tag waren wir in den Vorlesungen, abends haben wir gelernt, und in den Nächten, da haben wir gefeiert.«

»Warum sind Sie fortgegangen?«

Von einer Sekunde auf die andere war der Glanz in ihren Augen erloschen. Ihr Blick irrte über mein Gesicht, als suchte sie dort etwas, das sie vor langer Zeit verloren hatte.

»Meine Eltern hatten einen Laden.« Sie schien die Bilder aus ihrer Vergangenheit gefunden zu haben, denn mit einem Mal wurde ihr Gesicht wieder weich und hell. »In Bischkek, auf dem Osch-Markt. Das ist der größte und schönste Markt in der ganzen Stadt. Mein Bruder sollte alles übernehmen, den Gemüseanbau und den Verkauf. Leila und ich, wir mussten mithelfen. Damals war ich siebzehn.«

Sie war jetzt so sehr in ihre Gedanken versunken, dass sie nichts mehr um sich wahrzunehmen schien, weder das Geschnatter der grauhaarigen Damen nebenan noch das feuchtfröhliche Gegröle aus dem vorderen Gastraum.

»Überall sind dort Menschen, bunte Farben, Früchte und Gemüse in Hülle und Fülle. Ich weiß noch, wie ich es geliebt habe, mit den Händen in die Säcke mit Hülsenfrüchten einzutauchen. Alles so rund, glatt, fest. Noch heute esse ich am liebsten Kichererbsen, Linsen, getrocknete Bohnen – rote, weiße oder schwarze.« Wieder verdunkelten sich ihre Züge, als hätte sie eine unsichtbare Schwelle übertreten, hinter der es keine Farben mehr gab, keine Formen, nichts mehr. »Eines Tages ist Leila verschwunden.«

»Leila ist Ihre Schwester?«

Langsam hob sie die rechte Hand, strich sich über die Augen, schien eine Erinnerung fortzuwischen. Vielleicht auch eine unsichtbare Träne. »Als Leila nicht mehr da war, da hat mein Vater mir plötzlich erlaubt, Medizin zu studieren. Wie lange hatte ich gebettelt, wieder und wieder. Wir brauchen dich und Leila im Laden, hatte es immer geheißen, und woher soll ich das Geld nehmen?«

Auf der blau-weiß karierten Tischdecke stand ein Usambaraveilchen in einem tönernen Blumentopf. Sie betrachtete es lange.

»Es war wegen Mutter, vermute ich«, fuhr Jazira fort. »Für sie war es natürlich noch viel schlimmer als für mich. Als Leila weg war, da hätten Mutter und Vater mich umso mehr auf dem Markt gebraucht. Aber sie wollte wohl, dass wenigstens ich glücklich werde.« Wieder schwieg sie.

»Was ist mit Ihrer Schwester passiert?«, fragte ich vorsichtig.

Ein Mann und eine Frau betraten die Stube, sahen sich suchend um. Mit enttäuschter Miene gingen sie wieder. Da summte Jaziras Handy. Sie nahm es in die Hand, warf einen Blick darauf, steckte es wieder ein. Zwei, drei Sekunden lang schien sie wie erstarrt, dann stand sie mechanisch auf, fasste, ohne hinzusehen, nach ihrer billigen Kunstlederjacke, legte ein paar Münzen auf den Tisch.

»Ich muss los.«

»Die Klinik?«

Sie machte diese Bewegung mit der Hand, die ich erst vor wenigen Minuten an ihr beobachtet hatte. Aber nirgendwo in ihrem blassen Gesicht entdeckte ich eine Träne, die sie trocknen hätte können. Dann verließ sie den Gastraum und schlüpfte hinaus in die Nacht.

Natürlich folgte ich Jazira.

Vielleicht lag es an ihren Worten über die verschwundene Schwester, die mich tief berührt hatten, oder an ihrer plötzlich wieder so abweisenden Art, nachdem sie sich mir vorher so geöffnet hatte. Vielleicht war es auch einfach nur mein Instinkt.

Als Jaziras Fiesta vom Parkplatz fuhr, lief ich zu meinem Wagen. Zum Glück schneite es nicht mehr. Keine halbe Minute später bog ich in die Bundesstraße und sah die Rücklichter ihres Wagens weit vor mir, offenbar auf dem Weg zurück zur Klinik. Die Fahrbahn war geräumt. Ich holte vorsichtig auf. Aber dann fuhr Jazira an der Abzweigung vorbei.

Es ging weiter durch das Donautal. Hier gab es keine Straßenlaternen, nur der Schnee verbreitete eine milchige, diffuse Helligkeit. Ich ließ den Wagen weiter zurückfallen, am Ende bemerkte sie mich sonst noch. Zwei Fahrzeuge überholten mich und ordneten sich zwischen Jaziras Ford und meinem Maserati ein.

Wir durchquerten Wiesent und bald darauf Wörth. Das Schloss am Hang war hell erleuchtet, die verschneiten Gebäude am Fuße des Hügels sahen aus, als hätte ein Zuckerbäcker sie frisch verziert. Am Ortsende bog Jazira überraschend in eine Seitenstraße und hielt vor einem Wirtshaus. Ich fuhr an der Zufahrt vorbei und sah gerade noch, wie sie das Gebäude betrat. Hinter der nächsten Ecke parkte auch ich an einer frisch geräumten Bushaltestelle.

Was ich für ein Gasthaus gehalten hatte, entpuppte sich als schummrige Bar, aus der leise Musik drang. Ich lugte durch eines der winzigen, von innen beschlagenen Fenster. Rauchschwaden hingen über einem verwaisten Billardtisch, am Tresen starrten vier, fünf einsame Männer in ihre Gläser. Eine leicht bekleidete junge Frau, fast noch ein Mädchen, saß auf einem Barhocker, eng gedrängt an einen Jahrzehnte älteren Mann. Jazira konnte ich zunächst nirgendwo entdecken, das gedämpfte Rotlicht drang kaum bis zu den hinteren, offenbar nur spärlich besetzten Tischen. Dann aber sah ich sie. In einer Nische saß sie allein an einem Tisch. Unruhig spielte sie mit ihrem Handy, blickte immer wieder auf ihre Armbanduhr und zur Tür.

Ich überquerte die Straße und stellte mich in den dunklen Eingang eines mehrstöckigen Hauses. Das trübe Licht der Laterne am Ende der Straße reichte nicht bis in diesen Winkel. Auch die Musik aus der Bar hörte ich nicht, nur gedämpften Verkehrslärm von der Hauptstraße und hin und wieder die Stimmen von fernen Passanten. Wieder begann es zu schneien. Die Schneedecke auf dem Gehsteig und auf der kürzlich geräumten Fahrbahn wurde dicker und dicker.

Nach zwanzig Minuten hatte immer noch niemand die Bar betreten oder verlassen. Inzwischen war es nach sieben, und ich fror erbärmlich. Zehen und Finger fühlten sich trotz meiner gefütterten Stiefel und Handschuhe an wie erstarrt. Beim Ausatmen bildeten sich winzige Eiskristalle vor meinem Mund. Ich musste an die milden Winternächte in der Toskana denken und wünschte mich in den Süden.

Nach fünf weiteren ereignislosen Minuten verließ ich meinen Beobachtungsposten und ging vorsichtig zurück zum Fenster. Jazira saß immer noch allein am Tisch, vor sich jetzt ein Glas. Noch häufiger als zuvor blickte sie zur Tür. Dann starrte sie wieder auf ihr Handy und sprang schließlich so plötzlich auf, dass ihr Stuhl zur Seite kippte. Sie ließ ihn liegen, stakste zur Theke, zahlte.

Mit wenigen Schritten war ich wieder im Hauseingang auf der anderen Straßenseite und drückte mich in den Schatten. Sekunden später verließ sie die Bar. Mit hektischen Bewegungen ihres Ärmels fuhr sie über die zugeschneiten Fenster ihres

Fords, sprang hinein. Als sie in die Hauptstraße bog, lief ich zu meinem Auto.

Jazira ließ das Ortsschild hinter sich, fuhr weiter in Richtung Bayerischer Wald. Es war kaum Verkehr. Hin und wieder tauchten Lichter in der Dunkelheit auf, vermutlich von Einödhöfen. Lautlos fielen die Flocken auf die Windschutzscheibe, tanzten wie irre gewordene Nachtfalter im Scheinwerferlicht. Ich hielt so weit wie möglich Abstand, musste aber gleichzeitig darauf achten, dass Jaziras Wagen nicht irgendwo in der Ferne verschwand.

Nach einigen Kilometern bog der Ford in eine Nebenstraße, ich ließ den Oldtimer noch weiter zurückfallen. Ein Wald erschien. Hier wurde die Schneedecke noch dicker. Schemenhafte Baumriesen tauchten von überall her auf, bis zum Straßenrand wagten sie sich vor, streckten ihre Klauen unter der weißen Last fast bis zur Fahrbahn.

Als der Wald endlich hinter mir lag, waren die Rücklichter von Jaziras Auto nicht mehr zu sehen. Ich drückte aufs Gas. Nach der nächsten Kurve hatte ich immer noch nicht aufgeholt, kein Wagen weit und breit. Die weißen Massen schienen ihn verschluckt zu haben. Ich fuhr so schnell, wie es die Wetterverhältnisse erlaubten, passierte eine Senke, wieder eine Kurve.

Plötzlich flammten direkt vor mir Scheinwerfer auf.

Mitten auf der Fahrbahn stand ein Auto.

Sofort stieg ich auf die Bremse, der Maserati schlingerte, ich lenkte gegen. Schwer atmend brachte ich den Wagen zum Stehen.

Jemand riss die Fahrertür auf.

»Sie sind das also!«, fuhr Jazira mich an, das Gesicht wutentbrannt. »Warum fahren Sie mir nach?«

»Das hätte schiefgehen können.« Tief holte ich Luft. »Dann lägen wir beide jetzt im Graben.«

»Und Sie wären schuld daran! Was soll das?«

»Auf wen haben Sie in der Bar gewartet?«

»Das geht Sie nichts an.« Sie klang jetzt ruhiger, aber ihre

Augen funkelten immer noch böse. »Tun Sie das nie wieder. Ist das klar? Nie wieder!«

Dann stapfte sie zu ihrem Wagen zurück und fuhr mit aufheulendem Motor davon.

Als ich endlich zu Hause im Warmen saß und ein Glas italienischen Merlot trank, verstand ich immer noch nicht, warum ich mich so stümperhaft angestellt hatte. Dieser Ausflug hatte mir nichts gebracht außer kalten Füßen, Jaziras Misstrauen und einen gehörigen Knacks in meinem Selbstbewusstsein als zukünftige Privatdetektivin.

Ich überlegte, ob ich mir etwas zu essen machen sollte, verschob es aber auf später. Im Moment war ich zu erschöpft und wütend auf mich selbst. Ein wenig Gesellschaft hätte mir jetzt gutgetan. Aber Vincenzo war bis auf Weiteres bei Paolo und Mona inzwischen offenbar doch ausgezogen. Sie hatte mir eine dreizeilige Abschiedsnotiz auf dem Vertiko hinterlassen, mit fünf bunt verzierten Herzen und dem heiligen Versprechen, während meiner Abwesenheit ihre Katze zu füttern. Auch Semiramis hatte sich auf dem zweiten Sessel im Salon eingerollt und schlief.

Da klingelte es an der Tür.

Sofort schoss mir die Schutzgelderpressung durch den Kopf. Meine Müdigkeit war wie weggefegt. Vielleicht kein schlechter Zeitpunkt für den lange befürchteten Besuch. In meiner jetzigen Laune würde ich es auch mit der Mafia aufnehmen.

Ich sauste in den Salon, griff den größten und schwersten Schürhaken, den ich finden konnte, rannte in die Diele, riss die Eingangstür auf.

Maximilian.

Er hielt einen riesigen Strauß dunkelroter Rosen in der Hand und sah mich halb bittend, halb verunsichert an.

»Hallo, Anna«, begrüßte er mich, als ich auch nach zwei Sekunden immer noch nichts gesagt hatte, und deutete auf den Schürhaken. »Bist du etwa so sauer auf mich?«

Ich erwachte aus meiner Starre und ließ den Arm sinken. »Entschuldige bitte. Ich habe jemand anderen erwartet.«

»Darf ich trotzdem hereinkommen?«

»Und deine Frau? Ist sie immer noch in Australien, oder hast du sie gleich mitgebracht?«

Wieder dieser wunde Blick, der mich bis ins Innerste traf. Meine Knie wurden weich. Ob von der vorherigen Anspannung oder diesem Blick eines etwas ängstlichen großen Jungen, war nicht zu sagen.

»Wir müssen reden«, sagte er eindringlich.

Ich zögerte, trat schließlich doch zur Seite.

Er ging an mir vorüber, langsam und so dicht, dass er mich fast berührte. Zuerst strich der Rosenduft an mir vorbei, dann sein Aftershave, und eine Welle von Erinnerungen rollte über mich hinweg. Sein Körper, so sehnig und geschmeidig, der Klang seiner Stimme, als wir uns geliebt hatten, sein unbeschwertes Lachen, ganz nah an meinem Ohr.

»Du hast mir gefehlt, Anna.«

Behutsam streichelte er meinen Arm.

Erst wollte ich seine Hand abschütteln. Doch dann hielt ich sie fest. Der Schürhaken entglitt mir, Maximilians Rosen landeten irgendwo, wir fielen uns in die Arme.

Als ich ihn fühlte, so nah bei mir, seinen heißen Atem auf meiner Haut, diese einfühlsamen Hände und weichen Lippen, da merkte ich mit einem Mal, wie ausgehungert ich war. Die Aufregung, die mich die letzten Stunden über in Atem gehalten hatte, das schlechte Gewissen gegenüber seiner Frau, all das fiel so plötzlich von mir ab, als hätte es niemals existiert. Das erste Mal liebten wir uns auf dem Diwan im Wintergarten, das zweite Mal auf Nonna Emilias wuchtigem Esstisch, und erst dann schafften wir es ins Schlafzimmer. In meinem sonnengelben Himmelbett schliefen wir ein, Arm in Arm und völlig erschöpft, aber glücklich.

Gegen halb elf Uhr nachts wachten wir wieder auf. Wir hatten einen Bärenhunger, auch Maximilian hatte seit dem Vormittag nichts mehr gegessen. Aber erst einmal brauchten wir frische Luft. Also zogen wir uns an, schlenderten dick eingepackt und eng umschlungen durch die verschneiten Straßen, bis wir uns schließlich in der Gerbergasse in einem winzigen Bistro wiederfanden, in dem ich noch nie gewesen war. Aus den Lautsprechern dudelte *Jingle Bells*, an den Fenstern hingen bunte Weihnachtskugeln neben wundervoll kitschigen Nikoläusen, und zu essen gab es nur noch Schmalzbrot oder Gulaschsuppe. Wir nahmen beides.

»Eigentlich wollten wir reden«, sagte ich, als die Teller leer waren. Maximilian nickte langsam, entgegnete aber lange nichts. Die Leichtigkeit, die uns beide eben noch verbunden hatte, war mit einem Mal verschwunden.

»Meine Frau bleibt ein Jahr lang in Melbourne, vielleicht auch zwei«, sagte er schließlich. »Ruth wusste lange nicht, wie sie sich entscheiden sollte. Ob für unsere Ehe oder ihre Karriere.« Er sah mich offen an. »Am Ende wollte ich, dass sie fliegt. Wegen dir. Wegen uns.«

»Hast du ihr von uns erzählt?«

»Noch nicht«, erwiderte er zögernd. »Ich habe ihr gesagt, sie muss das tun, was ihr wichtig ist. Und dass auch ich an ihrer Stelle das tun würde. Wir wussten beide, dass es nicht nur eine Trennung auf Zeit ist.«

»Es tut weh, wenn man sich trennt.« Ich dachte an Paolo.

Er nahm meine Hand.

»Im Moment gibt es Rausch und Leidenschaft, wenn wir zusammen sind«, sagte ich leise. »Aber irgendwann wird auch bei uns der Alltag kommen.«

»Ich würde eine Menge dafür geben, ihn mit dir zu erleben.« Zärtlich küsste er eine meiner Fingerkuppen nach der anderen. »Oder meinst du, dir würde langweilig werden mit mir?«

»Zum Sterben langweilig.« Ich schlang meine Arme um seinen Hals und küsste ihn ungestüm. »Aber das Leben ist zu kurz, um sich zu langweilen.«

Die Bedienung, eine modisch gekleidete Schwarzhaarige mit akkurat geschnittenem Bob, räumte die Teller ab. Ihr Blick streifte mich. Ich überlegte, ob ich sie vielleicht schon einmal im *BellaDonna* gesehen hatte, und rückte von Maximilian ein Stückchen ab. Dann erzählte ich ihm von dem Moment, als Nikolai zu Bewusstsein gekommen war.

»Er hat so wirres Zeug geredet«, schloss ich. »Meinst du, er hat nur phantasiert?«

»Gut möglich. Koma – und auch die Übergangsphase danach – ist eine Art Schutzzustand, durch den der Betroffene Grenzsituationen überstehen kann, Schmerz zum Beispiel oder traumatische Erlebnisse unmittelbar vor dem Verlust des Bewusstseins. Während dieses Lebens auf Sparflamme taucht der Patient aber auch in ganz tiefe Bewusstseinsebenen ein.«

Seine Finger strichen mir über den Rücken. Ich genoss seine zärtlichen Berührungen und hörte ihm aufmerksam zu.

»Einmal hatte ich eine Patientin, die von einer Dachterrasse gestürzt war. Ein Unfall bei einer Faschingsfeier, alle hatten zu viel getrunken. Sie lag über ein Jahr im Koma und brauchte fast ein weiteres Jahr, bis sie wieder einigermaßen gesund war. Ich habe sie gefragt, woran sie sich erinnert. Sie schilderte einen langen Tunnel, und am Ende dieses Tunnels sei ein großes, wunderbares Licht gewesen.«

»So eine Art Nahtoderlebnis?«

Er nickte. »Außerdem hat sie Bilder aus ihrer Vergangenheit vor sich gesehen, hat sie mir erzählt, wie in einem Film. Wichtige Momente aus der Kindheit, entscheidende Stationen ihres Lebens, Menschen, denen sie begegnet war.« Er legte die linke Hand auf meinen Oberschenkel und griff mit der anderen nach dem Wasserglas. »Das, was unmittelbar vor dem Unfall geschehen ist, war jedoch wie ausgelöscht: der Sturz, der Aufprall, alles weg. Erst nach langer Zeit ist auch die Erinnerung daran in Bruchstücken zurückgekehrt.«

»Du meinst also, Nikolai hat nicht phantasiert, sondern sich an etwas erinnert?«

»Beides ist möglich.«

»Er hat mehrfach gesagt, es sei so heiß. Außerdem hat er zwischendurch Englisch gesprochen. Und von einem pakistanischen Kollegen, den er in Wirklichkeit nie getroffen hat.«

Maximilian zuckte mit den Schultern und trank einen Schluck.

»›*This bloody fucking country*‹, hat er gesagt.« Ich schloss die Augen, riss sie wieder auf, starrte ihn an. »Natürlich, wie konnte ich das nur vergessen – der Kongress in Mumbai!«

Hastig erzählte ich Maximilian, wie Nikolai bei unserem ersten Treffen im Marilyn-Monroe-Bistro über Indien geschimpft hatte. Die sozialen Missstände dort hatte er beklagt – und die unerträgliche Hitze.

»Hältst du es für denkbar, dass er und Ghulam Mirza sich dort über den Weg gelaufen sind?«

»Bei solchen großen Kongressen trifft man ständig Leute, die man kennt. Beide arbeiten im gleichen Fachgebiet. Sie haben vermutlich dieselben Workshops besucht, dieselben Vorträge gehört.«

Wieder ließ er seine Hände über meinen Rücken gleiten, mit diesen sanft kreisenden Bewegungen, die ich so liebte. Zufrieden, weil ich endlich eine Idee hatte, wo Nikolai und sein pakistanischer Vorgänger sich begegnet sein könnten, schmiegte ich mich an Maximilian. Irgendwann, als seine Hände tiefer wanderten, war es mir dann plötzlich gleichgültig, ob irgendeine Kundin mich vielleicht sehen könnte.

»Hast du noch immer nicht genug?« Seine Stimme war kaum mehr als ein Flüstern.

Ich spürte, wie seine Finger noch tiefer wanderten.

»Und du?«, hauchte ich und biss ihn ins Ohrläppchen.

Er lachte nur und verlangte die Rechnung.

Am nächsten Morgen weckte mich würziger Kaffeeduft. Ich setzte mich auf und sah, wie Maximilian eben zwei große

Tassen mit einer Haube aus Milchschaum auf den Nachttisch stellte.

»Gut geschlafen, meine Schöne?« Lächelnd reichte er mir eine Tasse. »Ich war so frei, mich in deinem Bad und deiner Küche wie zu Hause zu fühlen.«

Ich war halb verdurstet und nahm das etwas andere Frühstück als sonst dankbar in Empfang. Der Cappuccino schmeckte stark und war genau richtig nach der vergangenen Nacht. Mein Körper fühlte sich ausgelaugt an, wie nach einem langen, anstrengenden Fußmarsch. Und dennoch – oder gerade deshalb – war ich voller Zufriedenheit, Glück und Ruhe. Der Gedanke an Maximilians Frau war weit, sehr weit weg.

Maximilian zog die Vorhänge zurück und setzte sich neben mich. Er steckte schon in Jeans und Winterpulli und roch frisch geduscht. Draußen schien eine kräftige Morgensonne und ließ die Illusion entstehen, ein warmer Sommertag erwartete uns. Die Sonnenstrahlen verwandelten den Schnee auf den Dächern und Straßen in eine Decke aus Millionen kleiner Diamanten.

»Hast du Lust, mit mir heute in die Toskana zu fahren?«, fragte ich. Bei diesem Traumwetter konnte ich den weiten Weg in den Süden wagen, sogar mit meinem Oldtimer.

»Leider muss ich nach Prag, zu einer Tagung mit allerhand Terminen bei tschechischen Instituten.« Er gab mir einen Kuss. »Am Freitag bin ich wieder da.«

Wir einigten uns darauf, dass er mich das nächste Mal begleiten würde.

Nachdem Maximilian gegangen war, duschte ich lange und schlüpfte dann in meinen Lieblingspulli aus Kaschmir und meine bequemsten Jeans mit den aufgenähten Perlen. Mein feuerwehrrotes Rollköfferchen lag noch von gestern im Wagen, und auch Jenny hatte ich schon angerufen. Sie hatte mir versprochen, in der Boutique und in der Villa nach dem

Rechten zu sehen. Auf Mona konnte ich im Moment nicht zählen, in ihrem Leben gab es nur noch Olaf.

Als ich mir in der Diele die Tasche umhängte, fiel mir im letzten Moment Ghulam Mirza ein. Ich hatte ganz vergessen, seine Mailadresse in Erfahrung zu bringen.

Kurz entschlossen wählte ich die Nummer von Professor Schuberts Klinik. »*Buon giorno*«, begrüßte ich die Empfangsdame mit verstellter Stimme. »*Potrei parlare col dottor Mirza* – kann ich bitte mit Doktor Mirza sprechen? *Questo bastardo*, er schuldet mir immer noch Geld.«

Die Empfangsdame verstand zuerst nicht, was ich wollte. Geduldig erklärte ich ihr, ich sei die ehemalige Vermieterin des Dottore und er mit zwei Monatsmieten im Rückstand. Zu meinem Erstaunen diktierte sie mir ohne Umschweife seine E-Mail-Adresse. Als ich mich für ihre Hilfe bedankte, verriet sie mir, dass auch ihre Mutter hin und wieder Probleme mit zahlungsunwilligen Mietern hatte. Am Ende verabschiedeten wir uns wie alte Bekannte.

Ich ging in die Bibliothek und tippte eine kurze Mail an den Pakistani, in der ich mich vorstellte, die Situation schilderte und um seine Hilfe bat. Dann füllte ich den Napf für Semiramis mit ihrem liebsten Dosenfutter und eine weitere Riesenschüssel randvoll mit Trockenfutter und machte mich auf den Weg in Richtung Süden.

16

Die Sonne stand hoch am Himmel, die Temperaturen waren schon über die Null-Grad-Grenze gestiegen. Ein idealer Tag für eine Reise im Winter. Bis auf die üblichen Lastwagenkolonnen war wenig Verkehr. Die Autobahn war geräumt, und nur dort, wo es noch Schneeverwehungen gab, war der Winterdienst unterwegs. So kam ich gut voran.

Zwischendurch überlegte ich, ob ich nicht noch bei meinen Verwandten vorbeifahren sollte. Der Palazzo von Onkel Marcello und Tante Riccarda befand sich etwa zwei Stunden südlich von Lucca. Aber darüber konnte ich mir in Lucca Gedanken machen. Hauptsache, endlich wieder italienische Luft schnuppern, endlich wieder toskanischen Boden unter den Füßen spüren und vor allem: für eine Weile keinen Schnee mehr sehen.

Hinter dem Brennerpass machte ich die erste Pause. Auf der Raststation sprach man Deutsch und Italienisch durcheinander. Vielleicht bildete ich es mir nur ein, aber wie jedes Mal, wenn ich den ersten Espresso in meiner alten Heimat trank, meinte ich, nie einen aromatischeren getrunken zu haben. Noch bevor ich Verona erreichte, war der Geruch nach Italien unverkennbar, wie ich in der nächsten Raststätte bei einer kurzen Toilettenpause feststellte. Der Schnee war verschwunden, die Luft roch zwar noch nicht nach Frühling, aber auch nicht mehr nach Winter, und selbst die perfekt geschminkte Toilettenfrau im *Autogrill* duftete nach dem neuesten Parfum von Gucci. In der Poebene hing ausnahmsweise kein Nebel, den Po selbst hatte ich selten mit einem so hohen Wasserstand gesehen. Jenseits von Bologna kletterte die Temperatur auf vierzehn Grad, der Verkehr wurde dichter. Vor Florenz dann der übliche Stau. Als sich die Autoschlange bei Barberino schließlich wie von Geisterhand wieder auflöste, fing es schon an zu dämmern. Meine Beine fühlten sich taub an, ich streckte sie, so gut es während der Fahrt ging, und kurbelte das Fenster herunter.

Pavarotti sang mit Inbrunst von den trügerischen Frauenherzen. Ich griff nach dem Handy.

»Laut Bericht vom LKA handelt es sich bei der Eisenstange vom Acker eindeutig um die Tatwaffe«, tönte es aus dem Hörer. »Das Blut darauf ist von Nikolai Baum, und die Metallspuren in seiner Wunde stammen von der eingeschickten Stange.«

»Was ist mit diesem einen Fingerabdruck?«, fragte ich Paolo. »Gibt es eine Übereinstimmung im Computer?«

»Negativ.«

»Ist er dann von Doktor Griaux?«

»Von ihm leider auch nicht«, antwortete mein Ex. »Zur Tatzeit hat ihn allerdings niemand in der Klinik gesehen, obwohl er Dienst hatte. Irgendwas verschweigt er. Und außerdem sind dort tatsächlich zwei Insulinampullen verschwunden. Aber der Franzose weiß natürlich von nichts. Wir überprüfen jetzt alle Mitarbeiter in der Klinik, angefangen vom Küchenpersonal bis hinauf zum Professor höchstpersönlich. Der hat seine Fingerabdrücke gleich freiwillig abgegeben, als gutes Vorbild für seine Angestellten.« Er schwieg. »Was rauscht da eigentlich so? Bist du im Auto?«

»Gleich bin ich in Florenz.«

»Du bist also trotz Schnee gefahren? Wie lange bleibst du?«

»Bis übermorgen.«

»Oder überübermorgen. *Buon viaggio, contessa!*«

Als ich mit lahmen Beinen und schmerzendem Kreuz Lucca erreichte, war es längst dunkel.

Seit ich denken kann, habe ich diese Stadt geliebt. Lucca ist ein Kleinod, voller Gegensätze – Vergangenheit und modernem Flair. Im Norden reichen die Ausläufer des Apennin fast bis zur Stadtgrenze, an windigen Tagen meint man mitunter, man könne das zwanzig Kilometer entfernte Meer riechen. Früher, als ich noch klein war, hatte meine Mutter als Model in Florenz und Mailand gearbeitet. Auf dem Weg dorthin setzte sie mich oft bei einer Freundin ab, Ginas Mutter. Obwohl wir nicht verwandt waren, betrachtete ich deshalb Alessandra als Tante und Gina als Cousine. Unter der Woche übten wir Mädchen das Radfahren auf dem Festungswall *Le Mura*, dem breiten steinernen Ring, der die Altstadt umgibt. Zia Alessandra plauderte solange mit den Nachbarn – je nach

Jahreszeit auf einem Bänkchen in der Sonne oder im Schatten. Am Wochenende kam meine Mutter wieder, und wir machten zu viert einen Ausflug ans Meer, wo wir Muscheln sammelten und uns die mitgebrachten Tramezzini schmecken ließen. Am Abend wurde durch die Stadt flaniert. Meine Mutter und Alessandra machten sich noch schicker als sonst, und Gina und ich schlüpften in unsere frisch gebügelten Sonntagskleider und schwarzen Lackballerinas. Dann schlenderten wir wie alle Luccheser von einer Piazza zur nächsten. Alle paar Meter blieben unsere Mütter stehen und plauderten mit Bekannten, während Gina und ich uns die Nasen an den Fensterscheiben der Konditoreien platt drückten. Zwischen kunstvoll verzierten Pappschachteln und bunt gemusterten Blechdosen stapelten sich Panforte, Brioches, gezuckerte Kuchen und Mandelgebäck, und meistens konnten wir unsere Mütter zu einer kleinen Nascherei überreden. Obwohl wir noch keine zehn Jahre alt waren, kamen wir selten vor Mitternacht ins Bett.

Ich parkte auf einem der öffentlichen Parkplätze am südlichen Stadtwall. Dann schlüpfte ich in den Plüschmantel, der mir plötzlich viel zu warm war, und holte mein Rollköfferchen sowie das in Seidenpapier eingeschlagene Abendkleid aus dem Fond. Als ich mich voll bepackt auf den Weg machte, trat ich um ein Haar in einen Berg Zigarettenstummel. Offenbar hatte wieder einmal ein gewissenloser Autofahrer seinen Aschenbecher auf die Straße entleert. Willkommen in Italien.

In der *Via Vittorio Veneto* hüllte mich das laute, quirlige Leben ein. Überall die vertrauten, melodischen Klänge meiner Kindheit. *Come va*, wie geht's? *Tutto bene*, alles okay? Aus offenen Fenstern drang der Fernsehlärm, an allen Ecken wurde gehupt, Vespas knatterten über das Kopfsteinpflaster, Kinder rannten johlend an mir vorbei. Auf den Dachterrassen drängten sich Oleanderbüsche und Palmen, Wäscheleinen spannten sich wie Spinnennetze von Balkon zu Balkon. Aus den Bars und Cafés wehte mir der Geruch nach gerösteten Kaffeebohnen entgegen, bunte Ladenlichter und Laternen erhellten die Gassen. Auf einer Litfaßsäule klebten Dutzende von Plakaten übereinander. Zwischen Ankündigungen für Jazzkonzerte und eine A-cappella-Gruppe aus Rom warb man für Aufführungen von *Turandot* und *Madama Butterfly*. Die Opern von Giacomo Puccini, Luccas berühmtestem Einwohner, waren nach wie vor die begehrtesten Exportartikel der Stadt.

Flavio Lotta, der beste *macellaio* im Viertel, stand mit Carla aus dem Schuhgeschäft von gegenüber vor seinem Fleischerladen. Sie begrüßten mich in gebührender Lautstärke. Antonio aus der *Bar Centrale* an der Ecke gesellte sich dazu. Er erkundigte sich nach Vincenzo und erzählte mir – von großen Gesten untermalt und in aller Ausführlichkeit – wieder einmal von seinem gehbehinderten Onkel, der seit Jahren seine Frau tyrannisierte. Erst nach gut zwanzig Minuten konnte ich meinen Weg fortsetzen.

Gina wohnte in der *Via Cenami*, gleich hinter der *Chiesa San Giusto*, in einem alten Palazzo, der wie so viele Häuser in dieser uralten Stadt noch renovierungsbedürftiger war als meine Villa. Der früher einmal ockerfarbene Anstrich glich inzwischen einem schmutzigen Graubraun, die Fensterläden hingen schief in den Angeln, überall klebte Taubendreck. Ich durchquerte den Innenhof, kam an einem von einem gewaltigen Löwenkopf bewachten Brunnen vorbei, der wie immer ausgetrocknet war. Jedes Mal ärgerte ich mich bei seinem Anblick, weil sich niemand für die Wasserpumpe zuständig fühlte.

Meine hochhackigen Absätze klapperten über die fein marmorierten Fliesen, als ich in Richtung Aufzug marschierte. Nach dem Brennerpass hatte ich meine besten Lederstiefel angezogen und die Lammfelltreter in den Kofferraum verbannt. Der Aufzug, der vermutlich noch aus Garibaldis Zeit stammte, brachte mich rumpelnd nach oben. Dort angekommen, drückte ich auf den Klingelknopf. Die Tür sprang auf. Ein jubelnder Aufschrei, Gina fiel mir um den Hals.

»Ciao, bella! Come stai? Tutto a posto? Cosa fanno Vincenzo e Paolo? Com'è stato il viaggio? Dai, ti faccio un buon caffè, ne vuoi?«

Die Reise sei lange, aber erträglich gewesen, antwortete ich zwischen schmatzenden Küssen, ein Espresso wäre natürlich wunderbar, daheim sei alles bestens und Vincenzo seit dem Sommer wieder ein gutes Stück gewachsen. Auch Paolo gehe es gut, sicherlich. Schon als wir noch verheiratet waren, hatte Gina bereits ein Auge auf ihn geworfen.

Meine alte Freundin hakte sich bei mir unter, zog mich in die Küche und stellte die bereits mit Kaffeepulver und Wasser gefüllte Espressokanne auf die Herdplatte. Während sie zwei winzige Tassen aus dem überfüllten Hängeschrank holte, erfuhr ich den neuesten Klatsch aus dem Viertel. Giuseppe aus dem ersten Stock war nach Genua gezogen, *per il lavoro*, wegen seiner Arbeit. Signora Falcone, die Eigentümerin des Andenkenladens schräg gegenüber, befand sich im *Ospedale* in Florenz – eine Augenoperation, *la poverina*.

Gina nutzte die vorderen Räume ihrer mehr als zweihundert Quadratmeter großen und völlig übermöblierten Wohnung als Schneideratelier. Früher hatte hier eine wohlhabende Familie gelebt. Im Gegensatz zur schäbigen Fassade des Palazzos war das Innere perfekt renoviert, mit feinsten Stuckarbeiten an Decken und Wänden, Säulen aus Marmor, glänzendem Parkett und Mosaikfußböden. In allen Zimmern, nein, Sälen gab es lange Tische, auf denen sich halb fertige Roben aus Tüll und Seide türmten, Kleiderpuppen, an denen Gina ihre aktuellen Kreationen absteckte, Stoffballen, Scheren, Spitzen und Borten. Sie fertigte alle Modelle von Hand und beschäftigte immer ein, zwei Aushilfen für die Näharbeiten.

Stolz zeigte mir Gina nach dem Espresso ihren neuesten Entwurf: ein Abendkleid aus weißem Taft, über und über mit bunten Fransen und Federn bestickt; duftiges Orange, Rot, Lila und knalliges Pink leuchteten um die Wette. Auch sonst hatte sich die Fahrt gelohnt, wie ich schon beim ersten Rundblick feststellte. Ginas Modelle erinnerten an die prunkvollen Abendroben aus den Fünfziger- und Sechzigerjahren, angelehnt an die Garderobe von Sophia Loren und Katharine Hepburn. Die Stoffe, die Gina verarbeitete, waren immer en vogue: Seide, schwerer Samt, Brokat oder fließendes Goldlamé. Nur ein gewagtes Lederminikleid mit passendem Kurzmantel im Reptillook schlug aus der Art.

Als wir nach dem Austausch der wesentlichen Neuigkeiten und der zweiten Runde Espresso Hunger bekamen, wollte mich Gina in ihre neueste Lieblingstrattoria schleppen, die einer ihrer zahllosen Freunde kürzlich hinter dem *Duomo* eröffnet hatte. Aber es gelang mir, sie zu überreden, zu Hause Pasta zu kochen. Ich verabscheute die eisigen Temperaturen in den Läden und Lokalen, in denen auch im Winter nie geheizt wurde. Natürlich hatte ich meine dicksten Pullover und wärmsten Hosen eingepackt, aber inzwischen lebte ich schon zu lange im gut geheizten Norden, als dass ich noch im Wintermantel beim Essen sitzen wollte.

Später ließen wir uns die *Spaghetti alla puttanesca* schmecken und schwärmten lautstark von alten Zeiten. Irgendwann läutete es an der Tür, und Vittorio, einer von Ginas engeren Freunden, kam auf ein Glas Wein vorbei. Ich nutzte die Pause, um Vincenzo anzurufen, dem ich bisher nur eine kurze SMS geschickt hatte. Maximilian hatte sich während der Fahrt nach Lucca gemeldet, er war gut in Prag angekommen.

Mein Söhnchen war wohlauf, aber sauer auf seine Deutschlehrerin. Für seinen Aufsatz *Die Tote im Regen* hatte er nicht die erwartete gute Note bekommen, sondern gerade noch eine Vier. Wegen Themaverfehlung, wie die Lehrerin daruntergeschrieben hatte. Eine Erlebniserzählung hätte es sein sollen, keine Fantasygeschichte. Ich beschloss, dass Paolo beim nächsten Elternsprechtag der Deutschlehrerin erklären sollte, was es mit dieser Erlebniserzählung unseres Sohnes auf sich hatte. Dann tröstete ich Vincenzo, so gut es ging, und kehrte zurück ins Esszimmer, wo laut gelacht wurde. Inzwischen hatten sich noch zwei Freundinnen dazugesellt, und man überlegte, welche Bar man nun heimsuchen solle. Wie immer kamen Gina und ich erst weit nach Mitternacht ins Bett.

»*Facciamo colazione al bar?*«, begrüßte Gina mich gegen zehn am Dienstagmorgen.

Nach einem doppelten Espresso in der Bar um die Ecke, einem schlauchartigen Raum mit Unmengen von Spiegeln, der im Grunde nur aus einer langen Theke und Barhockern bestand und wo schon am Vormittag der Fernseher mit dröhnender Lautstärke lief, schlenderten wir durch die Altstadt. Gina kannte jeden Menschen auf der Straße, auch ich wurde von allen herzlich begrüßt, ob man mich kannte oder nicht. Ende Oktober war ich zum letzten Mal hier gewesen – eine halbe Ewigkeit.

In einem winzigen Lädchen im *Vicolo della Dogana* entdeckte ich ein Taschenmesser für Vincenzo, der Griff aus kunstvoll verarbeitetem Olivenholz. Da bald Weihnachten war, kaufte ich auch etwas für mich, eine alte etruskische Maske aus Ton, die mit ihrem lachenden Mund an den *Arlecchino* aus der *Commedia dell'Arte* erinnerte, mit ihrem gekräuselten Schlangenhaar aber einer griechischen Medusa glich. Die würde sich gut neben meinem venezianischen Garderobenspiegel machen.

Als die Geschäfte um halb eins schlossen, kehrten Gina und ich wieder in ihre Wohnung zurück. Nach einigem Hin und Her, unterbrochen von zahllosen Telefonaten, wurden wir uns handelseinig. Während Gina danach Modelle auslieferte, verpackte ich die neu erstandenen Kleider in Plastikhüllen und Kartons. Anschließend setzte ich mich an Ginas Computer. Ich war gespannt, ob Ghulam Mirza schon geantwortet hatte. Doch sooft ich es auch versuchte, ich bekam keine Verbindung zum Server. Irgendwann schaltete ich den Computer wieder aus und rief Jenny an. Ausnahmsweise saß sie zu Hause vor ihren Büchern und lernte. In der Boutique und der Villa lief alles bestens. Die neuen Scheiben waren bereits eingesetzt. Ich trug ihr auf, das *BellaDonna* morgen zusammen mit Mona wieder zu eröffnen, und verabschiedete mich erleichtert.

Kaum hatte ich aufgelegt, sang mein Handy.

»Keine Ahnung, wie oft ich schon bei dir angerufen hab, ständig hat sich die Mailbox eingeschaltet, oder ich hab gar keine Verbindung gekriegt«, hörte ich Fiffis sich überstürzende Stimme. »Von dem Ghulam erzählen wirklich alle nur Gutes, und die Lisa hat gesagt, dass der auch mal im Labor gewesen ist, wegen dem Ergebnis von einer Blutuntersuchung, total wichtig war dem das, hat ein Riesengeschiss gemacht und sich zehnmal bedankt, weil es so schnell gegangen ist, und neulich, du errätst echt nicht, wer da bei uns hier aufgekreuzt ist …«

Bevor ich auch nur ein Wort erwidern konnte, sprach sie schon weiter.

»… dieser eingebildete Griaux … Der ist doch noch nie bei uns gewesen, den Joachim hat er angeblich gesucht, wegen der Heizung, und ausgerechnet da hocken wir zwei grad beim Kaffee, der Joachim und ich, und jedenfalls hat sich der französische Angeber dann mordsmäßig aufgeregt, Sie sitzen ständig nur rum, Herr Pelz, was heißt hier rumsitzen, hab ich zurückgemotzt, der Wasserhahn hat doch getropft, in was für einem Ton reden Sie mit mir, macht mich der Volldepp an, und der Joachim ist gleich aufgestanden und dem Blödmann nachgedackelt, du musst doch nicht allen in der Klinik immer alles recht machen, sag ich noch, aber bei dem redest du gegen eine Wand …«

»Hör mal, ich bin in …«

»Aber was ich eigentlich erzählen wollte: Der Griaux steckt bis über den Hals in Schulden, weil, der verschleudert sein ganzes Geld für schicke Klamotten, Autos und was weiß ich, die Nina von Station vier hat neulich ein Telefonat mitgehört, da ging's wohl wieder um einen Kredit, und ich wette, nur wegen dem Geld hat der dem Nikolai …«

Das Telefonat würde teuer werden. Ich klärte Fiffi nun doch darüber auf, wo ich mich befand, und fügte hinzu, sie brauche keine Erkundigungen mehr einzuziehen, die Sache habe sich erledigt. Griaux war inzwischen Dauerkunde bei der Polizei, und der pakistanische Arzt würde sich gewiss bald bei mir melden. Aber davon wollte sie nichts hören und verabschiedete sich beleidigt.

Zwei Minuten später ertönte erneut die Handymusik.

»*Carissima, dimmi, è vero che sei a Lucca?*«, fragte mich meine Tante Riccarda mit ungläubigem Unterton. »Sag mal, stimmt es, dass du in Lucca bist?«

Es folgte eine Salve von Vorwürfen, warum ich sie nicht angerufen hatte, begleitet von den üblichen Liebesbezeigungen an ihre Lieblingsnichte. Ich konnte mir zusammenreimen, woher sie von meinem Aufenthalt in Lucca wusste. Francesca, Riccardas Tochter, war wie ich eine alte Freundin von Gina. Und tatsächlich erfuhr ich, dass Francesca und Gina vor wenigen Minuten miteinander telefoniert hatten. Schließlich nahm meine Tante mir das heilige Versprechen ab, auch sie und Zio Marcello zu besuchen.

»*Benissimo*«, sagte sie am Ende zufrieden. »Schaffst du's bis halb acht? Ich koche uns eine Kleinigkeit.«

Tante Riccardas Kleinigkeiten waren legendär. Ich versicherte, ich würde pünktlich sein, und freute mich auf ein die Tische biegendes toskanisches Vier-Gänge-Menü in großer Runde.

Tante Riccarda war, obwohl im Gegensatz zu mir zu hundert Prozent Italienerin, schon immer einer der pünktlichsten Menschen gewesen, die ich kannte. Punkt halb acht stand der erste Gang auf dem Tisch. Die Crostini mit Olivenpaste, die mit getrocknetem Rosmarin bestreut waren, lagen zwischen hauchfein geschnittenem geräucherten Schinken auf weißen

Tellern, während der Duft der nächsten Gänge schon das Haus erfüllte.

Das Willkommensgetöse hatte ich bereits hinter mich gebracht. Sicherheitshalber war ich früh genug auf dem Gut eingetroffen, um alle meine Verwandten und die wenigen Angestellten, die im Winter hier arbeiteten, ausführlich begrüßen zu können. Ich hatte sogar noch Zeit für eine schnelle Dusche gefunden und zu Hause angerufen. Vincenzo war putzmunter, klang aber etwas genervt von meiner in seinen Augen übertriebenen mütterlichen Fürsorge. Zu Nikolais Zustand gab es nichts Neues, erfuhr ich von Paolo. Von den laufenden Ermittlungen wollte er mir nichts verraten.

Um diese Zeit, so kurz vor Weihnachten, war *Il Castello di Santosa*, wie das Landgut mit Hotelbetrieb von Zia Riccarda und Zio Marcello offiziell hieß, nicht für Gäste geöffnet. Die Familie war unter sich. Erst an *capodanno*, an Neujahr, würde man die Pforten wieder öffnen. In der Regel kamen um diese Zeit nur alte Freunde und Stammgäste, um ihren Neujahrsurlaub auf unserem Castello mit seinem Traumblick auf die umliegende, auch in der kalten Jahreszeit in unzähligen Grüntönen schillernde Hügellandschaft zu verbringen.

Fast dreihundert Hektar umfasste der Besitz in den Hügeln zwischen der Meeresküste und Volterra, den Lorenzo di Santosa 1342 von seinen Vorvätern geerbt hatte. Zwei Jahre später wurde er in den Adelsstand erhoben und war somit der erste Conte unserer Familie. Damals war das Gut noch viermal so groß gewesen – so weit das Auge reichte, Felder und Wiesen, Pferdekoppeln, Weinberge, Olivenhaine, Wälder voller Korkeichen, Kastanien und Wildschweine. Auf dem höchsten Berg erbaute er den auch heute noch prunkvollen Palazzo, der mit seinen vielen Türmen, Zinnen und Terrassen alle Stallungen und Wirtschaftsgebäude überragte. Im Laufe der Jahrhunderte war das Anwesen geschrumpft, die Pferdezucht verschwunden, viele Gebäude verfallen. Nur die Weinberge und

Oliven, der Adelstitel und ein unausrottbares Gefühl von Tradition und Familienstolz waren geblieben.

Beim Abendessen erfuhr ich die wichtigsten Neuigkeiten. Endlich hatte man Riccardas Gutsladen vergrößert, wo meine Tante hauseigene Produkte verkaufte. Wein, Grappa, Likör, selbstgemachte Pasta, Olivenöl und die Marmeladen waren nicht nur bei Einheimischen und Touristen begehrt, sondern auch in hiesigen Restaurants und Geschäften. Inzwischen gab es sogar Interessenten außerhalb Italiens. Während sie mir von ihren Exportplänen erzählte, degustierte Marcello mit glänzenden Augen einen in der Barrique gelagerten Riserva aus Sangiovese- und Canaiolo-Nero-Trauben, den er seit sieben Jahren in den Gewölben seiner *cantina* hegte. Auch Giovanni Capucci, einer von Marcellos unzähligen Freunden und Beratern in Sachen Wein, saß mit am Tisch. Mit kritischer Miene bemerkte er, das Brombeeraroma sei nicht ganz so perfekt ausgereift, wie es hätte sein sollen. Daraufhin entspann sich eine wilde Diskussion, wie man den vollkommenen Wein kreieren könne, während der alte Conte – mein Großonkel und Nonna Emilias Bruder – würdevoll schweigend ins Kaminfeuer blickte.

Nach den knusprigen Crostini, die wie der nach Fenchel duftende Schinken ein Gaumenschmaus waren, aßen wir *Paglia e fieno.* Die weißen und grünen Bandnudeln – in einer leicht nach Chili schmeckenden Soße aus Sahne und Pilzen serviert – waren wie immer frisch zubereitet. Wir saßen an einem der langen Holztische im Speisezimmer, einem riesigen Saal mit überquellenden Stuckverzierungen an der hohen Decke. An allen Wänden gab es noch aus der Renaissance stammende Fresken, wunderschöne, restaurierte Malereien in verblassendem Rot, zartem Gelb und lichtem Blau. Über der schweren, zweiflügeligen Tür aus Eichenholz prangte unser Familienwappen: Weinreben vor gekreuzten goldenen Schwertern, darüber bunte Lilien, die Wappenblumen der Toskana. Trotz der zwei offenen Kamine, in denen knisternde

Feuer loderten, war ich froh um meine Strickjacke aus reiner Schurwolle. Dennoch genoss ich es, wieder zu Hause zu sein.

Als Sofia – wie die meisten von Riccardas Angestellten auch sie eine entfernte Verwandte – die *Fegatelli alla toscana* servierte, erzählte mir Riccarda von ihren nach zwei Jahren immer noch erfolglosen Bemühungen, sich von den hiesigen Baubehörden ein weiteres Gästehaus genehmigen zu lassen.

»*Cosa vuoi fare, è così qui da noi.*« Achselzuckend brach sie ein Stück vom selbst gebackenen, ungesalzenen Brot mit dicker Kruste ab und tunkte es in die Soße ihres Leberspießes mit gedünsteten Zwiebeln. »Was will man machen, so ist es nun mal hier in Italien.«

Die meisten der prachtvoll ausgestatteten Gästezimmer befanden sich in den alten, rund um das Castello verstreuten Steinhäusern. Inzwischen war der Andrang aber so groß, dass die vorhandenen Kapazitäten des Hotels nicht mehr ausreichten und man neue schaffen musste. Das Motto »Urlaub machen wie ein Fürst« hatte sich herumgesprochen, auch im Ausland.

Als Onkel Marcello damals Riccarda Montessini geheiratet hatte, eine Bürgerliche aus einfachen Verhältnissen, aber mit einer soliden Ausbildung zur Hotelfachfrau, tat er das sehr zum Missfallen seines Vaters, des alten Conte. Doch die Zeiten hatten sich geändert, auch in der Toskana. Außerdem brauchte man dringend Geld und nicht zuletzt eine Zukunft. Gegen die dauerhaften Widerstände des Conte, dafür aber mit der äußerst tatkräftigen Hilfe von Riccardas handwerklich begabter Verwandtschaft renovierte man die bis dahin verlassenen Steinhäuser. Nebenbei grub Riccarda alte toskanische Speiserezepte aus. Marcello setzte die fast antike Olivenpresse wieder instand, kaufte neue Rebsorten – zuerst nur europaweit erprobte Sorten wie Merlot und Cabernet, später auch in Vergessenheit geratene, italienische Trauben wie Canaiolo und Trebbiano –, kreuzte sie unter Anleitung eines

Önologen mit den bewährten Reben und vergrößerte nach und nach auch den Obstanbau. So verwandelten Riccarda und Marcello in den dreißig Jahren ihrer Ehe das heruntergekommene Gut in ein florierendes Unternehmen mit über zwanzig Angestellten, fast wie in alten Zeiten.

Von Minute zu Minute wurde es lauter im Speisesaal, in der Küche hörte man Sofia mit dem Geschirr klappern, Giovanni erzählte erbost, wie er kürzlich mit dem *sindaco*, dem Bürgermeister von Volterra, auf irgendeiner politischen Versammlung wieder einmal in Streit geraten war. Onkel Marcellos Nase war nach der inzwischen zweiten Weinflasche bedenklich rot geworden und er selbst – als eingeschworener Parteifreund des Bürgermeisters – immer lauter, während der Conte mit leicht geneigtem Oberkörper im Sitzen eingeschlafen war. Mitten in der hitzigsten Diskussion ließ Sofia eine volle Porzellanschüssel fallen. Riccardas Lieblingshund, ein quirliger weißer Mischling, schnappte sich den größten Leberspieß und schoss davon, die anderen Hunde ihm kläffend nach. Meine Tante und Isabella, ihre Cousine zweiten Grades, die uns mit ihren drei Söhnen ebenfalls Gesellschaft leistete, rannten ihnen wild schimpfend hinterher, und der Conte wachte wieder auf. Ich dachte, dass die ruhig und gesittet verlaufenden Mahlzeiten in Deutschland hin und wieder eine Wohltat waren.

Beim Nachtisch hörte ich das Neueste über meine Cousins und Cousinen, die fast alle auf dem Gut mithalfen. Nur Francesca, Riccardas einzige Tochter, sei immer noch in Paris, erzählte meine Tante mit halb stolzem, halb missmutigem Blick, während sie ihre *Frittelle di riso* verspeiste, mit Puderzucker bestäubte Reiskrapfen. Eigentlich hatte man Francesca ja nur deshalb nach Frankreich geschickt, damit sie ihre Sprachkenntnisse verbesserte. Wer hätte schließlich ahnen können, dass sie sich in einen Journalisten vom *Figaro* verliebte? Seit Jahren wartete man nun schon darauf, dass sie endlich zurückkehrte und die Außenhandelsbeziehungen des

Guts intensivierte, die man sich ja schließlich von ihrer Ausbildung erhofft hatte. Und noch nicht einmal verheiratet seien die beiden, lamentierte Riccarda. *Che tragedia, però – l'amore …*

Sofort musste ich an Maximilian denken. Während der Fahrt von Lucca zum Landgut hatten wir kurz miteinander telefoniert. Er vermisste mich. Zum Schluss hatte er *Ich liebe dich* in den Hörer gehaucht, und mein Herz hatte einen Sprung gemacht.

Als Sofia den Kaffee servierte, goss Marcello jedem ein Gläschen Walnusslikör ein – natürlich wie alle seine Schätze selbst angesetzt.

»*Dimmi, carissima – cosa c'è di nuovo da voi?*«, fragte Riccarda. »Was gibt's bei euch Neues, meine Liebe?«

Ich erzählte von meinem neuesten Plan.

»Privatdetektivin?« Riccardas schokoladenbraune Augen weiteten sich vor Schrecken. »Was wird deine Mutter dazu sagen? *Madonna*, sie war so froh, als du dich endlich für die Mode und gegen die Polizei entschieden hast.«

Ich setzte zu einer wortreichen Rechtfertigung an. Doch der Conte kam mir zuvor. Mit seinem geschnitzten Elfenbeinstock klopfte er dreimal kräftig auf den Steinfußboden. Alle sahen ihn erstaunt an. Es kam selten vor, dass sich der fünfundachtzigjährige Alte mit schlohweißem Haar und würdevoller Adlernase in die Unterhaltung einmischte.

»*Anna, ce la fai!*« Mit eindringlichem Blick sah er mich unter seinen buschigen Augenbrauen hervor an. »Anna, du kriegst das hin!«

Seine Stimme war noch stets so klar und fest, wie ich sie aus Kindertagen in Erinnerung hatte. Zwar hatte ich nie auf seinen Schoß klettern dürfen wie bei Nonna Emilia, seiner Schwester, aber immer, wenn ich an ihm vorbeigehuscht war, hatte er mir so schnell über den Kopf gestrichen, dass es niemand außer mir bemerkt hatte, und mir manchmal ein Bonbon zugesteckt.

»Du bist die Enkelin meiner Schwester«, fügte er ernst hinzu. »Und wie Emilia schaffst du alles, was du dir vornimmst, mit Anmut und Größe.«

17

Am nächsten Morgen stand ich früh auf. Ein weiter Weg lag vor mir.

Nach einer schnellen Dusche schlüpfte ich in mein wärmstes Strickensemble in frischen Grüntönen. Bevor ich in die Küche ging, um einen Espresso zu trinken, loggte ich mich rasch an Riccardas Computer in meine Mailbox ein. Dieses Mal hatte ich mehr Glück als in Lucca. Dreiundfünfzig neue Nachrichten. Ich überflog die Absender. Nichts aus Pakistan.

Nach dem Espresso holte ich mein Rollköfferchen. Auf dem Hof vor dem Palazzo lud Riccarda gerade einige Kartons neben dem Oldtimer ab. Der Wagen war zwar schon voll bis obenhin, aber überall, wo noch ein wenig Platz war, stopfte sie alle möglichen Schätze hinein – Flaschen mit handgepresstem Olivenöl, in Sirup eingelegte Kastanien, Marmeladen aus Zwetschgen und Feigen, eine große Flasche Grappa, den aus Akazienblüten gewonnenen Honig, den ich besonders schätzte. Und natürlich Wein in Hülle und Fülle. Ich beschloss, den Grappa für Jennys Onkel zu reservieren, als Dank für seine tatkräftige Unterstützung bei der Reparatur der Schaufensterscheiben und des Parketts. Und zwei Gläser Marmelade für Jenny selbst.

»Ihr kommt doch zum Befana-Fest?«, vergewisserte sich meine Tante. Ihre Stimme machte klar, dass sie ein Nein niemals akzeptieren würde.

Als ich noch klein war, wurden nach altem Brauch nicht am Heiligabend, sondern erst am sechsten Januar die Geschenke verteilt. Nach dem Volksglauben fliegt die Hexe *La befana* auf einem Besen von Haus zu Haus, um den braven Kindern einen mit Süßigkeiten gefüllten Strumpf zu bringen, den ungezogenen aber einen mit Kohlen. Wie meine Cousins und Cousinen bekam auch ich immer einen Strumpf voller Leckereien, auf dessen Grund stets ein klitzekleines Stück Kohle lag.

Dann umarmten und küssten wir einander, und mein Herz wurde schwer. Inzwischen waren auch Marcello, Riccardas Schwestern, alle Angestellten und sogar der Conte erschienen. Es dauerte eine geraume Weile, bis ich mich von allen verabschiedet hatte. Dann stieg ich ein, fuhr über die holperige Zufahrtsstraße davon und winkte so lange, bis ich niemanden mehr sehen konnte.

Die Rückfahrt verlief nicht so reibungslos wie die Hinfahrt. Der Stau vor Florenz hielt sich zwar in Grenzen, dafür musste ich auf der von Tunneln durchsetzten, kurvigen Autobahn über die Berge nach Bologna immer wieder anhalten. Auch bei Bologna ging es nur zäh voran – viele Laster und noch mehr Abgase. Als ich endlich die Poebene erreichte, hingen düstere Nebelschwaden über der nun schnurgeraden Autobahn, und bereits vor dem Südaufstieg der Alpen fing es an zu schneien. Hoffentlich war zumindest der Brenner frei, das Nadelöhr in den Norden.

Gegen zwei telefonierte ich mit Vincenzo. Lilo fand er inzwischen ziemlich cool, und er fragte, ob er noch den Rest der Woche bleiben dürfe. Ich war einverstanden. Nach meiner Rückkehr würde ich ohnehin mehr als genug in der Boutique zu tun haben.

Um kurz vor drei machte ich eine letzte Pause vor der Grenze. Es war schon so dämmrig und grau, als würde jeden Moment die Nacht hereinbrechen. Allmählich spürte ich die Müdigkeit, aber noch lagen über dreihundert Kilometer vor mir. Die kalte Luft auf der Raststätte, der doppelte Espresso und ein mit Mozzarella und Rucola belegtes Panino belebten mich.

Als ich wieder im Wagen saß, sah ich das Handy blinken. Ich hatte es im offenen Handschuhfach liegen lassen.

Eine neue Nachricht auf der Mobilbox:

Ja, ich weiß, du hast gesagt, es hat sich erledigt, aber ich war in Nikolais Büro, also echt nur zufällig, und da ist mir was aufgefallen, keine Ahnung, ob es wichtig ist, aber vielleicht sollten wir darüber reden, am besten heut Abend noch, ich muss zwar zum Zahnarzt, aber gegen sieben bin ich daheim, also mach dir keinen Stress, bis elf, halb zwölf bin ich in jedem Fall noch wach.

Es folgte Fiffis Adresse und eine ausführliche Beschreibung, wie ich das Haus ihrer Eltern in Burgweinting finden würde.

Ich rief zurück. Doch nur die Mailbox meldete sich.

Hinter dem Brenner setzte dichtes Schneetreiben ein, und ich kam nur langsam voran. In den Alpen geriet ich in ein Funkloch nach dem anderen. Als das Handy an einer unübersichtlichen Stelle voller Lkws anfing zu singen, nahm ich nicht ab – Paolo, wie ich später feststellte. Seine Nachricht auf der Mailbox war nicht zu verstehen, immer wieder knackte und rauschte es in der Leitung. Ich rief zurück, aber ständig war besetzt. Auch Fiffi konnte ich wieder nicht erreichen. Es schneite in einem fort. Ich schaltete das Handy aus und machte es erst auf der A9 kurz hinter München wieder an. Zwei Minuten später meldete sich die Mailbox, und Paolo bat in genervtem Ton um meinen Rückruf. Sofort drückte ich die Kurzwahltaste für seine Nummer, hatte aber wieder kein Glück.

Als ich das Autobahnkreuz Regensburg erreichte, war es Viertel nach zehn und ich inzwischen fast dreizehn Stunden unterwegs. Ich war todmüde, meine Augen brannten. Mit jedem Kilometer schien es stärker zu schneien. Ich reihte mich in die Spur in Richtung Passau ein. Schon die übernächste Ausfahrt war Burgweinting. Müdigkeit hin oder her, ich musste wissen, was Fiffi mir erzählen wollte.

Die Adresse, die sie mir genannt hatte, führte mich zum südlichen Ortsrand. Ich fand einen Parkplatz in einiger Entfernung von dem Einfamilienhaus, das Fiffi mit ihren Eltern bewohnte. Hausnummer zwölf, hatte sie gesagt. Die Schneeberge, die die Räumfahrzeuge an den Straßenrändern hinterlassen hatten, erschwerten das Einparken. Auf vielen der umliegenden Grundstücke funkelten Lichterketten auf verschneiten Bäumen, Fenstersimsen, Balkonen. Wie immer wurde mir beim Anblick der Adventsbeleuchtung warm ums Herz. An jeder Ecke glitzerte und glimmerte es, als hätte ein Engel winzige goldene Sterne verteilt. Ich musste an die immer zu bunten und zu kitschigen Lichter meiner Heimat denken und war wieder einmal froh, Weihnachten in Deutschland feiern zu dürfen.

Im Haus Nummer zwölf gab es keine Adventsbeleuchtung. Aber im Erdgeschoss brannte Licht.

Als ich nach meiner Handtasche griff, sang das Handy.

»Wo steckst du, Prinzessin? Ich hab schon zigmal versucht, dich anzurufen.«

»Ich bin noch auf der Autobahn«, log ich. Gerade jetzt hatte ich keine Lust auf Paolos Predigten, die ich sicher zu hören bekam, wenn er erfuhr, mit wem ich mich unterhalten wollte. »Was gibt's?«

»Du musst eine Stimme identifizieren. Kannst du zu mir ins Büro kommen?«

»Wie – jetzt noch? Eine halbe Stunde bin ich mindestens noch unterwegs«, schwindelte ich weiter. »Was ist das überhaupt für eine Stimme, die ich identifizieren soll?«

»Jazira Kujadarowas Stimme.«

»Warum denn das?«

»Der Fingerabdruck auf der Tatwaffe stammt von ihr. Sie hat die Tat auch schon gestanden.«

»Wie bitte?« Ich holte tief Luft.

»Also, wann kommst du?«

»Ich habe ihre Stimme am Tatabend gehört«, warf ich ein. »Sie ist mir damals jedoch nicht bekannt vorgekommen.«

»Du weißt doch selbst, dass eine Stimme übers Handy ganz anders klingt als in Wirklichkeit. Ich hab gedacht, wenn du sie vom Band hörst, dann erinnerst du dich vielleicht. Einen Versuch ist es wert.«

Jazira? Immer wieder hatte ich gerätselt, was sie zu verbergen hatte. Aber wenn sie nicht den Notdienst verständigt hätte, wäre Nikolai nach dem ersten Angriff sicherlich gestorben. Auch Paolo war von dieser neuen Entwicklung überrascht, verriet er mir. Ich versprach, morgen früh vorbeizukommen.

Ich stieg aus. Dicke Flocken wehten mir ins Gesicht, der frisch gefallene Schnee dämpfte meine Schritte. Auf dem letzten Rastplatz vor dem Brennerpass hatte ich die leichten Stiefeletten aus Lackleder wieder gegen die mit Fell gefütterten Stiefel getauscht, und auch den Plüschmantel konnte ich nun wieder gut brauchen. Schon nach wenigen Augenblicken war mir kalt.

Das Gartentor von Haus Nummer zwölf quietschte. Irgendwo bellte ein Hund, aber nur leise, fast konnte man meinen, das Kläffen käme aus einer anderen Welt. Genauso fühlte ich mich. Als wäre ich aus einer lauten Welt voller Sonne und Leben in diese stille, eisige Dunkelheit gefallen.

Ich drückte den Klingelknopf. Das Ding-Dong im Inneren des Hauses hallte nach. Einmal, zweimal, dreimal.

Alles blieb ruhig.

Ich versuchte es ein zweites Mal. Wieder nichts.

Hatte Fiffi nicht gesagt, ich könne jederzeit vorbeikommen – auch wenn es spät werden sollte?

Ich trat ein paar Schritte zurück, stapfte durch den Schnee zur linken Seite des Grundstücks und sah, dass im hinteren Teil des Hauses Licht brannte. Stand Fiffi vielleicht gerade unter der Dusche?

Ich watete durch den an manchen Stellen knietiefen Schnee zur Rückseite des Hauses. Stellenweise war es stockdunkel, die nächste Straßenlaterne stand in einiger Entfernung, und nur dank des reflektierenden Schnees konnte ich sehen, wohin ich trat.

Plötzlich ein dumpfes Geräusch unmittelbar vor mir.

Keuchender Atem.

Schnelle Schritte.

Die Umrisse einer Gestalt tauchten aus dem Nichts vor mir auf.

»Fiffi?«, rief ich. »Erschrick nicht, ich bin's, Anna …«

Ein heftiger Stoß traf mich an der Schulter. Ich taumelte, verlor das Gleichgewicht, fiel in das weiche kalte Weiß. Noch ein Schlag. Diesmal in den Rücken. Ich stürzte noch tiefer in den Schnee. Jemand drückte auf meinen Hinterkopf. Schnee drang mir in Mund und Nase. Ich versuchte, das Gewicht abzuschütteln, den Kopf zur Seite zu drehen. Doch wer immer mich zu Boden presste, er war stärker als ich. Der eben noch so weiche Schnee war mit einem Mal hart wie Stein. Ich ruderte mit den Armen, wollte mich hochstemmen, nach Luft schnappen, irgendwie. Vergebens. Meine Lungen schienen jeden Moment zu zerplatzen. Vor meinen Augen wirbelten Sterne, Blitze, Explosionen. Luft, ich brauchte Luft!

Auf einmal ließ der Druck nach. Es gelang mir, mich aufzurichten. Ich rang nach Atem, hustete. Meine Gesichtshaut brannte.

In der Ferne quietschte etwas.

Das Gartentor.

Irgendwo spielte Musik.

Kaum stand ich wieder auf meinen Beinen, hörte ich einen Motor aufheulen. So schnell es die Schneeberge zuließen, rannte ich zum Gartentor. Von dem Auto war schon nichts mehr zu sehen. Ich kämpfte mich zurück zum Haus, durch die tiefen Spuren, die ich im Schnee hinterlassen hatte, entdeckte eine zweite Spur. Sie kam von der Hinterseite des Hauses. Ich folgte ihr um das Haus herum. Hinten wurde es heller. Licht drang durch eine breite Terrassentür. Es ging einige verschneite Stufen hinauf. Die Terrassentür stand zwei Handbreit offen.

Ich stieß sie ganz auf, stolperte hinein. Das Wohnzimmer, nur schwach beleuchtet. Sofa, Schrankwand, ein riesiger Flachbildfernseher, dunkle Ecken.

»Fiffi?«

Keine Antwort.

Aus dem Korridor drang ebenfalls Licht.

Hastig durchquerte ich den Raum.

Auch im Flur kein Mensch.

»Fiffi?«, wiederholte ich, diesmal lauter. »Bist du da?«

Am Ende des Flurs stand eine weitere Tür offen. Auch von dort kam Licht.

Schon auf dem Boden vor der Tür sah ich die ersten roten Spuren. Hinter der Tür befand sich die Küche. Überall war Blut, am Kühlschrank aus Edelstahl, an den schneeweißen Schrankfronten. Auf den hellgrauen Fliesen kleine und große Flecken, Rinnsale, die zusammen- und wieder auseinanderflossen, Lachen bildeten. In der größten lag ein regungsloser Körper, die Arme bizarr angewinkelt, die Beine verkrümmt. Ich blickte auf Fiffis blasse Mädchenhaut mit den unzähligen Sommersprossen, einen vormals elfenbeinfarbenen Jogginganzug, ein langes scharfes Messer, das neben Fiffi lag.

Am schlimmsten aber waren diese jungen Augen, die mich so leer und blicklos anstarrten.

»Und du weißt nicht mal, ob es ein Mann oder eine Frau gewesen ist?«

Paolo beherrschte sich nur mühsam. Einerseits war er erleichtert, weil mir nichts zugestoßen war, andererseits wütend, weil ich mich schon wieder als eine zu nichts zu gebrauchende Zeugin entpuppte.

Und noch dazu in einem weiteren Mordfall.

Obwohl es nun schon über eine Stunde her war, dass ich wie gelähmt auf dieses Schlachtfeld gestarrt hatte, war das Entsetzen in mir noch lange nicht verschwunden. Den Spuren nach zu urteilen, musste sich Fiffi verzweifelt gewehrt haben. Aber ihr Mörder hatte wieder und wieder zugestochen. Bis sie tot war. Anschließend war er in das Gäste-WC gegenüber der Küche gegangen, wo er sich die Hände gewaschen und die Schuhe gesäubert hatte, und hatte anscheinend sogar versucht, seine Fußabdrücke zu beseitigen. Auf dem Fußboden in Küche und Toilette gab es Wischspuren, in einer Ecke lag ein mit Blut und Wasser getränktes Handtuch. Auf der Tatwaffe – einem Küchenmesser, das in den Holzblock in der Küche passte – hatten Paolos Kollegen keine Fingerabdrücke gefunden. Deutete das auf die Routine eines professionellen Killers?

Dann musste er mein Läuten gehört haben und hatte vermutlich erst einmal gewartet, in der Hoffnung, ich würde wieder gehen. Irgendwann, als ich immer wieder klingelte, packte ihn dann doch die Angst. Oder die Einsicht, dass er hier nicht länger bleiben konnte. Der Fluchtweg durch den Eingang war ihm versperrt. Also verschwand er durch die Terrassentür.

»Wie ist er ins Haus gekommen?«, fragte ich, immer noch benommen. »Auch über die Terrasse?«

Vor dem Rettungswagen, in dessen Innerem ich saß, war ein ständiges Kommen und Gehen, immer wieder leuchteten Blaulichter und Autoscheinwerfer auf. Es schneite noch immer. Paolo stand vor der geöffneten Tür des Rettungswagens, drehte sich alle zehn Sekunden um, sprach kurz mit einem Mitarbeiter, wandte sich wieder mir zu.

»Keine Anzeichen von gewaltsamem Eindringen. Die Terrassentür wurde von innen geöffnet.« Er legte die Stirn in Falten. »Vielleicht hat Fiffi sie aufgemacht, beispielsweise zum Lüften, und ist anschließend in die Küche gegangen. Den Spuren im Garten nach zu urteilen, ist er allerdings nicht von da gekommen.«

Trotz meines Protests hatte mein Ex darauf bestanden, dass der Arzt mich untersuchte. Aber natürlich fehlte mir nichts. Ich war nur in den Schnee gefallen. Die Schläge, die der Mörder mir verpasst hatte, waren durch den dicken Mantel abgeschwächt worden. Wenn der Täter mich allerdings noch länger niedergedrückt hätte, wäre ich erstickt. Ein Nachbar, der seine Mülltüte zur Tonne gebracht hatte, hatte mir, ohne es zu wissen, das Leben gerettet. Die Musik, die ich wahrgenommen hatte, war aus seinem Haus gekommen und hatte den Mörder verscheucht.

»Dann muss er durch die Eingangstür gekommen sein«, folgerte ich. »Fiffi hat ihn vermutlich selbst ins Haus gelassen.«

Ich zog die Decke, die mir ein junger Sanitäter gegeben hatte, noch enger um die Schultern. Allmählich spürte ich eine bleierne Erschöpfung. Ich zitterte. Hoffentlich hing Fiffis Tod nicht mit der Detektivarbeit zusammen, zu der ich sie angestiftet hatte. War ich schuld an dieser Tragödie?

»Das hieße, sie hat ihn gekannt«, fügte ich hinzu.

»Hier in der Gegend wohnen viele Russlanddeutsche. Da wird schnell mal das Messer gezogen.«

»Das meinst du doch nicht ernst?« Ich verzog das Gesicht. »Erst wird Nikolai fast getötet, dann versucht wieder jemand, ihn umzubringen. Und als Fiffi mir etwas erzählen will, was ihr in seinem Büro aufgefallen ist, wird sie ermordet. Das ist doch kein Zufall!«

Der Steinwurf schoss mir durch den Kopf. Harmlos im Vergleich zu dem, was hier geschehen war. Aber nun war ich plötzlich sicher, dass die Mafia nichts damit zu tun hatte. Sonst hätte man mich schon längst kontaktiert. Vermutlich waren die Steine eine Warnung gewesen und gingen auf dasselbe Konto wie der Mord an Fiffi. Natürlich erwähnte ich Paolo gegenüber nichts davon. Am Ende würde er mich noch in Schutzhaft nehmen lassen.

»Irgendwer aus der Klinik steckt dahinter«, sagte ich stattdessen laut. »Aber nicht Jazira. Sie ist doch noch in Haft?«

Paolo nickte düster. »Zuerst hat sie den versuchten Totschlag an Doktor Baum gestanden, wollte aber partout nicht verraten, warum sie ihn angegriffen hat. Auch das Insulin will sie ihm verpasst haben. Dann hieß es auf einmal, es sei aus Eifersucht geschehen. Angeblich hatten sie ein Verhältnis, aber er wollte seine Frau nicht verlassen – das Übliche. Den Weg zu dem Feld, wo man die Tatwaffe gefunden hat, konnte sie allerdings genau beschreiben.«

»Und den Tathergang?«

»Da hat sie sich in Widersprüche verwickelt. Außerdem passt ihre Körpergröße nicht. Wenn sie deinen Nikolai niedergeschlagen hätte, so wie sie mir das gezeigt hat, dann hätte er die Verletzung an einer anderen Stelle haben müssen.« Müde sah er mich an. »Und bis vorhin dein Notruf kam, hat sie dann den Mund gar nicht mehr aufgemacht. Nicht einmal einen Anwalt wollte sie.«

»Was geschieht jetzt mit ihr?«

»Morgen früh wird sie dem Haftrichter vorgeführt. Aber ich denke nicht, dass er einen Haftbefehl ausstellen wird.«

Wie aus dem Nichts überfiel mich der Schwindel. Ich atmete einige Male tief ein und aus, strich mir schnell über die Stirn, massierte meine Schläfen. Allmählich wurde es wirklich Zeit, dass ich nach Hause und ins Bett kam.

»Bist du sicher, dass du nicht doch ins Krankenhaus willst?«

Ich winkte ab. »Und was ist mit Doktor Griaux?«

»Erst wollte er nicht mit der Sprache rausrücken, was er während des ersten Mordversuchs an Baum getrieben hat. Aber dann hat er behauptet, er sei mit einer Schwester in irgendeinem Labor gewesen. Mindestens eine halbe Stunde lang.«

»Sie hatten Sex miteinander?«

Paolo nickte.

»Was sagt die Schwester?«

»Die ist mit ihrem Freund grade im Skiurlaub und nicht zu erreichen. Für den Insulinanschlag hat der Franzose ja auch kein Alibi. Bin sehr gespannt, wie's mit dem Mord an Fiffi aussieht.«

Der Chef der Spurensicherung tauchte hinter Paolo auf. Wir kannten uns, er nickte mir zu. Dem ersten Anschein nach habe sich der Täter nur im Erdgeschoss aufgehalten, sagte er. Es würde aber noch einige Zeit dauern, bis alle Indizien im Haus gesichert seien. Dann hielt er mehrere Plastiktütchen in die Höhe, die scheinbar leer waren.

»Dieses Haar haben wir unter den Fingernägeln der Toten gefunden, es stammt eindeutig nicht von ihr«, sagte er mit Blick auf das erste Tütchen. »Ansonsten Hautfetzen und Blutspuren. Dürfte für einen DNA-Abgleich reichen.«

»Und Fiffis Eltern?«, fragte ich, als der Mann wieder weg war. »Wissen sie es schon?«

»Eine Nachbarin hat mir erzählt, sie sind bei einer Adventsfeier. Ich werde es ihnen sagen müssen.« Paolo sah mich trübsinnig an. »Manchmal hasse ich diesen Job.«

Einer von Paolos Kollegen fuhr mich im Maserati nach Hause, ein großer Schlanker mit dezent gemusterter Brille. Ein zweiter Beamter folgte uns in einem Zivilfahrzeug.

Erst hatte ich mich selbst ans Steuer setzen wollen, aber mein Ex hatte aufs Heftigste widersprochen. Ich war tatsächlich hundemüde, und vielleicht würde mir ein wenig Gesellschaft sogar guttun.

Als wir in die Einfahrt zur Villa bogen, war es fast halb zwei Uhr morgens. Zu meiner Überraschung sah ich Monas Mini an seinem gewohnten Platz stehen. Seit sie zu Olaf gezogen war, hatte ich bis auf eine winzige SMS kein Lebenszeichen mehr von ihr empfangen.

In der Diele stolperte ich über ihre Schaftstiefel. Ihre Tasche lag auf der Kommode, der silberfarbene Steppmantel auf dem Teppich. Zwei Meter daneben türmte sich ein Riesenhaufen aus Sommerkleidern, Monas altem Plüschhasen, ihrem bunt bemalten Fächer aus Andalusien, Angélique-Romanen, getrockneten und heillos verstaubten Blumensträußen. Auf dem Dielenboden vor der Treppe ein Berg CDs, zwischen denen Semiramis vorsichtig herumschlich. ABBA, Madonna, Pink.

Im zweiten Stock polterte es, ein schrilles und anhaltendes Fluchen ertönte. Niemand, der Mona kannte, hätte dieses unflätige Gezeter mit ihr in Verbindung gebracht. Sekunden später flog etwas durchs Treppenhaus und landete auf dem restlichen Sammelsurium: Monas Kuschelkissen mit himmelblauen Schmetterlingen und knallgelben Tulpen. Fauchend schoss Semiramis davon.

Ich bedankte mich bei Paolos Kollegen, die unschlüssig von einem Bein aufs andere traten, und versicherte, dass ich nun wirklich gut aufgehoben sei. Sie verabschiedeten sich mit zweifelnden Mienen. Den Wagen würde ich morgen ausräumen. Es war ja alles gut gekühlt.

In der ersten Etage lief mir meine Exuntermieterin in die Arme. Als sie mich sah, entfuhr ihr ein Schrei.

»Wieso bist du nicht in Italien?«

Dann umarmte sie mich plötzlich so innig, als hätten wir uns seit Monaten nicht mehr gesehen. Dabei war sie erst am Sonntag ausgezogen.

Ich strich über ihr Engelshaar, froh, mit jemandem zu reden. Über ganz normale Dinge.

»Wie gefällt's dir in Olafs Loft?«

»Phantastisch.« Sie ging auf Abstand, räusperte sich unbehaglich. »Nur ein bisschen eng vielleicht.«

»Wenn du diesen Berg da unten mitnimmst, wird es noch enger.«

»Ich brauch aber meine Sachen.« Sie klang trotzig. Als hätte sie diese Diskussion schon hundertmal geführt. »Wie soll ich mich sonst wohlfühlen?«

»Ich dachte, ihr lebt nur von Luft und Liebe?«

Verzagt ließ sie die schmalen Schultern hängen.

»Das Zusammenleben ist nicht so einfach, hm?«

Wieder fiel sie mir um den Hals, wildes Schluchzen schüttelte sie.

»So schlimm?«

»Gestern war Olafs Geburtstag, du weißt doch, ich wollte für ihn kochen. Und weißt du, was er gemacht hat? Er hat mein schönes Nasigoreng einfach im Klo runtergespült!«

Ich zog ein Taschentuch aus der Tasche meiner Stricktunika und tupfte ihr das nasse Gesicht ab.

»Was kann ich denn dafür?«, jammerte sie zwischen zwei Weinattacken. »Er hat ja nichts. Kein Gemüse, keine Gewürze, kein gar nichts. Und nicht mal der Prosecco hat ihm geschmeckt. Außerdem ist die Küche so winzig, nur zwei Kochplatten. Wie soll man denn da anständig kochen?«

Ich nahm Mona an der Hand und ging mit ihr in die Küche. Dort drückte ich sie auf die Sitzbank, holte eine Flasche Weißwein aus dem Kühlschrank, goss zwei Gläser voll. Dann setzte ich mich zu ihr an den Tisch aus schwerem alten Ahorn.

»Und dann dieses komische Gejaule, das er immer hört«, fing sie wieder an. Krampfhaft hielt sie ihr Glas fest und trank nicht. »Free Jazz nennt er das. Und immer ausgerechnet dann, wenn ich mir *Desperate Housewives* ansehen will.«

Sie zog vorwurfsvoll die Nase hoch. Dann fing sie an, mechanisch das Papiertaschentuch zu zerpflücken.

»Und als ich meine paar Schminksachen ins Bad gestellt hab, da hat er auf einmal rumgemotzt. Wohin sollen denn hier deine hundert Nagellackfläschchen und zweihundert Lippenstifte?, hat er gemeckert. Soll er sich doch eine größere Wohnung nehmen, der Depp. Und endlich mal seine tausend CDs und DVDs und Rechnungen aufräumen. Alles, alles lässt er rumliegen. Sogar die gebrauchten Unterhosen!«

Zwei Wochen hatte ich den beiden gegeben. Nicht einmal vier Tage hatten sie es miteinander ausgehalten.

»Umso weniger verstehe ich, warum du dann noch dein ganzes Zeug zu ihm schleppen willst«, warf ich ein.

»Aber ich liebe ihn doch …«

Was sollte ich darauf nur antworten?

»Ist das immer so?«, fragte sie kläglich. »Dass man sich mit einem Mal nicht mehr riechen kann, wenn man so nah aufeinander hockt?«

Wider Willen musste ich lächeln. Dann nippte ich an meinem Glas. Der Wein, ein Vermentino, schmeckte trocken und fruchtig. Ich hoffte, er würde helfen, die Schreckensbilder aus Fiffis blutbespritzter Küche zu verscheuchen, und meine Selbstvorwürfe in Luft auflösen.

»Klar ist es einfacher, wenn man nur zu Besuch ist«, antwortete ich schließlich. »Wenn man genug hat, dann geht man eben wieder. Aber manchmal wünscht man sich auch nur das, was man gerade nicht hat.«

Ich brauchte nicht lange zu überlegen, was ich selbst mir in diesem Moment wünschte. Wäre ich nur eine halbe Stunde früher gekommen. Hätte ich nur während der Fahrt die letzte Pause nicht gemacht. Wäre nur dieser dämliche Schnee nicht gewesen. Hätte ich nur Fiffi nicht zum Detektivspielen angestiftet.

Dann würde sie jetzt noch leben.

Ich trank noch einen Schluck, diesmal einen großen.

Mona legte die Taschentuchfetzen auf den Tisch, langsam, einen nach dem anderen. Sie schien nicht zu bemerken, wie still es plötzlich geworden war. Eine Weile saß sie nur da, mit hängendem Kopf und stumpfem Blick. Als ich ihr schließlich in knappen Worten erzählte, was ich selbst an diesem Abend erlebt hatte, sah sie mich mit großen Augen an, leerte ihr Glas in einem Zug und füllte sofort wieder nach.

»Musst du nicht noch Auto fahren?«, fragte ich und warf einen Blick auf die Küchenuhr. Zehn nach zwei. Allmählich musste ich wirklich ins Bett. Und Mona zurück zu ihrem Olaf.

»Meinst du, ich lasse dich jetzt alleine?«, fragte sie mit überraschend erwachsen klingender Stimme und schenkte auch mir nach, obwohl mein Glas noch halb voll war.

18

Am nächsten Morgen, nach einer unruhigen Nacht, in der ich immer wieder schweißgebadet aus bösen Träumen hochgeschreckt war, wurde mir klar, dass außer diesem bestialischen Mord noch etwas geschehen war.

Jemand hatte versucht, mich umzubringen.

Die Erkenntnis traf mich wie ein Schlag ins Gesicht. Ich war nicht einfach nur irgendeinem Verrückten in die Quere gekommen, der ziellos um sich schoss, wie damals in München, als Paolo mir das Leben gerettet hatte. Nein, Fiffis Mörder hatte auch mich töten wollen. Vermutlich hatte er Angst gehabt, ich könnte ihn identifizieren.

Ich ging ins Bad, duschte ausgiebig und rekonstruierte den genauen Ablauf. An einem Punkt blieb ich immer wieder hängen: Warum war der Mörder nicht einfach weggerannt, nachdem er mich in den Schnee gestoßen hatte? Es war dunkel gewesen, und ich hatte so gut wie nichts von ihm gesehen. Alles war so schnell gegangen. Er hatte wissen müssen, dass ich keine Gefahr für ihn darstellte.

Und dann, beim Abtrocknen, fiel es mir plötzlich ein: Natürlich, im Garten, da hatte ich gerufen! Er hatte vielleicht meine Stimme wiedererkannt. Das hieß, dass ich ihm schon einmal begegnet war …

War der Steinwurf also tatsächlich ein Warnschuss gewesen? Anschließend war ich nach Italien gefahren und von der Bildfläche verschwunden. Seine Rechnung schien also aufgegangen zu sein. Keiner mehr da, der neugierige Fragen stellte. Aber dann plötzlich die neue Bedrohung: Fiffi. Was hatte sie mir sagen wollen, gestern Nacht? Und woher hatte er gewusst, dass sie mit mir reden wollte?

Eine halbe Stunde später ging ich nach unten, heute in einem Outfit ohne Schnörkel und in gedeckten Farben. Schon von

Weitem hörte ich Mona in der Küche klappern. Ihr gesammelter Lieblingskram, ohne den sie angeblich nicht leben konnte, lag immer noch am Fuß der Treppe.

Anfangs behandelte sie mich wie eine Schwerkranke. Ständig erkundigte sie sich nach meinem Befinden, wollte mir sogar eine Decke über die Knie legen, mir eine Wärmflasche machen, setzte Teewasser auf. Später verbot sie mir empört, ohne ihre Hilfe meinen Wagen zu entladen. Außerdem würde sie mich heute den ganzen Tag im *BellaDonna* vertreten – Jenny musste lernen – und die beiden Schaufenster komplett neu dekorieren. So könne ich mir einen freien Nachmittag gönnen.

Erst war ich mir nicht sicher, ob ich ihr Angebot annehmen sollte. Aber dann sagte ich Ja, froh um ihre Fürsorge, ihre Gesellschaft. Ich wusste ohnehin nicht, wie ich diesen Tag allein in der Boutique hätte überstehen sollen. Der Mord an Fiffi und die Vorstellung, dass ich nur knapp dem Tod entronnen war, lasteten schwer auf mir. Wie sollte ich auf der Beerdigung ihren Eltern gegenübertreten, in der Gewissheit, den Tod ihrer einzigen Tochter zwar nicht verursacht zu haben, aber zumindest eine Mitschuld zu tragen?

Während Mona ihren Kaffee und ich meinen Tee trank, kreisten meine Gedanken unentwegt umeinander. Fiffis Mörder, vermutlich der Mann in der Kapuzenjacke, wusste wahrscheinlich, wo ich wohnte. Würde er wiederkommen? Zum Glück war Vincenzo bei Paolo und Lilo sicher. Ich selbst könnte notfalls für ein paar Tage in ein Hotel ziehen.

Als Mona ihre Tasse geleert hatte, sprang sie auf und drückte mir zwei Küsschen auf die Wange. Allmählich müssten wir in die Gänge kommen, flötete sie, zu Olaf müsse sie ja auch noch. Von ihrer gedrückten Stimmung vom Vorabend war nichts mehr zu spüren. Dann schwebte sie in Elfenmanier aus der Küche, wie immer zwei Zentimeter über dem Boden.

Ich folgte ihr in die Diele und sah, wie sie pfeifend ihre Siebensachen die Stufen hinaufschleppte.

»Ich dachte, du kannst ohne den Krempel nicht leben?«

»Kann ich auch nicht.«

Sie erklärte mir, dass sie gerade beschlossen hatte, ihr Leben nicht im Wohnklo eines schlampigen und erfolglosen Egoisten zu vertrödeln. Außerdem habe sie aus dieser Episode einiges gelernt. Man dürfe ihnen nicht zu nahe kommen, den Traumprinzen. Zumindest nicht so nahe, dass sie sich in zwischen schmutzigen Unterhosen hausende Frösche verwandelten.

Eine halbe Stunde später hatten wir Riccardas Köstlichkeiten und Marcellos Wein im Keller verstaut, und mein Tatendrang war wiedererwacht.

Während Mona ihre Sachen aus Olafs Wohnung holte, setzte ich mich an den Computer. Doch in der Mailbox war immer noch keine Nachricht aus Pakistan eingetroffen.

In der Nacht hatte niemand mehr an Jaziras Stimme gedacht, die ich identifizieren sollte. Ich wusste von vornherein, dass es nichts bringen würde. Aber ich musste auch noch mein Protokoll zu gestern Abend unterschreiben. Also zog ich meine dicksten Stiefel und den Mantel aus silbergrauem Wollbouclé an und machte mich auf den Weg zur Kripo.

Paolos Büro erinnerte an einen Bienenstock. Ständig schwirrte jemand herein, drückte meinem Ex etwas in die Hand, besprach etwas mit ihm. Unentwegt klingelte das Telefon, oder die Fahrer irgendwelcher Einsatzfahrzeuge meldeten sich per Funk, dann stand schon der Nächste mit einer Frage im Raum. Nur als der leitende Staatsanwalt anrief, war es für einige Minuten mucksmäuschenstill.

Nach diesem Gespräch sah Paolo noch unglücklicher aus als zuvor. Wie erwartet, hatte der Haftrichter den Haftbefehl für Jazira nicht bewilligt, sie war schon wieder auf freiem Fuß. Für ihren Fingerabdruck auf der Tatwaffe hatte der Richter eine plausible Erklärung gefunden. Sie hätte ihn genauso gut an jedem anderen Tag hinterlassen haben können. Im Vorbeigehen etwa, um die Stange lediglich gerade zu rücken. Und das Schlimmste von allem war: Paolo konnte niemandem einen Vorwurf machen. Er glaubte selbst nicht mehr an Jaziras Schuld.

Und weil ich nun schon einmal da war, spielte er mir das Band mit Jaziras Stimme vor. Die Techniker hatten sie künstlich verzerrt, sodass sie tatsächlich klang, als käme sie aus einem Handy. Wie erwartet, konnte ich nicht mit Sicherheit sagen, ob es die Stimme war, die ich am Tatabend gehört hatte.

Die Krankenschwester aus Professor Schuberts Klinik, die mit ihrem Freund im Skiurlaub war, hatte Doktor Griaux' Angaben inzwischen telefonisch bestätigt, verriet Paolo mir. Sein Anruf war ihr ausgesprochen peinlich gewesen. Ihren Worten zufolge hatte sie nur dieses eine Mal Sex mit dem Franzosen gehabt und auf absolute Diskretion vonseiten der Polizei bestanden. Griaux hatte nun zwar ein Alibi für Dienstagabend, nicht aber für den Insulinanschlag und den Mord an Fiffi.

Die Spurensicherung in Fiffis Haus war noch lange nicht abgeschlossen. Vermutlich würde es Tage dauern, bis man alle Spuren gesichtet, eingetütet, ausgewertet hatte. Paolo wirkte müde, schien seine Gedanken ordnen zu müssen. Immer schon, wenn er in einer Sackgasse steckte, hatte es ihm geholfen, mit mir darüber zu reden. Dass ich froh um jede Information war, die ich auf diesem Wege gewann, behielt ich allerdings für mich.

Für den frühen Nachmittag war eine Pressekonferenz angesetzt. Im Moment wusste Paolo noch nicht, was er den Reportern erzählen sollte. Die ersten Hausbefragungen in Fiffis Nachbarschaft hatten nichts gebracht, niemand hatte etwas beobachtet. War es klug, jetzt schon eine mögliche Verbindung zwischen dem Mord und den Anschlägen auf Nikolai zur Sprache zu bringen? Man hatte Nikolai inzwischen ins Bezirksklinikum verlegt, wo er rund um die Uhr von einem

Beamten bewacht wurde. Immer häufiger kam er zu Bewusstsein, war aber nach wie vor nicht ansprechbar.

Und dann gab es ja auch noch diesen anderen Fall: Die Tote im Regen. Seit Paolo beide Sokos leitete, hatte er seinen Vorgesetzten gegenüber immer wieder betont, wie wenig er mit dieser begrenzten Zahl an Mitarbeitern ausrichten konnte. Gestern hatte man seinem Antrag stattgegeben und seine Mannschaft vergrößert. Auch der abschließende Obduktionsbericht lag endlich vor. Der Rechtsmediziner hatte nachweislich kein Wasser in den Lungen gefunden, außerdem Schürfwunden an Beinen und Gesäß. Die Kopfverletzungen führte er darauf zurück, dass die Leiche unter Wasser über felsigen Untergrund geschrammt war. Todesursache war akutes Leberversagen, eindeutig belegt durch die histologischen Untersuchungen des in Farbe und Konsistenz auffälligen Lebergewebes. Man hatte keinen Alkohol im Blut zum Todeszeitpunkt nachweisen können.

»Und außerdem wurden irgendwelche Veränderungen in Gehirn und Rückenmark festgestellt, wenn ich diesen Absatz hier richtig verstehe.« Frustriert knallte Paolo den Obduktionsbericht auf den Schreibtisch und tippte eine Nummer ins Telefon. »Hör mal, Franz, du musst mit dem Doktor Bergmeister reden, ja, der Rechtsmediziner aus Nürnberg … Wie …? Nein, ich muss nach Regenstauf. Zu diesem Pollinger.«

Alois Pollinger war Rentner, erfuhr ich nebenbei, bewohnte ein Häuschen am Stadtrand von Regenstauf und war der Meinung, bei der Wasserleiche handle es sich um seine seit drei Wochen verreiste Nachbarin. Die Beschreibung passte: Rita Huber hatte halblanges kastanienbraunes Haar, war schlank, klein und Ende zwanzig. Herr Pollinger war der Meinung gewesen, sie befände sich auf Teneriffa, wie jeden Winter. Er hatte sich zwar gewundert, weil sie sich dieses Mal nicht wie sonst bei ihm abgemeldet hatte. Normalerweise kam die alleinstehende Frau am Tag vor ihrer Abreise in den sechswöchigen Winterurlaub vorbei, um sich zu verabschieden. Den Schlüssel hatte sie ihm vor einiger Zeit schon anvertraut. Als Herr Pollinger gestern im Haus seiner Nachbarin nach dem Rechten sehen wollte, fand er es nicht so aufgeräumt vor wie sonst – der Mülleimer halb voll, drei benutzte Gläser in der Spüle, das Bett zerwühlt – und verständigte schließlich die Polizei.

»Gibt es denn keine Arbeitskollegen, die diese Rita Huber vermissen?«, fragte ich, als Paolo aufgelegt hatte. »Freunde, Bekannte?«

»Sie stammt aus reichem Hause und hat anscheinend nie wirklich gearbeitet, nur hin und wieder mal eine Reportage für eine Kulturzeitung geschrieben oder Ausstellungen organisiert. Neben dem Haus in Regenstauf und einer Villa auf Teneriffa hat sie auch noch eine Riesenhütte am Chiemsee geerbt. Die hat sie vermietet und sich ihrer Bildhauerei und ihren Reisen gewidmet. Sie hatte wenig Kontakt im Ort, ihr Haus liegt wohl auch ziemlich abseits. Die meiste Zeit ist sie nicht da, und wenn, dann lebt sie sehr zurückgezogen. Verwandte gibt es offenbar auch nicht.«

»Und hat dieser Herr Pollinger eine Ahnung, wie sie im Regen gelandet sein könnte?«

Paolo öffnete eine karrende Schranktür und holte seine Jacke heraus. »Das werd ich hoffentlich gleich erfahren.«

Im *BellaDonna* erinnerte nichts mehr an den Steinwurf. Der Glaser hatte gute Arbeit geleistet, auch das Parkett glänzte wie neu. Berge an ungeöffneter Post lagen neben der Kasse, darunter das Schreiben von der Versicherung, eine Notiz von Jenny und die Handwerkerrechnungen. Die Gesamtsumme war niederschmetternd. Und ich wusste immer noch nicht, ob und wie viel die Versicherung ersetzen würde.

Mona erschien kurz nach mir. Es dauerte eine Weile, bis wir die vielen Kleiderbügel und Kartons mit Ginas Preziosen aus dem Oldtimer in den Laden geschleppt und ausgepackt hatten. Dann kamen die ersten Kundinnen. Ich fand kaum Zeit zum Nachdenken, und das war gut so.

Mona gelang es, mich mit ihrer munteren Art abzulenken. Dennoch sah ich immer wieder Fiffis leere Augen vor mir und fühlte mich hundeelend dabei. Und öfter, als mir lieb war, blieb ich an dem Gedanken hängen, dass ich vor nicht einmal vierundzwanzig Stunden nur um ein Haar dem Tod entronnen war. Jedes Mal aufs Neue bekam ich dabei weiche Knie. Wir alle wissen, dass unsere Zeit begrenzt ist – erst der Tod gibt dem Leben seinen Sinn. Aber wenn wir plötzlich in sein Gesicht sehen, und sei es nur für wenige Augenblicke, dann begreifen wir, dass der Tod eine sehr reale Möglichkeit ist. Dass er uns jederzeit, auch jetzt sofort, an die Hand nehmen kann und vielleicht nicht mehr loslässt.

Gegen eins tauchte Vincenzo auf. Wir hatten per SMS vereinbart, dass er heute wie üblich ins *BellaDonna* kommen würde. Wie so oft hing ihm die Jacke lose über die Schultern, trotz der Minusgrade. Ich schluckte meinen Kommentar herunter, während er gut gelaunt Mona begrüßte, die im Schaufenster Ginas buntes Federnkleid drapierte.

Obwohl kein Junge in seinem Alter sich gerne vor Zeugen von seiner Mutter umarmen lässt, drückte ich meinen Vincenzo an diesem Mittag so fest und innig an mich wie schon lange nicht mehr. Er schien zu merken, dass etwas anders war als sonst, und hielt zwei Sekunden lang ganz still. Dann entwand er sich meiner Umarmung, schnappte sich die beiden Salamibrötchen, die ich vorhin beim Bäcker um die Ecke für ihn geholt hatte, und warf sich auf das rote Samtsofa. Ich setzte mich zu ihm und gab ihm das Taschenmesser aus Lucca.

»Alex darf jetzt übrigens doch«, hieß es plötzlich zwischen zwei Bissen, während er anerkennend mein Mitbringsel betrachtete.

»Was?«

»Sich für den Ballettkurs anmelden. Das Messer ist echt

geil, danke.« Grinsend steckte er es in die Hosentasche. »Am Samstagabend beim Chatten hat es auf einmal geheißen, die Ballettschule sei zu teuer. Mütter halt.« Unbekümmert kaute er an seinem Brötchen. »Aber dann hat Lilo eine andere Ballettschule ausfindig gemacht, am Römling, die kostet grad mal die Hälfte, und eine Aufnahmegebühr verlangen die auch nicht. Und jetzt braucht Alex natürlich auch richtige Tanzschläppchen. In fünf Minuten müssen wir los.«

Fast im selben Moment bimmelte die Tür. Ein junges, sehr schmales Mädchen in Vincenzos Alter erschien. Sie hatte kinnlanges weizenblondes Haar, die längsten Wimpern, die ich je gesehen hatte, und trotz einiger Pickel auf der Stirn ein ungewöhnlich hübsches Gesicht. Ich war sicher, sie noch nie im *BellaDonna* gesehen zu haben. Ihre übergroße Jeansjacke erkannte ich allerdings sofort wieder und ebenso die schwarze Lackschirmmütze, die sie keck in die Stirn gezogen hatte.

Noch bevor mein Söhnchen in die Höhe schoss und von einer Sekunde auf die andere seinen Hunger vergaß, war mir alles klar. Das war also Alex. Deshalb sein plötzliches Interesse für modische Accessoires, seine Begeisterung für Ballett, die, seinem verliebten Blick nach zu urteilen, weniger dem Tanz als der Partnerin galt. Eigentlich heiße sie Alexandra, erklärte Alex mir, als wir einander die Hand schüttelten, aber das sei mega-uncool. Andächtig musterte sie Ginas neue Modelle, die zum großen Teil bereits im Schaufenster hingen. Schließlich blieb sie mit offenem Mund vor dem Reptilleder-Minikleid stehen.

»Ich bin dann fertig.« Vincenzo stand an der Tür und wartete ungeduldig. »Sollen wir?«

Alex löste sich nur widerwillig vom Anblick meiner Schätze.

»In ein, zwei Stunden sind wir wieder da«, rief mein Sohn mir zu, als er mit roten Ohren und seligem Lächeln verschwand. Das Letzte, was ich sah, war, dass mein großer Junge seiner ersten Liebe die Tür aufhielt und ihr galant den Vortritt ließ.

Es war fast halb zwei, als Paolo anrief.

Eigentlich hatte ich erwartet, die Stimme der Dame von der Versicherung zu hören, die vor zehn Minuten schon einmal angerufen hatte. Inzwischen hatte sie meinen Schadensbericht per Fax erhalten, und natürlich gab es noch die eine oder andere Frage zu klären.

»Wir haben Fiffis Mörder.«

Erst nach Sekunden sickerte in mein Bewusstsein, was mein Ex da eben gesagt hatte.

»Wer?«, fragte ich atemlos. »Wer war's?«

»Der Hausmeister aus Schuberts Klinik. Joachim Pelz.«

Der Mann mit dem verrutschten Auge!

Und der Mann, zu dem Fiffi als Einzige in der Klinik nett gewesen war.

Ein Fingerabdruck an der Terrassentür hatte ihn überführt. Nach dem Händewaschen hatte er in seiner Eile vergessen, die Handschuhe wieder anzuziehen. Er war zwar noch nie polizeilich auffällig geworden, aber da man inzwischen die Abdrücke aller Mitarbeiter der Klinik vorliegen hatte, brauchte man nicht lange zu suchen. Außerdem hatte sich mittlerweile doch noch ein Zeuge gemeldet. Er wohnte zwei Straßen vom Tatort entfernt. Nur wenige Minuten vor meinem Anruf bei der Polizei war er fast von einem schwarzen Golf älteren Baujahrs angefahren worden, der aus der Straße schoss, in der Fiffi wohnte. Der Mann hatte sich das Nummernschild gemerkt. Das Ergebnis der DNA-Untersuchung der aufgefundenen Spuren lag zwar noch nicht vor. Aber schon die bisherigen Indizien waren eindeutig.

»Ich verstehe das nicht«, sagte ich, als Paolo geendet hatte. »Fiffi hat mir erzählt, Pelz sei oft bei ihr im Labor gewesen. Manchmal hat er ihr sogar Pralinen mitgebracht. Warum bringt er sie dann um?«

»Er sagt nichts. Nicht einen Ton. Er hat zugegeben, dass er sie erstochen hat. Seither schweigt er.«

»Vielleicht hatten die beiden Streit? Neulich, als er mit Fiffi mal wieder einen Kaffee getrunken hat, gab es offenbar Ärger mit Griaux. Vielleicht hatte Pelz Angst um seine Stelle und hat Fiffi die Schuld gegeben?«

»Ich weiß bisher nur, dass er jetzt seit acht Jahren in der Klinik ist und sich noch nie was hat zuschulden kommen lassen. Er ist zwar nicht besonders beliebt, aber seine Arbeit hat er wohl immer ordentlich gemacht. Auch der Professor kann sich nicht erklären, was plötzlich in seinen Hausmeister gefahren ist.«

»Und Nikolai? Hat Pelz auch versucht, ihn zu töten?«

»Auch dazu macht er keine Aussage. Ich lasse gerade überprüfen, ob er am Dienstagabend in der Klinik war.« Paolo räusperte sich umständlich. »Ich muss dich leider bitten, zur Gegenüberstellung vorbeizukommen.«

Joachim Pelz schien es unangenehmer zu sein als mir, den Angriff auf mich nachzustellen. Er befolgte alle Anweisungen von Paolo mit Gleichmut und Sorgfalt und berührte mich nur, wenn es unbedingt sein musste. Ansonsten war er mir gegenüber ausgesprochen höflich. Als mein Ex am Ende verlangte, er solle mir den Kopf auf den Boden drücken, entschuldigte er sich sogar. Ich selbst konnte natürlich nicht beschwören, ob er derjenige war, der mich in den Schnee geworfen und niedergedrückt hatte. Erst jetzt bemerkte ich allerdings, wie kräftig der Mann war.

In der Zwischenzeit war das Ergebnis der DNA-Untersuchungen vom Tatort eingetroffen, erzählte Paolo mir anschließend. Blut, Hautreste und das Haar unter Fiffis Fingernägeln stammten eindeutig von Joachim Pelz. Ich überlegte, ob es nicht doch sein alter Golf gewesen war, den ich am Sonntag vor der Villa gesehen hatte. War er der Mann in der Kapuzenjacke, der sich in der Prebrunnallee und vor der Boutique herumgetrieben hatte?

Am Ende erzählte ich Paolo dann doch von dem Anschlag auf die Boutique. Wie erwartet, reagierte er ungehalten, um nicht zu sagen explosiv. Ob ich mich für unsterblich hielte und ob ich scharf sei auf eine Anklage wegen Behinderung von polizeilichen Ermittlungen, war noch das Harmloseste, was ich mir anhören musste. Pelz beharrte allerdings darauf, mit den Steinwürfen nichts zu tun zu haben. Er habe lediglich eine gefährliche Zeugin beseitigen wollen, als er mich in den Schnee drückte. Wer diese Zeugin war, sei ihm nicht bewusst gewesen. Je öfter man ihn dazu befragte, desto ungeduldiger, ja aggressiver wurde er. Am Ende stieß er sogar wüste Beschimpfungen gegen Paolo aus, verriet dieser mir in den Pausen zwischen den Vernehmungen.

Wie sich später herausstellte, war Pelz am Abend des versuchten Mordes an Nikolai in der Klinik gewesen und am Nachmittag des Insulinanschlags auf einer mehrstündigen Besorgungsfahrt. Doch wieder bestritt der Mann, mit den Anschlägen auf Nikolai etwas zu tun zu haben. Schließlich verlangte er einen Anwalt.

Als ich die Kripo verließ, schwirrte mir der Kopf. Ich beschloss, erst einmal nach Hause zu fahren und bei einer Tasse Tee zur Ruhe zu kommen. Die Boutique war bei Mona in guten Händen.

Als ich die Stufen zum Portal der Villa hinaufstieg, sauste Semiramis so schwungvoll aus den verschneiten Büschen hervor, dass Berge von Schnee niederrieselten. Vorwurfsvoll strich sie mir um die Beine und miaute kläglich. Als wollte sie mich fragen, wann ich dieses weiße Zeug endlich wieder wegzaubern würde. Ich hob sie hoch, schnupperte an ihrem Fell, das nach Winter und Freiheit roch, und nahm sie mit ins Haus.

Eine Viertelstunde später setzte ich mich mit einer Kanne Tee und einer Wolldecke vor den Kamin in der Bibliothek, wo ein prasselndes Feuer loderte. Semiramis rollte sich nicht wie sonst neben mir auf Nonna Emilias Diwan ein, sondern kuschelte sich in meinen Schoß. Man sagt Katzen nach, sie könnten spüren, wann Menschen Wärme brauchen.

Ich dachte an Maximilian. Seit er nach Tschechien gefahren war, hatten wir uns bis auf ein kurzes Telefonat nur per SMS verständigt. Ich vermisste ihn. Und er wusste noch nicht einmal, was in der Zwischenzeit geschehen war.

Zum Glück erreichte ich ihn sofort. Er war gerade auf dem Weg zu einem Vortrag. In knappen Worten erzählte ich ihm von Fiffis Tod und dem Angriff auf mich. Er reagierte betroffen.

»Bitte sei vorsichtig«, sagte er dann eindringlich. »Das nächste Mal kommst du vielleicht nicht so leicht davon.«

»Pelz sitzt in Untersuchungshaft, keine Sorge. Aber ich verstehe nicht, was in ihm vorgegangen ist. Die ganze Zeit während der Vernehmung, als ich im Raum gewesen bin, hat er ruhig gewirkt, fast gleichgültig. Es hat ihn überhaupt nicht gekümmert, wie lange er jetzt hinter Gitter muss. Warum hat er dann aber nichts zu seinem Motiv verraten? Was hat er noch zu verlieren?«

»Vielleicht deckt er jemanden?«

»Aber warum hat er dann den Steinwurf nicht zugegeben? Das war doch harmlos im Vergleich zu dem, was er Fiffi angetan hat.« Bei dem Gedanken daran zog sich alles in mir zusammen. »Meinst du, er wollte sich an ihr rächen? Hat er ihre Freundlichkeit falsch interpretiert?«

»Womöglich hatte er sich in sie verliebt, und sie hat ihn wegen seines Äußeren zurückgewiesen.«

»Nein, sie hätte es mir sicher erzählt, wenn er einen Annäherungsversuch unternommen hätte. Sie hat immer so viel geredet. Pelz muss ein anderes Motiv gehabt haben.« Ich überlegte. »Die einzige Verbindung zwischen ihm, Nikolai und Fiffi ist die Klinik. Alle drei haben dort gearbeitet.«

Plötzlich fiel mir ein, was Nikolai gemurmelt hatte, als er aufgewacht war: *Ghulam, es geht um Leben oder Tod?*

Auch der Pakistani hatte in der Klinik gearbeitet. War er vielleicht auch längst tot und beantwortete deshalb meine Mail nicht?

»Angenommen, Nikolai und sein pakistanischer Vorgänger hätten sich wirklich in Mumbai getroffen«, fuhr ich laut fort, »worüber hätten sie gesprochen? Doch sicher über ihre Arbeit in Professor Schuberts Klinik?«

»Ja, vermutlich hätten sie sich über den einen oder anderen Patienten ausgetauscht. Über schwierige Fälle.«

»Ihre Sorgenkinder also …«

Jemand rief nach Maximilian. »Ich muss hinein, der Vortrag fängt gleich an.« Er zögerte. »Und du versprichst mir jetzt, vorsichtig zu sein – okay, Anna?«

Ich versprach alles, was er wollte, und setzte mich an den Computer. In der Mailbox waren siebenundzwanzig neue Nachrichten. Und immer noch keine aus Pakistan.

Enttäuscht tigerte ich durch das Haus, goss mir eine zweite Tasse Tee ein, überlegte. Zwei Wochen nach Nikolais Rückkehr aus Indien war der erste Anschlag auf ihn geschehen. Pelz leugnete diese Tat, war jedoch zur Tatzeit in der Nähe gewesen. Als ehemaliger Pfleger wäre er problemlos imstande gewesen, Nikolai später die falsche Infusion zu verabreichen. Pelz hatte mich in der Klinik gesehen, auf dem Weg zu Fiffi. Als sie dann anfing, unliebsame Fragen zu stellen, konnte ihm das nicht lange verborgen bleiben. Also versuchte er, mich durch den Steinwurf in Angst zu versetzen und von weiteren Nachforschungen abzuhalten. Und dann stieß Fiffi auf etwas in Nikolais Büro. Pelz musste davon erfahren haben. Möglicherweise sogar von ihr selbst, im Labor bei einem Kaffee. Er wollte Fiffi vielleicht nur einschüchtern – schließlich hatte er die Mordwaffe nicht vorsätzlich mitgebracht, sie stammte aus ihrer Küche –, die Situation entgleiste, und am Ende war sie tot. Was hatte sie nur in Nikolais Büro entdeckt? Hatte es etwas mit Doktor Griaux' Karriereträumen zu tun? Geld war zwar ein triviales, aber immer noch das häufigste Mordmotiv. Hatte etwa der Franzose Pelz zum Angriff auf Nikolai angestiftet und sich selbst mithilfe der Schwester ein Alibi verschafft?

Ich konnte es drehen und wenden, wie ich wollte – immer

wieder landete ich in der Klinik. Eine Person hatte ich bei meinen Überlegungen bisher allerdings völlig außer Acht gelassen.

Jazira.

Ich versuchte, Jazira telefonisch zu erreichen. In der Klinik hieß es nur, sie hätte sich krankgemeldet. Doch weder zu Hause noch auf dem Handy antwortete sie. Also fuhr ich in die Konradsiedlung zu ihrer Wohnung. Vielleicht wollte sie Ruhe haben nach der Festnahme, den Verhören, den falschen Anschuldigungen. So etwas konnte auch einen robusteren Menschen als sie mürbe machen.

Als niemand öffnete, kehrte ich zurück ins *BellaDonna*. Es war wenig los und Mona empört, dass ich mich nicht zu Hause ausruhte. Vincenzo und Alex saßen einträchtig in der Teeküche und machten unter allerhand Gekicher ihre Hausaufgaben.

Da ich in der Boutique nichts zu tun hatte und auch mein Sohn gut aufgehoben war – um sechs würde er mit dem Bus zu Paolo und Lilo fahren –, beschloss ich, es doch noch einmal in Professor Schuberts Klink zu versuchen. Wie ich wusste, tauchte Jazira sogar an freien Tagen mitunter dort auf. Vielleicht auch dann, wenn sie angeblich krank war.

Als ich wieder in den Wagen stieg, dämmerte es bereits. Auf der Autobahn rief ich Paolo an. Vielleicht konnte ich doch noch etwas Neues von ihm erfahren.

Er hob sofort ab, klang aber gehetzt. »Bin wieder mal auf dem Weg nach Regenstauf.«

»Ist die Wasserleiche denn nun diese Rita Huber oder nicht?«

»Ja, und ihr Nachbar hat eine ganz wilde Theorie. Er meint, sie hätte vielleicht Selbstmord begangen. In letzter Zeit hätte sie oft depressiv gewirkt und über Schmerzen geklagt. In ihrem Arzneimittelschrank sind stapelweise Schmerzmittel und tausend andere Medikamente.«

»Aber sie hatte doch kein Wasser in den Lungen. Als sie im Regen untergegangen ist, war sie bereits tot.«

»Ihr Nachbar ist der Meinung, sie sei selbst hineingesprungen und, bevor sie ertrunken ist, mit dem Kopf gegen einen Felsen geprallt.«

»Die Kopfverletzungen sind aber doch erst nach ihrem Tod entstanden«, warf ich ein. »Und dann die Schleifspuren – irgendwer hat sie über den Boden gezogen. Und stand im Obduktionsbericht nicht zudem, die eigentliche Todesursache sei akutes Leberversagen gewesen?«

»Das weiß ich auch, Prinzessin. Aber trotzdem muss ich jeden Hinweis ernst nehmen. Außerdem gibt es da eine neue Spur. Von ihrer Hausärztin habe ich erfahren, dass sie MS hatte.«

»Multiple Sklerose?« In meinem Hinterkopf fingen alle Alarmglocken an zu schrillen.

»Im Anfangsstadium. Deshalb auch diese Veränderungen in Gehirn und Rückenmark, sagt der Rechtsmediziner.« Irgendwo hupte es. Paolo schimpfte. »Andererseits hat er mir erklärt, dass es heutzutage Medikamente gibt, die den Verlauf verzögern, sogar über Jahrzehnte. Jedenfalls will ich über diesen Punkt noch mal mit Frau Hubers Nachbar reden. Vielleicht hat sie mit dem über ihre Krankheit gesprochen.«

Vor mir tauchte das Ausfahrtsschild nach Wörth an der Donau auf. Ich setzte den Blinker.

Jetzt wusste ich, dass ich auf dem richtigen Weg war.

19

Der Fußweg zur Klinik war inzwischen geräumt, nur eine dicke Schicht festgetretenen Schnees bedeckte den darunter liegenden Kies. Trotzdem ging ich langsam, ließ mir Zeit. Ich musste meine Gedanken sortieren.

Nikolai hatte die Patienten mit multipler Sklerose behandelt, wusste ich. Rita Huber, die an MS gelitten hatte, war an akutem Leberversagen gestorben. Sie war unter mysteriösen Umständen in den Regen gelangt. Vor ungefähr drei Wochen. In der Klinik behandelte man nicht nur stationäre, sondern auch ambulante Patienten, hatte Doktor Griaux mir erklärt. Ich musste herausfinden, ob Rita Huber Nikolais Patientin gewesen war.

Frau Doktor Kusadarowa sei krankgemeldet, erklärte mir die Empfangsdame mit ihrem immer gleichen Lächeln, immer noch, leider. Auf meine Frage, ob Doktor Griaux zu sprechen sei, erwiderte sie, er sei zwar im Haus, im Moment aber in einer Besprechung – Besuch aus dem Ausland.

Ich fragte nach der Toilette, die glücklicherweise außerhalb ihres Blickfelds lag. Also durchkämmte ich die Klinik, in der Hoffnung, den Franzosen doch noch irgendwo aufzuspüren. Aber in keinem der langen Korridore in dezentem Altrosa entdeckte ich ihn, und hinter keiner der sich öffnenden Holztüren erschien sein Gesicht. Schließlich ging ich wieder zurück zur Anmeldung.

Die Empfangsdame telefonierte gerade. »… Ach, Schatz, ich wusste heute gar nicht, wo mir der Kopf steht, ständig ist dann auch noch der Professor angekommen, weil er einen anderen Mietwagen wollte … Ja, er hatte doch am Sonntagabend diesen Unfall, viermal hab ich heute bei der Autovermietung angerufen, und dabei musste er doch so dringend zur TechNeuro. Bin ich froh, wenn endlich Feierabend ist …«

TechNeuro – diesen Namen hatte ich schon einmal gehört.

Nachdenklich trat ich hinaus in die Kälte, ging zurück zum Wagen. Und mit einem Mal erinnerte ich mich, wer den Namen der Pharmafirma erwähnt hatte: Doktor Griaux. Er hatte von einer Studie gesprochen, die Nikolai geleitet hatte, einer Studie für Patienten mit multipler Sklerose, das Medikament wirkte zuverlässig. Hatte Rita Huber vielleicht auch dieses neue Wundermittel bekommen? Aber ich wusste ja noch nicht einmal, ob sie tatsächlich in der Klinik in Behandlung gewesen war.

Also holte ich das Handy aus der Tasche, tippte die Nummer der Privatklinik ein und legte ein Taschentuch über das Mikrofon.

Die Empfangsdame von eben meldete sich.

»Sibylle Normann am Apparat«, sagte ich mit verstellter Stimme und leichtem Oberpfälzer Dialekt. »Bitte verbinden Sie mich mit Rita Huber. Ich glaube, sie liegt auf Station fünf.«

»Rita Huber? Moment, bitte.«

Ich hörte etwas klicken, offenbar suchte sie im Computer nach dem Namen.

»Tut mir leid, aber auf Station fünf habe ich niemanden mit diesem Namen. Wann ist sie denn eingeliefert worden?«

»Vor drei Wochen etwa.«

Wieder klickte es. »Am 20. November habe ich hier einen Eintrag mit dem Namen, allerdings in der Ambulanz.«

Ich wusste, was ich wissen wollte, und legte auf.

Die TechNeuro AG befand sich in Haslbach, einem Industriegebiet im Norden von Regensburg, wie ich von der Auskunft erfahren hatte. Ich musste nicht einmal suchen. Der Weg zur Firma war ausgeschildert.

Ich parkte in einer Seitenstraße, ging die paar Hundert Meter zu Fuß und umrundete die Anlage. Inzwischen war es halb sechs und stockdunkel. Doch überall in der Firma brannte noch Licht. Die Fassade des vorderen, dreistöckigen Gebäudes, in dem sich offenbar die Büroräume befanden, war ganz aus verspiegeltem Glas. Im dahinter liegenden, durch einen Hof abgetrennten Bau schien sich die Produktion zu befinden. Lkws warteten an den Rampen auf ihre Ladung, ein Gabelstapler polterte über den Hof, Paletten mit eingeschweißten Kartons standen in einer Ecke nahe dem

Zaun. Ein Mann im Blaumantel hakte auf einer Liste etwas ab, während der Fahrer eines Lasters rauchend auf und ab ging.

In der Eingangshalle des Bürogebäudes war alles aus Nirostahl und dunkelgrauem Marmor, die Wände leuchteten in frisch gestrichenem Weiß. Hinter dem Empfangstresen gingen zwei lange Korridore ab, eine elegant geschwungene Treppe führte zu den oberen Stockwerken. Im Wartebereich gegenüber der zweiflügeligen Eingangstür standen eine Sitzgruppe aus schwarzen Ledersesseln und ein Glastisch, darauf eine mit Wasser gefüllte Schale, in der flache kleine Kerzen und zartrosa Seerosen schwammen. Es roch nach Vanille und Moschus.

»Kann ich Ihnen helfen?«, fragte mich die Empfangsdame mit müdem Lächeln. Sie war mittelgroß und sehr schlank, hatte himmelblaue Augen und eine beneidenswert makellose Haut. Unter dem perfekt geschnittenen Hosenanzug trug sie eine zur Einrichtung passende, roséfarbene Bluse. Mit ein paar Zentimetern mehr wäre sie locker als Model durchgegangen.

»*Buona sera, Signora.*« Ich schenkte ihr ein strahlendes Lächeln. »Ich komme von die *Associazione Neurologica* in *Roma*. Leider ich bin viel zu spät … Diese Chaos an der *Aeroporto, Madonna*!«

»Sie wollen zur Aktionärsversammlung?« Die Tonlage ihrer Stimme war eine Spur zu hoch. »Die hat schon vor über einer Stunde angefangen.«

Erst jetzt bemerkte ich, dass neben dem Empfangstresen ein Schild aus gebürstetem Messing stand. *Aktionärsversammlung, Besprechungssaal/1.Etage, Beginn 16.00 Uhr.*

»*Professore* Schubert ist auch schon da, *certo*? Ich mussen reden über seine Vortrag in Firenze in vier Wochen.«

Sie nickte und streckte die Hand aus. »Darf ich bitte Ihre Einladung sehen?«

»*Un momento, per favore.*« Ich kramte in der Handtasche.

»Wo ist nur hingekommen die Einladung? Muss ich wohl in der Hotel … oder in der Taxi? *Non lo credo.*«

Das Telefon läutete. Die Empfangsdame lächelte mir zu, drückte einen Knopf auf ihrer beeindruckenden Telefonanlage und begrüßte den Anrufer. Ich gab ihr mit einem Zeichen zu verstehen, dass ich zurück zum Taxi eilte. Noch bevor sie aufgelegt hatte, war ich wieder draußen.

Wenige Meter rechts vom Eingang befanden sich die reservierten Parkplätze für die leitenden Angestellten und Besucher. Alle waren belegt. Auf einem Stellplatz entdeckte ich eine Limousine der Oberklasse, auf deren Heckscheibe ein kleines Etikett mit einem Barcode klebte. Sämtliche Autos aller Verleihfirmen in Deutschland waren mit einem solchen Aufkleber versehen. Ich studierte das Schild am Ende des Stellplatzes. *Prof. R. Schubert* las ich. Der Klinikleiter war also nicht nur auf der Aktionärsversammlung der TechNeuro AG, sondern hatte bei der Firma sogar einen reservierten Stellplatz für seinen Wagen.

Aus vielen Informationsschnipseln formte sich allmählich ein Bild, überlegte ich während der Fahrt zurück in die Stadt. Rita Huber war Patientin in der Klinik gewesen. Die Fälle mit multipler Sklerose hatte Nikolai von seinem pakistanischen Vorgänger übernommen. Bei Rita Huber war die Krankheit erst im Anfangsstadium gewesen. Die Aussichten auf eine erfolgreiche Therapie waren gut. Das neue Medikament, das in der Studie getestet wurde, stammte von der TechNeuro, an der Professor Schubert Aktien besaß.

Das Handy meldete sich: Maximilian.

Er war gerade auf dem Weg zu einem Laborarzt, hörte ich zwischen allerhand Knacken und Rauschen. Wieder einmal sei er irgendwo in der Pampa, auf schlechten Straßen, mit tausend Funklöchern. Ich solle nicht überrascht sein, wenn die Verbindung plötzlich unterbrochen würde.

»Kannst du was über ein Pharmaunternehmen namens TechNeuro AG herausfinden?«, fragte ich aufgeregt. »Sie stellen ein Medikament gegen MS her, es steht kurz vor der Zulassung. Ich will alles wissen, was du darüber in Erfahrung bringen kannst, *amore.*«

Hinter mir blitzte Scheinwerferlicht auf. Ein Laster klebte fast an der Stoßstange des Maserati. Ich beschleunigte, Schneematsch spritzte an den Kotflügeln hoch.

»Sag das noch mal.«

»Ich will alles wissen, was du …«

»Nein, das Letzte.«

Wider Willen musste ich lachen. »Also, tust du mir den Gefallen, *amore*?«

»Aber nur, wenn du mir versprichst, vorsichtig zu sein«, antwortete Maximilian, plötzlich mit ernstem Unterton.

»Das hab ich dir doch bereits versprochen.«

»Es hat sich aber nicht so angehört, als ob du das ernst gemeint hättest.« Dann sagte er mit Nachdruck: »Anna, ich mache mir Sorgen um dich. Ich liebe dich und …«

Dann knackte es in der Leitung.

In der Villa öffnete ich als Erstes die Mailbox.

Und da war sie – die Mail aus Pakistan:

> *Liebe Anna di Santosa,*
> *was für ein schreckliches Nachricht: ein Mordanschlag für Nikolai. Das ich nicht kann glauben. Wir uns haben getroffen auf Kongress in Mumbai, er war so gesund und freundlich. Später ich habe geschrieben Mail. Aber ich nichts mehr habe gehört von ihn. Hier ist Chaos, deshalb ich nicht konnte schreiben früh. Oft es gibt keinen Strom, Internet nicht funktioniert für viele Tage. In Europa man sich nicht kann vorstellen.*
> *Sechs Monate nur ich bin gewesen in Klinik von Professor Schubert, deshalb Deutsch noch nicht ist so gut. Die Arbeit ist gewesen interessant. Aber dann*

mein Vater ist gestorben bei eine Selbstmordattentat und mein Mutter hat gebraucht Hilfe. Ganz schnell ich habe fliegen nach Hause.
Bei Kongress in Mumbai ich habe gesehen auf die Kollegenliste das Name von die Klinik von der Professor. Ich habe gefragt nach Nikolai. Wir haben unterhalten, wie es geht mit die neue Job.

Ghulam Mirza und Nikolai hatten sich auch über die Studie für TechNeuro unterhalten. Eine multizentrische Dosisfindungsstudie, Phase vier, wie der Pakistani schrieb, mit dem neuen Medikament gegen multiple Sklerose. Diese Art von Medikament hatte es bisher nur als Infusion gegeben, die neue Darreichungsform als Tablette war für die Patienten praktischer. Jazira hatte Ghulam Mirza bei der Durchführung der Studie assistiert, er lobte ihre Zuverlässigkeit. Die meisten Patienten vertrugen das Medikament gut. Nur bei einem Patienten, Herrn Klein, war der Leberwert bei einer Dosierung von drei Milligramm in die Höhe geschossen.

Ich bin gegangen in Labor selbst und habe gesehen die Ergebnis. Dann ich habe absetzen das Tablette und plotzlich ist gekommen das schlimme Nachricht aus Pakistan, ist passiert ganz schnell. Alles hat gestanden in Computer, in Unterlagen. Aber ich habe gemacht Sorgen um Herr Klein und gefragt Nikolai. Alles in Ordnung, hat gesagt Nikolai, Patient bekommt andere Medikament und Studie laufen gut. Ich nicht habe Eindruck, er ist gewesen seltsam. Aber ich ihn nicht kenne. Auch ich nicht habe Idee, wer hat gemacht dieses furchtbare Verbrechen gegen ihn. Leider ich muss jetzt zu Operation. Bitte Sie sagen Nikolai, wenn wieder aufwacht, alles, alles Gute.
Viel ganz herzliches Gruße,
Ghulam Mirza

Ich las die Mail noch einmal. Bei Herrn Klein hatte es Probleme gegeben, und der Pakistani hatte das neue Medikament abgesetzt. Von Rita Huber stand hier nichts. Aber auch sie war Patientin in der Klinik gewesen und an akutem Leberversagen gestorben. Die Leiche wies zudem Kopfverletzungen und Schürfwunden auf, die nach dem Todeszeitpunkt entstanden waren. Trotz der geringen Wassertiefe des Regens hatte jemand versucht, die Tote ausgerechnet dort verschwinden zu lassen. Vermutlich, weil Rita Hubers Wohnort Regenstauf in der Nähe des Flusses lag. Bis Nikolai nach Mumbai gefahren war, musste alles in Ordnung gewesen sein. Aber dann war irgendetwas schiefgegangen …

In der Bibliothek war es angenehm warm, ich hatte den Kamin angeschürt. Aber plötzlich durchfuhr mich ein eisiger Windstoß. Hatte Nikolai das Medikament für Rita Huber vielleicht falsch dosiert? Hatte er nicht aufgepasst? Dieses einzige Mal?

Jeder Mensch macht Fehler. Ich kannte Nikolai. Er war nicht nur Arzt mit Leib und Seele, sondern vor allem ein Mensch mit Gewissen. Wenn er einen Fehler gemacht hätte, dann hätte er dafür geradegestanden.

Aber wo war dann die Verbindung zu den Anschlägen auf ihn?

Unser Treffen im Marilyn-Monroe-Bistro schoss mir durch den Kopf. Nikolai war so unruhig gewesen. Nur wenige Tage zuvor war er aus Mumbai zurückgekehrt und hatte danach laut Betty viel gegrübelt. War ihm durch das Gespräch mit Ghulam Mirza bewusst geworden, welche Gefahr von dem neuen Medikament ausging?

War das der Zusammenhang? Wurde deshalb eine Patientin getötet, danach beinahe ihr Arzt und schließlich eine Laborantin, die zu viele Fragen stellte?

»Was wollen Sie?« Feindselig blickte Jazira mich an. Sie hatte tiefe Schatten unter den Augen.

Ich hatte lange geläutet und eigentlich nicht mehr erwartet, dass sie öffnen würde. Ihr Tag bei der Kripo musste nervenaufreibend gewesen sein. Sicher brauchte sie Ruhe. Aber an wen sonst hätte ich mich wenden sollen?

Zunächst hatte ich versucht, Maximilian zu erreichen. Aber entweder bekam ich keine Verbindung, oder die Mailbox schaltete sich ein. Dann hatte ich mich im Internet schlaugemacht. Jetzt wusste ich immerhin, dass bei einer Dosisfindungsstudie unterschiedliche Konzentrationen eines Medikaments verabreicht wurden, um so die wirksamste Dosierung herauszufinden. Phase vier war die letzte Phase vor der endgültigen Zulassung. Multizentrische Studien wurden unabhängig voneinander an verschiedenen Kliniken durchgeführt und kosteten sehr viel Geld, das der Hersteller zu bezahlen hatte. Für die Kliniken waren neben dem Renommee in Fachkreisen diese Gelder der Hauptantrieb für die Durchführung einer Studie, während für die Pharmafirmen die erfolgreiche Zulassung eines Medikaments natürlich einen riesigen wirtschaftlichen Gewinn bedeutete. Andererseits konnte die Firma im schlimmsten Fall zugrunde gehen, wenn ein Medikament durchfiel.

Irgendwann war ich zu dem Schluss gekommen, dass Jazira die Einzige war, die mir weiterhelfen konnte. Ghulam Mirza hatte ihren Namen in seiner Mail erwähnt. Da sie ihn bei der Durchführung der Studie unterstützt hatte, musste sie Rita Huber gekannt haben. Vielleicht wusste Jazira etwas über die Umstände ihres Todes?

»Die Wahrheit«, sagte ich schlicht.

»Welche?« Sie lachte schrill auf.

»Darf ich reinkommen?«

Sie bewegte sich keinen Millimeter.

Ich stand auf dem zugigen Flur und fror.

»Es geht um die Studie, nicht wahr?«, fragte ich leise, aber eindringlich. »Rita Huber hat das Medikament nicht vertragen, so viel weiß ich schon. Was ist dann passiert?«

Zunächst sagte Jazira gar nichts, sondern schlug nur die Augen nieder. Aber ich wusste schon jetzt, dass ich recht hatte mit meiner Vermutung. Dann rieb sie sich heftig die Oberarme, als sei ihr ebenfalls kalt. Rauf, runter, rauf, runter, sie schien gar nicht mehr aufhören zu wollen. Plötzlich machte sie einen Schritt nach hinten, und ich dachte, sie würde mir die Tür vor der Nase zuschlagen. Doch stattdessen sagte sie mit dumpfer Stimme: »Kommen Sie herein. Es musste ja so kommen.«

Ich folgte ihr in den halbdunklen Flur. Wieder hing der durchdringende Terpentingeruch in der Luft. Die Tür gegenüber der Küche stand im Gegensatz zum letzten Mal weit offen. Auf der Staffelei stand ein neues Bild, offenbar unvollendet. Der Hintergrund schien nur aus einem schwarzen Nichts zu bestehen, kaum aufgehellt von zerfurchten, nur geringfügig helleren Schatten. In der Mitte der Leinwand ein Mädchengesicht. Mit weit aufgerissenen Augen und schmerzhafter Intensität starrte es den Betrachter an. Zart, bleich, hilflos. Unwillkürlich blieb ich stehen. Dieses Mädchen litt unaussprechliche Qualen. Sie zeigten sich in jeder Linie des jungen Gesichts und sogar dort, wo das Haar hätte sein sollen. Blutrote Bäche zerrissen die Haut und liefen in bizarren Rinnsalen über Stirn, Ohren, Wangen, Schultern.

Jazira zog die Tür zu, schob mich in die Küche und blieb selbst auf der Schwelle stehen, ihre Miene wie immer undurchdringlich. Ich setzte mich an den Küchentisch und deutete auf den Stuhl mir gegenüber. Nähe schaffen, Vertrauen, auf gleicher Ebene miteinander reden – eine der vielen Lektionen, die man mir bei der Polizei beigebracht hatte. Nur so würde es mir vielleicht gelingen, die Mauern niederzureißen, die sie um sich errichtet hatte.

Doch sie blieb, wo sie war.

Ich stand wieder auf und lehnte mich an den Tisch. Den Mantel behielt ich an. Auch in Jaziras winziger Küche war es kalt.

»Rita Huber war Probandin in der Phase-vier-Studie«,

begann ich schließlich. »Das Medikament wirkt im Allgemeinen gut, es steht kurz vor der Zulassung.«

Ihr Blick blieb unverändert.

»Aber bei Rita Huber ist es zu einem plötzlichen Anstieg der Leberwerte gekommen«, fuhr ich fort. »Doktor Mirza hatte diesen Effekt bereits bei einem anderen Patienten beobachtet und das Medikament abgesetzt. Er und Nikolai haben sich in Mumbai getroffen und darüber gesprochen. Als Nikolai wieder zurück war, ist ihm vermutlich aufgefallen, dass auch bei Rita Huber irgendetwas schiefgelaufen ist.«

Jazira schwieg.

»Sie haben die Patientin behandelt, richtig?«

Keine Reaktion.

»Es kann Ihnen doch nicht gleichgültig sein, was aus ihr geworden ist. Sie ist an akutem Leberversagen gestorben. Vermutlich hat man sie dann in den Fluss geworfen, um alles zu vertuschen.«

Jaziras Miene hatte sich verändert. Sie schien abzuwägen, was sie antworten sollte. Ich wartete. War das Gesicht auf der Leinwand das ihre?

Und mit einem Mal wusste ich, was sie antworten würde.

»Ich habe Rita Huber die falsche Dosis gegeben«, sagte sie so leise, dass ich sie kaum verstand. »Ich kann mir nicht erklären, wie das passieren konnte. Es war so viel zu tun, ein dringender Fall nach dem anderen, zu wenig Personal, diese ewigen Nachtdienste, ja, aber manchmal denke ich, es war vielleicht aufgrund meiner persönlichen Situation …«

Ich fragte nicht, sondern ließ sie reden. Sie wollte, sie musste reden, das war offensichtlich. Zu lange schon hatte sie geschwiegen.

»Bei der Studie habe ich nur am Rande mitgearbeitet, das meiste hat Ghulam gemacht und später Nikolai. Trotzdem verstehe ich nicht, wie mir so etwas passieren konnte.« Ihr Blick wurde ungläubig, ratlos, verzweifelt. »Nikolai wäre das nie passiert.«

Ich hatte von Anfang an gewusst, dass er nichts damit zu tun haben konnte. Dennoch atmete ich jetzt auf.

»Im Mai ist Rita Huber zum ersten Mal in der Klinik gewesen«, fuhr sie fort wie in Trance, »die typische MS-Patientin: jung, weiblich, ansonsten kerngesund. Eine Bekannte hatte ihr unsere Klinik empfohlen. Rita Huber wollte unbedingt an der Studie teilnehmen. Die Tablettenform des Medikaments war ideal für sie, sie war ja so viel auf Reisen. In den ersten drei Monaten musste sie jede Woche zu den Kontrolluntersuchungen kommen, später dann alle zwei Wochen. Sie bekam ein Milligramm des Wirkstoffs und hat ihn wunderbar vertragen, wie fast alle.«

Sie hob den Kopf, blickte mir ins Gesicht. Hilflos.

»Da bei Rita Huber alles so gut lief, konnten wir zum Testen der Langzeitwirkung übergehen. Sie bekam größere Tablettenpackungen und war glücklich, dass sie nun doch noch in ihren alljährlichen Urlaub fahren konnte, nach Teneriffa. Vor drei Wochen hat sie sich bei mir ihre Tabletten für die Reise abgeholt. Das war der Tag, als Nikolai nach Indien flog. Er hatte mich gebeten, ihm Rita Huber abzunehmen.« Sie sah zu Boden. »Ich habe ihr die falsche Dosis mitgegeben. Fünf Milligramm. Ich verstehe nicht, warum sie nichts gesagt hat. Sie hat zwar ein bisschen seltsam geguckt, aber dann hat sie die Packung eingesteckt und ist gegangen. Nicht einmal beim Eintragen der Dosis in den Computer ist mir aufgefallen, dass ich ihr die falsche Schachtel gegeben hatte.«

Sie atmete tief ein und aus, sah mich wieder an. Die Fassungslosigkeit in ihren Augen traf mich.

»Am nächsten Abend – ich war gerade auf dem Nachhauseweg –, da hat sie angerufen. Seit dem späten Vormittag war ihr schlecht und schwindlig, erbrochen hatte sie auch. Ich habe ihr gesagt, sie solle sich ins Bett legen, ich würde vorbeikommen.«

»Sie sind zu ihr gefahren?«

Sie nickte. »Aber nicht gleich, und auf der Autobahn war

auch noch ein Unfall. Als ich endlich ankam – sie hatte die Tür zum Glück nicht abgeschlossen –, war sie schon nicht mehr ansprechbar. Die Haut war gelb, das Weiß in ihren Augen sowieso, dazu dieser auffällige Mundgeruch und die schnelle flache Atmung. Ich sah sofort, dass jede Hilfe zu spät kommen würde, habe aber trotzdem die Nummer des Notrufs eingetippt, für diesen akut lebensbedrohlichen Zustand war ich nicht ausgerüstet. Doch dann habe ich die Packungen auf ihrem Nachttisch entdeckt, eine mit fünf Milligramm und daneben eine mit nur einem Milligramm. Und da habe ich wieder aufgelegt.« Sie schloss die Augen, atmete schwer. »Da ist mir klar geworden: Ich bin schuld. Ich bin schuld.«

Sie hatte wieder leise, entgegen ihrer sonstigen Art jedoch sehr schnell gesprochen. Ich öffnete den Mund, wollte etwas sagen, irgendetwas. Aber da riss sie die Augen auf, starrte mich an und redete schon weiter.

»Ich wusste nicht, was ich tun sollte. Ich hätte vermutlich nicht einmal die Approbation verloren, aber in jedem Fall meine Stelle. Ich habe nur an den Skandal gedacht.«

Ihre Augen wurden noch dunkler. Wieder musste ich an das bleiche Gesicht auf der Leinwand nebenan denken. Dieselben Augen, der gleiche Ausdruck von Hilflosigkeit, Angst, Verzweiflung.

»Ich habe sie ins Auto geschleppt, sie war ja zum Glück nicht schwer und außerdem klein. Ihr Haus liegt einsam, niemand hat mich gesehen. An die Packungen habe ich im letzten Moment gerade noch gedacht und bin noch einmal zurückgelaufen, um sie zu holen. Sonst konnte ich an nichts mehr denken, bin einfach losgefahren. Auf die Autobahn, irgendwo wieder runter, ziellos durch die Gegend.« Sie vermied jetzt jeden Blickkontakt. »Auf einmal war ich irgendwo an einem Fluss. Am Ufer, ich weiß nicht mehr, wo. Ich habe angehalten, ihren Puls gefühlt, aber da war nichts mehr. Weit und breit war niemand, kein Haus, kein Auto, nichts. Ich habe sie aus dem Wagen gezerrt, zum Wasser gezogen und hineingeworfen. Ich habe überhaupt nicht nachgedacht, ich wollte nur, dass sie verschwindet. Später ist mir natürlich klar geworden, dass man die Leiche obduzieren würde. Aber da war es zu spät.«

Ein Versehen, dachte ich in der Stille, die sich nun zwischen uns ausbreitete. Nichts als ein dummes Versehen. Einmal nicht richtig in eine Liste geblickt, und schon ist ein Mensch tot. Hätte Jazira den Notruf tatsächlich gewählt, dann hätte sie sich nicht einmal strafbar gemacht.

»Und Nikolai?«, fragte ich schließlich. »Hat er es gewusst?«

»Als er aus Mumbai zurück war, hat er festgestellt, dass von den Ein-Milligramm-Packungen eine zu viel da war und von den anderen eine zu wenig. Daran hatte ich gar nicht gedacht.« Ihre Finger, die immer wieder fahrig den Zopf berührt hatten, waren jetzt ruhig. »Er hat in den Unterlagen nachgesehen. Im Computer hatte ich die Daten nachträglich gelöscht, aber im Formblatt für die Studie war das nicht so einfach. Ich hatte die fünf Milligramm ausgestrichen und die Eins darübergeschrieben. Nikolai wollte natürlich wissen, warum ich das gemacht hatte.« Sie machte eine unwillige Geste, als müsste sie ein lästiges Insekt verscheuchen. »Er hat einfach keine Ruhe gegeben. Ich musste … musste … ihn töten. Es blieb mir doch nichts anderes übrig.«

»Aber – das waren doch nicht Sie! Wieso sagen Sie das?«

»Warum nicht ich?« Ihre Augen blitzten mich zornig an. »Er hätte mein Leben zerstört. Alles, was ich mir hier aufgebaut habe.«

»Sie lügen.«

»Woher wollen Sie das wissen? Ich kann ja nicht mehr zurück. Nie mehr.« Sie umfasste ihre Schultern, als würde ihr das Halt geben, schaukelte hin und her, wie ein einsames Kind. »Damals habe ich auch einen Menschen umgebracht. Aber das war nicht das Schlimmste.«

Ich verstand immer weniger, blinzelte verwirrt. »Wie bitte?«

»Diesen Mann in den Bergen. Und Rita Huber habe ich ja auch getötet.«

»Sie haben einen schwerwiegenden Fehler gemacht. Außerdem haben Sie Ihre Pflicht als Ärztin nicht erfüllt und versucht, den Fehler zu vertuschen. Dafür werden Sie sich vor Gericht verantworten müssen. Aber jeder kann sich mal irren und …«

Mein Handy begann zu singen.

Jazira fuhr zusammen.

Ausgerechnet jetzt. Verflucht.

Ich zog das Handy aus der Manteltasche und drückte auf die rote Taste. »Wussten Sie, dass Professor Schubert wissenschaftlicher Berater der TechNeuro AG ist und dreißig Prozent der Aktien hält? Wie sieht das aus, wenn es in seiner Klinik zu einem Skandal um ein Arzneimittel kommt, das mehr oder weniger in seiner eigenen Firma hergestellt wird?«

»Wollen Sie etwas trinken?« Plötzlich völlig ruhig ging sie zum Kühlschrank.

Ich nickte und wollte das Handy in die Manteltasche zurückstecken, fand sie aber nicht. Mit der freien Hand griff ich nach unten, senkte den Blick. Aus den Augenwinkeln nahm ich eine Bewegung wahr. Trotzdem traf mich der Schlag völlig unvorbereitet. Ich prallte mit dem Hinterkopf gegen die Wand, das Handy fiel mir aus der Hand, der zweite Schlag ging in den Magen. Ich sackte nach vorn, schnappte nach Luft, alles verschwamm. Mit der Stirn knallte ich gegen etwas Hartes. Dann wurde mir schwarz vor Augen.

20

Etwas kratzte an meiner rechten Wange. Ein lästiges Gefühl. Nichts jedoch gegen die Schmerzen im Kopf. Stirn, Hinterkopf, Ohren, Gesicht – alles schien ein einziger großer Kessel zu sein, in dem es unentwegt dröhnte, hämmerte, stampfte.

Ich versuchte, die Augen zu öffnen. Es gelang mir nicht. Ein beißender Geruch stieg mir in die Nase. Mein Magen rebellierte. Mir war speiübel.

Wo war ich?

Was war geschehen?

Jazira …

Sie hatte mich bewusstlos geschlagen. Ihre sanfte Stimme hatte mir doch nur eine Geschichte erzählt. Oder war ich selbst das gewesen? Worüber hatten wir nur geredet?

Wieder das Kratzen an der Wange. Irgendetwas musste daran scheuern. Doch ich konnte die Hand nicht heben, um die Decke wegzuschieben, das Kissen, was auch immer über die Haut rieb. Meine Hände waren gefesselt.

Durch welches Traumland ich auch immer gewandelt war, mit einem Mal merkte ich, dass ich wieder in die Wirklichkeit zurückgekehrt war. Die Wirklichkeit fühlte sich trocken an, ausgedörrt, wie mein Mund, alles war taub und starr. Finger, Schultern, Beine, jeder Millimeter meines Körpers. Dazu dieses Hämmern im Kopf – bumm, bumm, bumm. Und immer noch der beißende Geruch.

Plötzlich erinnerte ich mich an den Gestank aus dem Zimmer mit der Staffelei. Ich versuchte, die Augen zu öffnen. Eine ungeheure Anstrengung, die Sekunden dauerte, Minuten vielleicht, viele aneinandergereihte, schmerzvolle Momente. Aber irgendwann gelang es mir. Ein bleiches Gesicht mit blutendem Haar und riesigen Augen starrte mich an. An der Wand weitere Bilder, große, kleine, hohe, breite. Die Farben und Motive ähnelten einander: Rot und Schwarz, drohende Schatten, blasse Haut auf verlorenen Gesichtern, Mädchenaugen, die tief ins Herz drangen, da und dort zwei kleine Hände, die sich hielten, auseinandergerissen wurden. Auf manchen Gemälden tauchte ein anderes Motiv auf: ein riesiger Phallus, entblößt, hoch aufgerichtet, und trotz des prunkvollen Golds, in dem er leuchtete, wirkte er drohend und gefährlich.

Die Augen fielen mir wieder zu.

Immerhin wusste ich jetzt, wo ich war. Auf einer Pritsche, einem Sofa oder Bett, jedenfalls lag ich weich. Undeutlich erinnerte ich mich an ein Ziehen und Zerren, immer wieder war mir etwas gegen Gesäß und Beine gestoßen. Jemand hatte etwas gemurmelt. Die Stimme kannte ich. Jaziras Stimme. Aber was sie sagte, konnte ich nicht verstehen. Kehlige Laute, unbekannte Worte, eine fremde Sprache.

Dieser Anruf vorhin. Ob das Maximilian gewesen war? Was hätte er gesagt, wenn ich abgenommen hätte? Dass er mich liebte? Ich hätte es so gerne gehört. Dann wie aus dem Nichts der erste Schlag. Anschließend hatte Jazira mich in diesen Raum geschafft, gefesselt.

Wie lange ich wohl schon hier lag?

Durst. Schmerzen. Schwindel.

Ich konnte nicht denken.

Wieder kratzte etwas. Eine Wolldecke?

Ja, Jazira hatte mich zugedeckt.

Dennoch war mir so unvorstellbar kalt.

Dieses Mal fiel es mir leichter, die Augen zu öffnen. Es gelang mir sogar, den Nacken anzuspannen, mich aufzurichten, wenn auch nur ein wenig. Ich sah mich um.

Die Bilder standen da wie zuvor. Auf einem alten Tisch befanden sich Tuben, Pinsel, große und kleine Tiegel, Gläser mit Flüssigkeiten, Lappen, mit Farbtupfen übersäte Stofffetzen. Mein Leopardenmantel hing über einer Stuhllehne. In einer Ecke stapelten sich Leinwandrollen, auf dem Fußboden waren Farbkleckse, neben der Tür ein großer Kanister. Auf einer abgeschabten Holztruhe eine schwache Lichtquelle. Auch ein Fenster konnte ich erkennen. Keine Vorhänge, nur Jalousien, durch deren Ritzen kein Licht sickerte. Also war es draußen dunkel. Immer noch? Oder schon wieder? Wie lange hatte ich geschlafen? Oder war ich wieder bewusstlos gewesen?

Die Schmerzen meldeten sich unvermittelt zurück. Mein Kopf fiel wieder auf das Sofa, das alt und muffig roch. Ich atmete einige Male ein und aus. Auch der Schwindel war plötzlich wieder da. Und die Übelkeit.

Jetzt erst merkte ich, dass ich nicht mehr wie zuvor auf dem Rücken, sondern auf der Seite lag. Jazira musste mich in diese Position gedreht haben. Warum hatte sie das getan? Damit ich nicht am Erbrochenen erstickte, falls ich mich übergeben musste? Warum hatte sie mich nicht getötet? Ich war eine Gefahr für sie. Ich wusste zu viel.

Und ich war unglaublich dumm gewesen. Ich hatte diesem hinterlistigen Gefühl vertraut, das mir eingeflüstert hatte, Jazira wäre unschuldig. Dabei hatte sie doch alles zugegeben. Mit der Toten im Regen hatte es angefangen. Nikolai hatte sie zur Rede gestellt, ihr vermutlich klargemacht, dass er mit dem Professor reden würde, musste. Sie war ihm auf den Parkplatz gefolgt, während er mit mir telefoniert hatte. Jemandem den Schädel einschlagen zu wollen und es nicht ganz zu schaffen schien ihre Spezialität zu sein. Danach hatte sie die Tatwaffe in ihrem Wagen versteckt und den Notdienst verständigt, um nicht in Verdacht zu geraten. Später hatte sie die Eisenstange auf den Acker geworfen. Auch der zweite Anschlag auf Nikolai war für sie ein Kinderspiel gewesen. Sicher ging auch der Steinwurf auf ihr Konto. Deshalb hatte Joachim Pelz so vehement bestritten, etwas damit zu tun zu haben. Und deshalb hatte er auch nichts über sein Motiv für den Mord an Fiffi verraten. Er und Jazira steckten unter einer

Decke, und er wollte seine Komplizin nicht belasten. Aber was verband die beiden? Vielleicht ihre Einsamkeit? Bei ihm die Folge seines entstellten Aussehens, bei ihr die der fremd gebliebenen Kultur?

Nein, ich konnte mir nicht vorstellen, dass sich Jazira mit einem Mann wie Pelz einließ.

Das Denken war so anstrengend. So plötzlich die Gedanken kamen, so plötzlich verflüchtigten sie sich wieder.

Eine kleine Lichtung, dahinter spendeten dicht belaubte Baumkronen Schatten, Blätter wogten sanft im Wind, Vögel zwitscherten, duftig weiße Wolken zogen über einen tiefblauen Himmel, Wasser plätscherte leise. Der kleine Bach hinter dem Castello – wie oft war ich als Kind hineingestiegen. Ich tauchte meine Hände in die Quelle, berührte die Lippen. Wie gut es tat, dieses kostbare, klare Nass …

Ich erwachte. Meine Zunge klebte immer noch am Gaumen. Wie lange war es her, dass ich etwas getrunken hatte? Seit wann lag ich nun schon auf dieser Pritsche? Würde ich verdursten? Es war vollkommen still. Sollte ich nach Hilfe rufen? Ob mich jemand hören würde? Oder war Jazira noch in der Wohnung?

Ich öffnete den Mund. Nur ein Krächzen kam heraus. Bald würde man mich vermissen, spätestens morgen. Morgen war Freitag – oder schon Samstag? Am Freitag wollte ich wieder in der Boutique arbeiten, Vincenzo würde nach der Schule vorbeikommen. Auch Mona, die mich im Laden unterstützen sollte, würde Alarm schlagen. Und Maximilian … Mir wurde warm, als ich an ihn dachte. Wie gerne hätte ich ihm jetzt gesagt, dass auch ich ihn liebte.

Aber natürlich, Maximilian! Er würde sich wundern, warum ich mich nicht mehr meldete. Beim letzten Telefonat hatte er mich gebeten, vorsichtig zu sein. Und auch beim vorletzten schon. Er hatte sich Sorgen um mich gemacht. Er würde Paolo anrufen. Vielleicht stand mein Ex schon vor

Jaziras Tür, Scharfschützen waren auf den Dächern in der Nachbarschaft postiert, eine ganze Hundertschaft wartete in den Straßen …

Nur wusste dummerweise niemand, wo ich war.

Da, ein Stöhnen. Ganz leise nur.

Oder war ich selbst das gewesen?

Schritte. Eine Stimme. Sanfte Klänge, wie eine leise, fremdartige Melodie. Weiche Hände. Etwas Kühles auf der Stirn. Eine Hand im Nacken. Das lang ersehnte, göttliche Nass benetzte meinen Mund, rann die Kehle hinunter.

Wieder nur ein Traum? In Wirklichkeit lag ich auf einem alten Sofa, das nach Moder und zu viel Feuchtigkeit roch, verschnürt wie ein Paket, unfähig, mich zu bewegen. Mehr denn je schien mein Kopf zu zerspringen, die Glieder schmerzten, das Seil schnitt mir in die Handgelenke. Würde mein Befreier nicht als Erstes die Fesseln durchschneiden?

Aber dann wieder angenehme Kühle auf Lippen und Zunge. Ich öffnete den Mund und trank.

»Nicht so schnell«, sagte eine rauchige Stimme.

Die Stimme meiner Peinigerin. Meiner Retterin. Also doch kein Traum. Ob sie das immer so handhabte – erst zuschlagen, dann helfen? Wie bei Nikolai?

Sie stützte mich und ließ mich trinken, bis mein Durst gestillt war. Dann war der Becher wieder weg, und sie half mir, den Kopf zurück aufs Kissen zu betten. Plötzlich blendete mich gleißend helles Licht. Kurz darauf wurde es wieder dunkel. Mein Ärmel wurde hochgeschoben, etwas Feuchtes fuhr über das Innere meiner Ellenbeuge. Ich hörte etwas rascheln, ein kurzes Knacken, spürte einen Stich.

»Sie haben eine Gehirnerschütterung. Aber keine Sorge, die Pupillenreaktion ist in Ordnung. In ein, zwei Tagen sind Sie wieder gesund, ein wenig schwindelig vielleicht noch. Ich spritze Ihnen jetzt ein Schmerzmittel. Dann geht es Ihnen bald besser.«

Machte sie sich lustig über mich? Sie hatte mich bewusstlos geschlagen, wie einen Sack hierhergeschleppt, mit einem Strick verschnürt, der vermutlich schon die Haut blutig gescheuert hatte. Ich wollte etwas sagen, energisch protestieren. Aber nur ein kläglicher Ton war zu hören.

Der Druck in meiner Ellenbeuge ließ nach. Sie musste die Spritze herausgezogen haben. Ich dachte an das Insulin. Panik flackerte auf. Ob sie mir wirklich nur ein Schmerzmittel gegeben hatte?

Wieder diese weichen Hände, jetzt auf meinem Rücken, als wollten sie den Knoten inspizieren, der den Strick straff zusammenhielt.

»Am besten, Sie schlafen ein wenig. Ich muss noch mal in die Klinik. Aber ich bin bald wieder zurück.«

War das vielleicht doch wieder ein Traum? Ich versuchte, die Lider zu heben. Doch sie waren zu schwer.

Diesmal weckten mich nicht die Schmerzen. Sie schienen hinter einem grauen Nebel verschwunden zu sein. Auch meine Hände spürte ich plötzlich wieder, ebenso Arme und Schultern. Ich versuchte, die Finger zu bewegen. Daumen, Zeigefinger, Mittelfinger – alles gehorchte mir, auch wenn sich jedes einzelne Glied so anfühlte, als wäre es aus Watte.

Ich machte die Augen auf. Der Riesenphallus war hinter einem weißen Tuch verschwunden, die anderen Bilder gegen die Wand gedreht. Langsam hob ich den Kopf. Es klappte auf Anhieb. Ich sah, dass meine Hände auf dem Bauch lagen, immer noch gefesselt. Aber das Seil saß lockerer.

»Geht es Ihnen besser?«

Jazira stand an der Tür und blickte mich aufmerksam an, freundlich besorgt, als wäre ich eine ihrer Patientinnen.

»Was … soll das … alles?«

Erstaunt stellte ich fest, dass ich wieder sprechen konnte.

»Das weiß ich selbst nicht.« Sie klang betrübt. »Ich habe keine Ahnung, was ich jetzt mit Ihnen machen soll.«

Etwas summte.

Jazira zog ihr Handy aus der Tasche und sah mit plötzlich veränderter Miene auf das Display. Sie drückte eine Taste, las eine SMS, wie in der Bar in Wörth, als sie auf jemanden gewartet hatte, der nicht kam. Wer schickte ihr diese Botschaften, die sie von einem Moment zum anderen blind machten, taub und willenlos? Joachim Pelz jedenfalls nicht, der saß in Untersuchungshaft.

Und mit einem Mal wusste ich, wer ihr diese SMS geschickt hatte, wie auch die anderen zuvor, wer aus der Ferne die Fäden sponn, im Hintergrund blieb, zu jeder Zeit. Ich erinnerte mich wieder – an meinen Besuch bei der TechNeuro AG, das letzte Telefonat mit Maximilian, meine Internetrecherchen, die Sekunden in Jaziras Küche, bevor sie zugeschlagen hatte. Bevor ich Professor Schuberts Namen erwähnt hatte.

Als Jazira die Nachricht gelesen hatte, wirkte sie noch eine Spur trauriger.

»Und … jetzt?«, flüsterte ich beunruhigt.

Im selben Moment fing ihr Handy an zu läuten, mit einem lauten, durchdringenden Ton. Jazira starrte mich an, panisch. Sie drückte auf eine Taste.

»Wie, bitte …? Nein, das geht jetzt nicht … Aber, du hast doch geschrieben, dass es bei dir nicht klappt.« Ihre Stimme klang heiser. Sie schluckte schwer, blickte um sich, gehetzt, wie ein in die Enge getriebenes Tier. »Nein, ich bin nicht allein, hör doch, komm bitte nicht, ich …«

Sie sackte in sich zusammen, ihr Gesicht wurde leer, als hätte sie vergessen, dass noch etwas anderes existierte außer dieser Stimme, die ihr ins Ohr flüsterte. Wieder war sie zur Marionette geworden. Doch mit einem Ruck richtete sie sich auf und warf den Kopf in den Nacken. Als hätte sie plötzlich eine Entscheidung getroffen. Ihr Zopf flog in einem scharfen Bogen über die Schulter. Kerzengerade stand sie da, warf mir einen entschlossenen Blick zu, holte tief Luft.

»Nein, du kannst nicht kommen. Es – geht – nicht.«

Sie schien den eigenen Worten nachzuhorchen, legte die Finger der linken Hand an ihre Lippen. Verwunderung breitete sich auf ihrem Gesicht aus. Als hätte sie ein Sakrileg begangen. Einen König von seinem Thron gestoßen.

Sorgsam steckte sie das Handy weg. Als es erneut trillerte, reagierte sie nicht. Doch das durchdringende Stakkato hielt an. Es verstummte, begann von Neuem. Irgendwann nahm sie das Gespräch doch an, presste das Handy ans Ohr, lauschte. Von Sekunde zu Sekunde wich die neu gewonnene Kraft wieder aus ihr, sie spähte zu mir herüber, voller Angst. Dann machte sie zwei, drei Schritte auf mich zu, trat zurück, starrte mich an, taumelte aus dem Zimmer. Als sie nur eine Minute später wieder erschien, erinnerte sie mich an eine Sklavin, die eine schwere Strafe empfangen hat, vielleicht die schwerste ihres Lebens. Sie beugte sich über eine große, dunkelbraune Tasche in einer Ecke, eine Arzttasche, wie ich sah, holte etwas heraus. Es war lang und schmal und hatte eine glänzende Spitze.

Ein Skalpell.

Ich schnappte nach Luft.

Sie würde doch nicht …?

Ich versuchte, in ihren Augen zu lesen. Doch sie wich meinem Blick aus, kam langsam auf mich zu, während sie unentwegt zu Boden sah. Als befände sich dort eine Spur, der sie folgen musste, bis zum Ende.

Das Herz klopfte mir bis zum Hals. Ich bewegte meine Finger, Hände, fühlte, dass der Strick sich gelockert hatte.

Ein Schrei zerschnitt die Luft. Jaziras Schrei. Er hatte nichts Menschliches an sich.

Schweiß strömte aus allen meinen Poren, lief mir kalt über den Rücken. Ich konnte Jaziras Gesicht nicht sehen, immer noch hielt sie den Kopf gesenkt, näherte sich Schritt für Schritt. Etwas an ihr hatte sich verändert. Ihr Gang? Er schien mir bewusster geworden zu sein, entschlossener.

Ich spannte alle Muskeln an, versuchte, eine Hand aus der Schlinge zu ziehen. Doch sosehr ich auch zerrte, es gelang mir nicht. Jetzt stand sie vor mir. Das Skalpell in ihrer Hand zitterte, Tränen strömten über ihre Wangen. Wie absurd, dachte ich, meine Mörderin weint.

»Halten Sie still«, sagte sie kaum hörbar.

»Nein!«, schrie ich. »Bitte …«

Sie stieß zu.

»Ich hasse ihn«, wimmerte sie. »Ich liebe ihn, ich hasse ihn, ich liebe ihn. Aber, so etwas ist doch keine Liebe, nicht wahr?«

Warum spürte ich keinen Schmerz? Der Schock?

Endlich merkte ich, dass sie nicht meine Haut zerschnitt. Sie durchschnitt das Seil.

»Du hast doch schon zwei Menschen getötet, hat er gesagt, dann schaffst du den dritten doch auch noch«, murmelte sie, wie in Trance, und zertrennte das Seil, mit dem viel zu feinen Werkzeug, sorgfältig, behutsam, um mich nicht zu verletzen. »Ich wollte das von Anfang an nicht, und was er jetzt von mir verlangt, nein, das kann ich nicht. Aber er hatte ja recht. Doch als Nikolai das Sektglas in der Hand hatte, konnte ich ihn das Gift nicht trinken lassen …«

Ich hielt still, ließ sie reden, meine Fesseln zerschneiden.

»Du warst ungehorsam, hat er gesagt, ich muss dich bestrafen, nein, ich kann das nicht, habe ich gesagt, bitte, versteh doch, aber er hat mich einfach nicht mehr angerührt, ich konnte nicht schlafen, nicht essen, wie soll ich das nur aushalten, und dann endlich hat er mir eine SMS geschickt, nach drei Tagen, und zwei Minuten später stand er in der Wohnung, und später konnte ich mich gar nicht mehr bewegen, so oft haben wir es gemacht, du versprichst, dass es heute klappt, hat er gesagt, da war er schon wieder angezogen, Nikolai will mit mir reden, du musst ihn töten, verstehst du mich? Er bedroht unsere Existenz. Er bedroht unsere Liebe.«

Das Seil war noch immer nicht ganz durchtrennt. Jazira machte weiter.

»Ich musste es ihm versprechen, alles, alles hätte ich in dieser Sekunde versprochen, und Nikolai hat ja auch wirklich keine Ruhe gegeben, und später in der Klinik, da hat er dann wieder angefangen, jetzt rede ich mit dem Chef, hat er gesagt, Ghulam hat mich gewarnt, und nach der Besprechung wollte Richard wieder, dass ich ihn töte, der geht an die Öffentlichkeit, dann sind wir ruiniert, lauf ihm nach, jetzt sofort, und wenn du es nicht machst, dann tu ich es, aber dann rühre ich dich nie wieder an, du Schlampe, aber doch nicht Nikolai, so etwas darf man nicht tun … Ich bin doch Ärztin!«

Wie besessen säbelte sie an der Seilschlinge. Hoffentlich verletzte sie mich nicht versehentlich doch noch. Aber jetzt spürte ich, wie sich das Seil lockerte. Es gelang mir, die linke Hand herauszuziehen, dann war auch die andere frei. Jazira atmete heftig, bewegte sich sekundenlang überhaupt nicht, starrte nur das Skalpell an. Dann mich. Einen Moment dachte ich, sie würde es mir doch noch in die Brust stoßen. Aber dann legte sie es zur Seite und griff mir unter die Schultern.

»Stehen Sie auf, er kann jeden Augenblick hier sein. Sie müssen fort.«

Sie zog mich hoch. Ich versuchte, mich mit den Händen abzustützen, doch ich knickte ein. Ohne Vorwarnung fing es in meinem Kopf wieder an zu pochen. Jazira stemmte mich in die Höhe, half mir auf die Beine, legte mir einen Arm unter die Achseln, schleppte mich mit erstaunlicher Kraft zur Tür.

Auf dem Flur nahm sie ihre Jacke von einem Garderobenhaken, während ich schwer atmend an der Wand lehnte. Dann half sie mir in meinen Leopardenmantel.

»Am besten, Sie bringen mich nach Hause und bleiben bei mir«, sagte ich. »Hier sind Sie nicht sicher.«

»Keine Sorge.« Sie schob mich zur Wohnungstür, öffnete sie, drängte mich nach draußen. »Mir tut er nichts.«

Ich prallte gegen eine dunkle Gestalt.

Als ich zurücktaumelte, sah ich die auf mich gerichtete Pistole.

21

»Störe ich?«, fragte Professor Schubert. »Ich denke, wir haben einiges zu bereden. Am besten, wir gehen hinein?«

Für den Bruchteil einer Sekunde überlegte ich, ob ich mich auf ihn werfen sollte. Aber ich hatte keine Ahnung, wie sich Jazira verhalten würde, wenn ich ihrem Geliebten zu nahe kam. Außerdem hätte er sofort abdrücken können. Langsam wich ich zurück. Professor Schubert folgte mir mit vorgehaltener Waffe.

Als wir alle in der Wohnung standen, versetzte er der Tür einen Tritt. Sie krachte ins Schloss. Er drehte den Schlüssel um und steckte ihn ein.

»Du wolltest sie laufen lassen.« Ein tadelnder Blick traf Jazira. »Nie kann ich mich auf dich verlassen, mein Schatz. Einfach nie.«

»Richard, bitte, es muss doch irgendwann ein Ende haben.« Flehend, verzweifelt sah sie ihn an. »Das kann doch so nicht weiter…«

»Es ist *mein* Medikament, *meine* Arbeit, *meine* Klinik – denkst du, ich lasse mir das einfach so kaputt machen?«, unterbrach er sie grob und richtete die Waffe auf sie.

»Niemand kann etwas dafür, dass Rita Huber an diesem Unglückstag ausgerechnet vom Chef persönlich behandelt werden wollte. Es war ein Fehler, aber doch verzeihlich bei der vielen Arbeit, die du hast, und wenn ich besser aufgepasst hätte, dann hättest du ihr nie die falsche Packung …«

»Halt die Klappe!«, fuhr er sie an. »Warum habe ich dich nicht in diesem verlausten Bischkek gelassen? Was wärst du denn ohne mich? Ein kirgisisches Drecksstück, von der Gesellschaft verachtet, von deiner Familie verstoßen.« Er lachte höhnisch. »Ohne mich wärst du jetzt eine billige Nutte, die sich von Kuhhirten vögeln lässt. Die Füße solltest du mir küssen und mir nicht ständig in den Rücken fallen. *Ich* habe dir bei der Ausreise geholfen, *ich* habe dir den Studienplatz in Regensburg verschafft, *ich* habe dir die Stelle in meiner …«

»Die Polizei weiß Bescheid«, schaltete ich mich ein. »Rita Huber ist an Leberversagen gestorben. Sie war Patientin in *Ihrer* Klinik. Und *Sie* haben ihr die falsche Medikamentenschachtel gegeben, Herr Professor.«

Ich vermied es, in Jaziras Richtung zu blicken. Sogar seinen Irrtum hatte sie noch als ihren Fehler ausgegeben. Nur deshalb hatte sie alles vertuscht, sich selbst mitschuldig gemacht.

Verzweifelt suchte ich einen Ausweg. Einen Fluchtweg. Aber es gab keinen.

Ich musste Zeit gewinnen. Es gefiel mir nicht, wie breitbeinig Professor Schubert dastand, wie fachmännisch er die Pistole hielt, mit beiden Händen und völlig ruhig.

»Spätestens morgen durchforstet die Kripo Ihre Klinik«, sprach ich weiter. »Joachim Pelz, einer Ihrer Mitarbeiter, hat eine junge Laborantin ermordet – in *Ihrem* Auftrag. Und auch Nikolai Baum wollte er töten. Die Kripo weiß das und …«

Schallend fing er an zu lachen. »Mit diesem aufgeblasenen Hauptkommissar habe ich heute Nachmittag erst telefoniert, der hat keine Ahnung. Und *ich* habe gewiss niemandem einen Auftrag erteilt.«

»Joachim?«, wiederholte Jazira mit bebender Stimme. Sie schwankte, stützte sich an der Wand ab. »Das warst gar nicht du? Aber, du hast doch gesagt, wenn nicht *ich* Nikolai …«

»Du denkst doch nicht im Ernst, dass ich so etwas tun würde?« Der Professor sah sie verächtlich an. »Bis heute Nachmittag wusste ich allerdings auch nicht, dass Pelz erledigt hat, wovor du dich gedrückt hast. Er muss unser Gespräch im Keller belauscht haben, nach dieser Farce, die wir beide dem Kollegen Baum vorgespielt haben. Baum wollte ja unbedingt mit mir reden, in deiner Anwesenheit, und hat natürlich gemerkt, dass die Geschichte mit der falschen Packung nicht neu für mich war.« Seine Augen wurden schmal. »Im Gegensatz zu dir hat Pelz gewusst, was er mir schuldig ist. Ohne mich wäre er tot. Und ohne mich hätte er nie wieder irgendwo eine Arbeit gefunden.«

Mit einem Mal zielte er wieder auf mich.

»So, genug geplaudert.« Seine Stimme wurde hart. »Gehen Sie nach hinten!«

Jazira stellte sich vor mich, breitete die Arme aus. »Das darfst du nicht.«

»Weg da! Geh zur Seite!«

Sie streckte eine Hand nach ihm aus, ließ sie wieder sinken, strich sich übers Gesicht, als müsste sie wieder diese unsichtbaren Tränen fortwischen. »Richard, bitte ...«

»Alles, was ich von dir verlangt habe, ist Loyalität«, sagte er kalt. »Und jetzt geh endlich ...«

»Sie kommen nie damit durch.«

Ich machte einen Schritt nach rechts, fasste nach Jaziras Arm, mein Blick irrte durch den Flur. Gab es hier denn nicht irgendetwas, womit ich auf ihn losgehen konnte? An der Wand hingen nur zwei Jacken, ein dünner Mantel in Zitronengelb und ein kleiner, viel zu kleiner Schirm.

»Wenn Sie mich erschießen, dann weiß die Polizei sofort ...«

»Wer sagt denn, dass ich Sie erschieße?«

Er drückte einfach ab. Seine Hände wurden durch den Rückstoß nach oben geschleudert.

Jazira sank neben mir lautlos zu Boden.

Der Schuss hallte in meinen Ohren nach, Pulverdampf hing in der Luft, der Geruch von versengtem Fleisch stieg mir in die Nase, ein verrenktes Knäuel lag am Boden. Jazira. Eben hatte sie noch versucht, mich zu retten. Fassungslos kniete ich nieder. Ihre Brust färbte sich rot, sie atmete schwer, ihre Augen flackerten.

Mir tut er nichts, hatte sie gesagt.

»Und jetzt, meine liebe Frau di Santosa, machen wir dort weiter, wo wir eben aufgehört haben«, unterbrach Professor

Schubert meine Gedanken. »Im Moment haben Sie nur eine Gehirnerschütterung, weil die Schlampe nicht fest genug zugeschlagen hat. Aber wenn irgendwann die Polizei Sie findet, dann liegen Sie in Jaziras Malstudio, mit eingeschlagenem Schädel. Man wird sich vielleicht wundern, wie Jazira mit dem Schuss in die Brust, den Sie ihr verpasst haben, noch so viel Kraft aufbringen konnte. Aber bei einem Lungenschuss ist man ja nicht gleich tot. Manch einer ist noch kilometerweit damit gelaufen.«

Ich strich Jazira über die fahle Stirn. Schweißperlen glänzten darauf. Ich fühlte nichts. Nur Ohnmacht. Sie hatte diesen Mann, der sie so kaltblütig niedergeschossen hatte, mehr geliebt als alles andere. Sogar ihre Integrität als Ärztin hatte sie ihm geopfert. Noch vor wenigen Minuten hatte sie gefragt: *So etwas ist doch keine Liebe, nicht wahr?*

»Sie haben sie in die Enge getrieben, immer weiter sind Sie in ihr Allerheiligstes eingedrungen«, fuhr der Professor konzentriert fort, als müsste er seinen Plan noch einmal durchdenken. »Das darf niemand, müssen Sie wissen, nicht einmal ich, ihre Bilder versteckt sie vor der ganzen Welt. Sie ist nicht ganz richtig im Kopf, seit das damals mit ihrer Schwester passiert ist. Deshalb hat sie sich auch diese Pistole hier besorgt, irgendwo an der Grenze zu Tschechien, nehme ich an.«

Jetzt erst fiel mir auf, dass er Handschuhe trug. Und mir wurde auch klar, warum. Später, wenn die Polizei hier zwei tote Frauen fand, würde die Waffe in meiner Hand liegen und meine Fingerabdrücke tragen.

Jazira stöhnte leise. Ihr Atem war jetzt sehr flach, aus dem Mundwinkel floss ein dünnes rotes Rinnsal. Ihre Bluse war inzwischen durchtränkt von Blut, auch auf dem Teppich bildete sich eine rote Lache. Ich erwachte aus meiner Lethargie, zerrte eine Jacke von einem Haken an der Wand, presste sie auf ihre Wunde.

»Und jetzt ist sie wieder durchgedreht, werde ich der Polizei erzählen, sie hat ja schon in ihrer Heimat einen Menschen getötet«, hörte ich die Stimme des Professors. »Ich habe mir so viel Zeit für sie genommen, so viel mit ihr geredet. Sie war wie ein Kind, ja, ein kleines, verstörtes Kind.«

Die Traurigkeit in seiner Stimme klang erstaunlich echt. Ich hob den Kopf. Einen Moment dachte ich, ich sähe eine Träne in seinen Augen aufblitzen, Wehmut und Zärtlichkeit.

»Sie hatte zu niemandem Kontakt, jeder in der Klinik kann das bezeugen, ein sehr verschlossener Mensch ist sie gewesen.« Sein Tonfall hatte sich verändert, mit einem Mal klang er wieder sachlich und distanziert. »Aber sie hat gute Arbeit geleistet. Nur in letzter Zeit war sie anders – seit diese Patientin verschwunden ist, eine von Doktor Baums Patientinnen. Wie hieß die gleich noch mal?«

Ich drückte die Jacke so fest auf Jaziras Wunde, wie ich konnte. Dennoch sickerte immer mehr Blut durch den dicken Stoff.

»Stehen Sie auf!« Er machte eine ungeduldige Bewegung mit der Pistole. Doch dann schien er zu überlegen. »Sie haben recht, sie verliert viel Blut. Man wird nicht glauben, dass sie hinten im Zimmer angeschossen worden ist und sich hierhergeschleppt hat. Vielleicht sollte ich besser auch Sie erschießen?«

»Die Polizei wird Jaziras Handy finden und feststellen, dass Sie der Einzige waren, der sie angerufen und ihr Nachrichten geschickt hat. Sie ist abhängig von Ihnen. Hat es Spaß gemacht, sie leiden zu sehen?«

Ich musste Zeit schinden. Noch immer hatte ich nichts entdeckt, das mir als Waffe hätte dienen können. Plötzlich erinnerte ich mich, neben der Tür zum Studio einen Kanister gesehen zu haben. Vielleicht enthielt er das Terpentin, das man überall in der Wohnung roch? Er war fast voll, sicher schwer. Wenn ich ihn zu fassen bekäme, den Überraschungsmoment nutzen könnte …

»Ich nehme an, am Anfang wollten Sie Jazira wirklich nur helfen.« Langsam richtete ich mich auf und wich einen Schritt zurück. »Sie waren ihre einzige Bezugsperson hier. Sie war sehr einsam. Und sie war Ihnen hörig. Sie hat alles für Sie getan, alles. Ich habe selbst miterlebt, wie sie alles stehen und liegen gelassen hat, wenn Sie gerufen haben.«

»Das werden Sie nie verstehen. Und außerdem geht Sie das einen Scheißdreck an!«

Er warf mir einen finsteren Blick zu, ließ die Pistole sinken, nur wenige Millimeter, aber immerhin. Vielleicht gelang es mir, ihn vollends aus dem Konzept zu bringen. Wieder machte ich einen winzigen Schritt nach hinten. Noch ein Meter bis zu der Tür, hinter der der Kanister stand. Der Professor folgte mir, ohne es zu merken, in seine Gedanken vertieft. Jazira rührte sich nicht mehr. Kein Ton war zu hören. Nicht einmal ein Röcheln.

»Jazira war der gleiche Außenseiter wie Sie, nicht wahr? Sie musste sich in dieser fremden Kultur behaupten, Sie dagegen mussten sich Ihr Leben lang gegen einen Übervater durchsetzen, sogar nach seinem Tod noch. Genug ist nie genug …«

»Schluss jetzt!«, fuhr er mich an und nahm mit einem bösen Lächeln die Pistole wieder hoch. Inzwischen war er an Jazira vorbei.

Noch zwei Schritte bis zur Tür. Aus den Augenwinkeln sah ich schon den Türrahmen zum Atelier. Gleich, gleich hatte ich es geschafft. Vielleicht, wenn ich ihm den Kanister nicht an den Kopf schlug, sondern nach ihm warf, seine Überraschung ausnutzte und mich im Atelier verschanzte?

Aber Jazira? War sie tot? Wenn ich mich verbarrikadierte, dann konnte ich nichts für sie tun. Mein Handy lag vermutlich in der Küche …

»Halt!« Plötzlich blieb er stehen, musterte mich mit zusammengekniffenen Augen. »Denken Sie, ich merke nicht, dass Sie irgendetwas vorhaben?«

Mein Herz setzte aus.

Er machte eine unwillige Bewegung mit dem Kopf. Dann umfasste er die Pistole – die er zwischendurch wieder gesenkt hatte – so fest mit beiden Händen, dass seine Knöchel weiß hervortraten.

Ein gewaltiges Krachen ließ den Boden erbeben, die Wände vibrieren, plötzlich blendete mich Licht.

Schnelle, schwere Schritte, jemand schrie: »Polizei, Waffe runter!« Der Professor wirbelte herum, ich blieb wie gelähmt stehen, vermummte, schwarze Gestalten drängten in den Flur, von allen Seiten schienen sie zu kommen, sogar von hinten, aus dem Malstudio, jeder mit einer gezückten MP im Anschlag. Dann sah ich nur noch, wie Professor Schubert seine Arme sinken ließ, im selben Moment aber wieder nach oben riss, auf die Eindringlinge zielte, aufrecht stand er da, ganz aufrecht, mit hoch erhobenem Kopf. Schüsse knallten in nächster Nähe. Er kippte zur Seite, verfing sich im zitronengelben Mantel, glitt zu Boden. Rauch vernebelte die Sicht, es roch verbrannt.

Eine der schwarz gekleideten Gestalten kniete bei ihm nieder, fluchte. In Windeseile kamen andere hinzu. Jemand drückte mich zu Boden, tastete mich ab, half mir dann aber aufzustehen. Irgendwer rief nach dem Arzt. Im Treppenhaus polterte es, wieder Schritte, laute Stimmen. Der gelbe Mantel hing immer noch an der Wand. Ich sah, dass er jetzt rote Flecken hatte, und begriff nicht, woher die plötzlich kamen.

»Alles okay, Prinzessin?«

Paolo. Ich fiel ihm einfach um den Hals, klammerte mich an ihm fest. Einen Moment lang drückte er mich an sich, strich mir übers Haar. Dann schob er mich sanft, aber bestimmt ins Atelier. Aus den Augenwinkeln sah ich noch, dass dort, wo die Wohnungstür gewesen war, jetzt ein großes Loch klaffte.

Paolo führte mich zu dem Sofa, auf dem ich so lange gelegen hatte, ging zurück in den Flur, gab knappe, kundige Anweisungen.

Jemand rief: »Lasst doch die Sanis durch!«

Zwei Männer kamen ins Malstudio.

»Was ist mit Jazira?«, fragte ich.

Sie reagierten nicht, sondern erkundigten sich, ob ich Schmerzen hätte. Ich wiederholte meine Frage, diesmal lauter.

Paolo erschien wieder. Sein Gesicht war fahl, fast grau, als hätte er tagelang nicht geschlafen. »Ist auf dem Weg in die Klinik. Sie lebt. Noch.«

Ein weiterer Mann tauchte auf. Ohne Sturmmütze und Helm sah er wie ein ganz normaler Mensch aus, mit frecher, blonder, jetzt leicht zerdrückter Gelfrisur, wachen Augen und einem kleinen Ring im Ohr.

»Und?«, wollte Paolo wissen.

Der Blonde schüttelte den Kopf. Meinte er den Professor? Es fiel mir so schwer, klar zu denken.

»Wir fahren dich ins Krankenhaus, keine Widerrede«, sagte Paolo in meine Richtung. Wie müde er klang.

Die beiden anderen hatten mich zugedeckt, ohne dass ich es bemerkt hatte. Einer von ihnen, der mir mit einem Lämpchen ins Auge leuchtete, schien Arzt zu sein.

»Wie spät ist es?«, hörte ich mich fragen.

Meine Stimme klang, als hätte sie sich hinter einer meterdicken Mauer versteckt. Auf dem Korridor liefen weiterhin Leute herum, es wurde gerufen und diskutiert, aber mit einem Mal klang alles gedämpft, wie in Watte verpackt. Die Schmerzen in meinem Kopf meldeten sich zurück, der Schwindel setzte wieder ein, die Lider wurden schwer.

»Bald geht die Sonne auf, Prinzessin«, hörte ich Paolo noch sagen. Dann wurde es dunkel.

22

Die Ruhe tat so gut.

Heiligabend, elf Uhr vormittags. Vincenzo war bei Paolo, vermutlich besorgten die beiden in letzter Minute noch Weihnachtsgeschenke, während ich wie jedes Jahr den Baum schmückte. So gern ich die Dekoration in der Boutique Mona überließ, so ungern gab ich die Weihnachtsvorbereitungen aus der Hand. Vielleicht, weil mich ein richtiger Baum anders als die in meiner Heimat üblichen Plastiktännchen in feierliche Stimmung versetzte. Sobald ich mit dem Schmücken fertig war, würde ich mir Eis aus dem Gefrierschrank holen und ganz allein eine Riesenportion Pistazie, Kirsch und Mokka verdrücken. Wie jedes Jahr am vierundzwanzigsten Dezember, Winter hin oder her. Dazu eine weitere Kanne meines besten Earl Grey, den ich mir nur an Feiertagen gönnte. Bergamottearoma und Festtagsstimmung gehörten für mich unweigerlich zusammen.

Draußen war es wieder grün, wenn auch in blassen Tönen. Vor wenigen Tagen erst war es über Nacht warm geworden, und der viele Schnee war innerhalb kurzer Zeit getaut. Schon heute Morgen beim Aufstehen hatte ich eine unbändige Lust auf Glimmer und Farben und Tannenduft verspürt und noch im Nachthemd die Kartons aus dem Keller raufgeschleppt.

Ich holte eine leuchtend rote Kugel aus der inzwischen fast leeren Schachtel und befestigte sie an einem Tannenzweig in der Mitte. Mein Baum war fast drei Meter hoch, eine dicht gewachsene Blautanne mit kräftigen geraden Zweigen. Dieses Jahr hatte ich mich für die bunten Weihnachtskugeln entschieden. Dazu Schleifen in Silber und Gold und wie immer die Strohsterne, die Vincenzo vor vielen Jahren im Kindergarten gebastelt hatte. Die Krippe hatte ich bereits gestern Abend aufgebaut. Zwar keine so üppige wie in Süditalien, wo die Krippen mitunter so groß sind wie halbe Zimmer, aber doch groß genug, wie ich fand. Nur das Jesuskind fehlte noch. Wie in meiner Heimat üblich, würde ich es erst nach der Bescherung und spät in der Nacht in die Krippe legen.

Von der Gehirnerschütterung spürte ich seit Tagen nichts mehr. Man hatte mich zwar nur auf eigene Verantwortung aus dem Krankenhaus entlassen, aber ich hatte weder Zeit noch

Lust gehabt, noch länger tatenlos herumzuliegen und Löcher in die Wände zu starren. Außerdem hatte ich wirklich genug von Kliniken.

Paolo hatte mich täglich besucht. Anfangs natürlich wegen des Protokolls. Später einfach so. Von ihm erfuhr ich nach und nach, was in jener Nacht geschehen war. Joachim Pelz hatte zwar weiterhin jede Aussage verweigert, dennoch hatte Paolo gerade noch rechtzeitig den Zusammenhang zwischen Rita Huber, der Arzneimittelstudie, Professor Schuberts Klinik und der TechNeuro AG begriffen. So war es nur eine Frage der Zeit gewesen, bis man sich an die Fersen des Professors heftete. Paolos Leute bemerkten zum Glück meinen Oldtimer vor Jaziras Wohnung. Als dann auch noch Maximilian meinen Ex darüber informierte, dass ich seit Stunden nicht mehr erreichbar war, und kurz darauf der Schuss ertönte, zögerte Paolo keine Sekunde länger und ließ Jaziras Wohnung stürmen.

Der erste Karton war leer. Ich öffnete den nächsten und nahm eine hellblaue Kugel mit silbernen Sternen heraus. Ob man den Tod des Professors hätte verhindern können? Nein, er hatte sterben wollen. Was meine Festtagsfreude ein wenig trübte und an meinem Stolz nagte: Natürlich hätte ich mir als frischgebackene Privatdetektivin gewünscht, den Fall selbst abzuschließen. Aber nun gut, dieses Mal war Paolo der Held – in der Presse, im Fernsehen, ausnahmsweise sogar beim Staatsanwalt. Ich gönnte es ihm. Immerhin hatte er mir wieder einmal das Leben gerettet.

Fiffi hatte sterben müssen, weil ihr in Rita Hubers Krankenblatt die zu hohe Dosis aufgefallen war, die Jazira durchgestrichen hatte. Unglücklicherweise hatte sie diese Ungereimtheit ausgerechnet mit Joachim Pelz besprochen. Sie wusste, dass er früher als Pfleger gearbeitet hatte. Sogar als er bei ihr zu Hause läutete, war sie noch ohne Argwohn. Immer hatte er ihr nur leidgetan. Vielleicht hatte sie auch ein schlechtes Gewissen, weil er in sie verliebt war. Vermutlich war das auch der

Grund, warum Pelz wie ein Verrückter auf sie einstach. Erst wollte er sie nur einschüchtern. Aber dann fing sie an zu schreien, und er musste sie töten, weil er sich dem Professor verpflichtet fühlte.

Ihre Beerdigung war ein schwerer Gang für mich gewesen. Ihr Vater sprach von den vielen sonnigen Tagen, die ihre Tochter ihnen geschenkt hatte. Auf dem Sterbebild, das nach dem Gottesdienst verteilt wurde, strahlte mir Fiffis fröhliches Eichhörnchen-Gesicht entgegen. Anders als in meiner Heimat, wo man die Toten hinter einer Mauer verschwinden lässt, wurde ihr Körper der Erde übergeben. Jeder Trauergast verabschiedete sich mit einer Blume, und auf Fiffis Grab leuchteten Rosen, Vergissmeinnicht und Sonnenblumen mitten im Winter.

Die hellblauen Kugeln machten sich gut. Nun vielleicht die gelben? Wie es Jazira wohl ging? Als Muslimin würde sie natürlich nicht Weihnachten feiern. Ich hätte gerne gewusst, wo sie sich aufhielt. Vor drei Tagen hatte ich von einer aufgeregten Krankenschwester erfahren, die schweigsame Patientin mit dem unaussprechlichen Namen sei verschwunden – obwohl das eigentlich völlig unmöglich war, in ihrem Zustand, nach einer so schweren Operation.

Seltsamerweise war ich erleichtert gewesen, als ich von Jaziras Flucht erfuhr – ein erstes Anzeichen für ihren neu erwachten Lebensmut. Sie hatte im selben Krankenhaus gelegen wie ich, allerdings lange auf der Intensivstation. Zwei Tage hatte sie zwischen Leben und Tod geschwebt. Auch danach ging es nur langsam voran. Immer, wenn ich sie besuchte, hatte ich denselben Gedanken: *Sie will nicht gesund werden.* Was hatte sie auch zu erwarten? Sie würde sich vor Gericht und ihren Kollegen verantworten, vielleicht ihren Beruf aufgeben müssen. Vor allem aber musste sie ohne den Mann weiterleben, ohne den sie nicht leben konnte. Selbst nachdem er auf sie geschossen hatte. Wäre sie je von ihm losgekommen, wenn er nicht gestorben wäre?

Jazira war geübt im Verschwinden. In den Tagen, als es ihr besser ging, hatte sie mir ihre Geschichte erzählt:

Auch damals, in ihrer Heimat, hatte sie fliehen müssen. Zwei Männer hatten sie ins Auto gezerrt, als sie nach einer Vorlesung nach Hause ging. Am helllichten Tag, mitten in Bischkek, Kirgisistans Hauptstadt mit 900 000 Einwohnern. Sie wurde in die Berge verschleppt, geschlagen und vergewaltigt. In einem kleinen Dorf an der alten Seidenstraße im Tienschan, dem Himmelsgebirge, wollte man sie zwingen, ebenjenen Mann zu heiraten, der sie so misshandelte. Brautraub oder *Ala katschu* ist eine jahrhundertealte Tradition, die zwar nicht immer so gewalttätig abläuft, aber noch heute viele Mädchen und Frauen in Kirgisistan trifft. Die meisten beugen sich am Ende dem gesellschaftlichen Druck, da sie sonst von ihren Familien verstoßen würden, und sagen Ja zur erzwungenen Ehe. Zum ungeliebten Mann.

Bei meinen Besuchen an Jaziras Krankenbett erfuhr ich, dass auch die Ehe ihrer Eltern so entstanden war. Dabei sei es eine gute Ehe gewesen, betonte sie, Mutter und Vater hätten einander immer mit Respekt behandelt, sogar mit Liebe. Aber als auch Leila, Jaziras Schwester, entführt wurde und nicht wiederauftauchte, schwor sich Jazira, ein solches Schicksal nie hinzunehmen. Drei Jahre nach Leilas Verschwinden zerrte man auch sie in ein fremdes Auto. In einem unbewachten Moment gelang ihr die Flucht. Ihr Vergewaltiger verfolgte sie, holte sie ein, bedrohte sie von Neuem. Doch sie wehrte sich, kämpfte, der Mann stolperte, stieß mit dem Kopf gegen einen Felsen. Erst vier Tage später erreichte sie Bischkek, den ganzen weiten Weg hatte sie zu Fuß und per Anhalter zurückgelegt. Im einzigen Frauenhaus der Stadt fand sie Schutz. Weder Verwandte, Freunde noch Kommilitonen halfen ihr, die Dozenten an der Universität verwehrten ihr den Zutritt zu den Seminaren und Vorlesungen, überall wurde sie gemieden und gedemütigt. Nur ein deutscher Gastdozent unterstützte sie. Professor Richard Schubert war das Denken seiner kirgisischen Kollegen fremd. Mit seiner Hilfe konnte sie schließlich ausreisen, ihr Studium in Deutschland beenden, ein neues Leben beginnen. Jahre später erst erfuhr sie, dass ihr Verfolger tot war. Gestorben an seiner Kopfverletzung, die er sich bei dem Gerangel mit ihr zugezogen hatte.

Nun hingen auch alle gelben Kugeln am Baum, und ich wählte die nächsten in Grün und Orange. Allmählich erinnerte mich die Tanne an die bunten Weihnachtsbäume Italiens. Als ich die letzten Schleifen um die Zweige band, fragte ich mich, ob Jazira es noch ein zweites Mal schaffen würde – wieder ein neues Leben anzufangen. An einem fernen Ort vielleicht, wo man weder ärztliche Zulassungsbescheinigungen noch polizeiliche Führungszeugnisse verlangte. Wo sie endlich das tun konnte, was sie schon immer so sehr wollte: Menschen helfen.

Ich machte mir die zweite Kanne Festtags-Earl-Grey. Allen Menschen, denen ich bei meinem ersten Fall als Privatdetektivin begegnet war – überlegte ich beim Eingießen –, hatten im Grunde dasselbe gesucht: Getrieben von der Sehnsucht nach Liebe, dem vermutlich größten Gefühl im Leben eines jeden Menschen, waren jedoch fast alle an ihrem eigenen Unvermögen gescheitert. Joachim Pelz, der sich nicht für seine Zuneigung, sondern für seine Loyalität entschieden hatte; Doktor Griaux, der alles nur konsumierte, gleichgültig, ob materiellen Luxus oder schnelle Abenteuer; Jazira, verloren in ihrer Abhängigkeit, aber doch mit einem klaren Gefühl für die eigenen Grenzen; Professor Schubert, der die Frau, die er zu töten versucht hatte, trotz aller Selbstsucht auf irgendeine unverständliche Art auch geliebt hatte; Betty, so sehr verstrickt in ihre Eifersucht, dass nur Nikolais Unglück sie am Ende retten konnte. Und schließlich ich, auch nach drei Jahren noch immer ohne Worte für das, was ich damals für Nikolai empfunden hatte – aber nur durch diese schmerzvolle Erfahrung bereit für die Liebe, die mir in meiner Beziehung zu Maximilian begegnen sollte.

Ich goss mir eine weitere Tasse ein und ging noch einmal in Gedanken durch, ob ich auch wirklich kein Geschenk vergessen und alle Zutaten für das italienische Festmenü eingekauft hatte, das ich nach altem Brauch am ersten Weihnachtsfeiertag zubereiten würde. Ich hatte mich für *Cinghiale alla Volterra* entschieden, Wildschweinragout mit Gemüse, Kräutern und getrockneten Pflaumen, dazu selbst gemachte *Papardelle*, und als Nachtisch *Zuccotto*, eine eisgekühlte Torte aus likörgetränktem Biskuitboden und Bergen von Sahne, Baiser und Schokolade. Neben Vincenzo, Paolo und Lilo würde auch Mona dabei sein. Seit ihrem Auszug aus Olafs Wohnung sah man sie wieder erstaunlich oft in der Villa.

Am Nachmittag, wenn es dunkel wurde, würde ich die vielen kleinen Päckchen unter den Baum legen und anschließend in die Weihnachtsmesse gehen. Ich bin keine strenggläubige Christin, aber wir Italienerinnen halten nun einmal gern an Traditionen fest, und ich kann dieses Fest nicht feiern, ohne wenigstens einmal *Stille Nacht, heilige Nacht* gesungen zu haben, in einer mit Kerzen erleuchteten, überfüllten Kirche, die nach Weihrauch duftet und von der Vorfreude der Kinder erfüllt ist. Erst wenn ein Licht nach dem anderen ausgeht, weiß ich: Heute ist Weihnachten. Meine italienische Großmutter hat mir neben den unzähligen materiellen Gütern auch viele Eigenheiten vererbt. Diese stammt jedoch eindeutig aus der süddeutschen Linie.

Nun war ich fertig mit dem Baum und betrachtete zufrieden mein Werk. Sicherheitshalber testete ich die Beleuchtung. Die vielen winzigen Glitzerlämpchen spiegelten sich in den bunten Kugeln wider, die Strohsterne leuchteten in einem warmen Goldton, der ganze Baum funkelte wie von tausend Lichtern. Semiramis schnurrte anerkennend, strich mir um die Beine und sah mir zu, wie ich eine SMS ins Handy tippte. Vor zwei Tagen war Maximilians Frau völlig überraschend nach Hause gekommen. Ihre komplette Fotoausrüstung war ihr gestohlen worden. Nachdem ihr ein Bekannter ein Rückflugticket nach London zu einem Spottpreis überlassen hatte, war sie in den nächsten Flieger gestiegen. Über die Weihnachtsfeiertage wurde auch in Melbourne nicht gearbeitet, und eine neue Ausrüstung hätte um ein Vielfaches mehr gekostet als das halb geschenkte Ticket und der anschließende Billigflug nach Deutschland, wo sie eine Ersatzausrüstung hatte. Im ersten Moment war ich verärgert und enttäuscht gewesen, als Maximilian mir davon erzählt hatte. Wie wäre es wohl, Weihnachten mit ihm zu feiern? Aber wäre ein Heiligabend ohne Vincenzo und Paolo überhaupt ein richtiges Weihnachten?

Maximilians Antwort kam prompt. Er wünschte mir einen wunderschönen Festtag, freute sich, dass wir zumindest nach dem sechsundzwanzigsten Dezember miteinander feiern konnten, und sehnte sich nach mir. Mir wurde warm ums Herz. Hätte er Paolo nicht angerufen, dann wäre die Polizei zu spät gekommen – für Jazira und für mich.

Als ich mir die nächste Tasse Earl Grey holte, läutete das Telefon. Es dauerte eine Weile, bis ich es in meinem Durcheinander aus Schachteln und dem restlichen Baumschmuck fand.

»Er ist aufgewacht!«, schallte es mir entgegen. »Als ich im Zimmer war!«

Ich brauchte keine Sekunde, um die aufgeregte Stimme am anderen Ende der Leitung zuzuordnen.

»Wie geht es Nikolai? Hat er was gesagt?«

»Zuerst nur wenig, aber dann immer mehr«, antwortete Betty mit atemloser, sich aber vor Freude und Erleichterung fast überschlagender Stimme. »So lange ist er wohl noch nie bei Bewusstsein gewesen, hat die Ärztin gesagt, und sogar ihre Fragen konnte er beantworten. Und weißt du, was das Tollste ist?«

»Was denn?«

»Er hat mich erkannt!«

Mit einem Mal fühlte ich mich leicht wie eine Feder.

»Willst du nicht herkommen?«, fragte sie. »Bestimmt freut er sich, wenn er dich sieht.«

Einen Moment war ich tatsächlich versucht, Ja zu sagen. In den letzten Tagen hatte ich Gelegenheit gehabt, Betty näher kennenzulernen, während wir immer wieder gemeinsam an Nikolais Krankenbett gesessen hatten. Und sie mich. Irgendwann hatte ich ihr die Telefonnummer einer von Thuy Minh Tam Bergers Theaterkolleginnen in die Hand gedrückt, deren Tochter indischen Tanz und Modern Dance unterrichtete und auf der Suche nach einem Studio war. Da war Betty mir um den Hals gefallen, und seither hatte ich eine neue Freundin.

Nein, ich würde nicht hinfahren. Irgendwann musste ich zwar auch mit diesem Teil meiner Vergangenheit abschließen – aber nicht heute.

»Ich denke, es ist besser, wenn ihr alleine seid«, sagte ich. »Außerdem habe ich hier alle Hände voll zu tun. In ein paar Stunden ist die Hölle los, ich muss noch Geschenke einpacken, das Essen vorbereiten …«

»Gibt's denn was zu feiern?«, fragte sie verwundert.

»Heute ist der vierundzwanzigsten Dezember.«

»Heiligabend?« Sie lachte. Ihre Stimme klang völlig anders, als ich sie in Erinnerung hatte. »Ist nicht wahr, oder? Ich habe keine Sekunde an Geschenke gedacht.«

»Du hast heute das schönste Geschenk von allen bekommen. *Felice natale* – frohe Weihnachten!«

Danksagung

Mein Dank gilt allen, die mich bei der Entstehung dieses Romans unterstützt haben, vor allem meinem Agenten Dirk Meynecke, ohne den ich dieses Projekt nie hätte realisieren können, sowie Katja Menzel vom Piper Verlag für das ausgesprochen konstruktive Lektorat und Marlene Mügschl für die professionelle Abwicklung im Verlag. Dr. med. Leo Rupprecht danke ich besonders für die medizinischen Details und ungemein hilfreichen Informationen zum Ablauf im Klinikalltag; aus dramaturgischen Gründen habe ich den Zeitfaktor bei der Therapie von Komapatienten auf ein Minimum verkürzt, man möge mir eventuelle Unstimmigkeiten nachsehen. Ebenso danke ich Frau C. Steier, Besitzerin der Boutique *Anima* in Regensburg, für die interessanten Einblicke in die tägliche Routine in einer Modeboutique. Und last, but not least danke ich meinen geduldigen und unersetzlichen TestleserInnen Claudia, Elke, Herbert und Wolfgang für die ungemein wertvollen Anregungen und den intensiven Gedankenaustausch.

Stefan Holtkötter

Bauernjagd

Ein Münsterland-Krimi.
288 Seiten. Piper Taschenbuch

Eine brutale Mordserie erschüttert das Münsterländer Dorf Erlenbrook-Kapelle. Mehrere alte, respektierte Bauern kommen auf grausame Weise zu Tode, die Umstände sind höchst mysteriös. Hauptkommissar Hambrock übernimmt die Ermittlungen und stößt auf alte Familienfehden, betrogene Hoferben und die Folgen des um sich greifenden Höfesterbens. Dann schlägt der Mörder erneut zu, und Hambrock erkennt zu spät, dass auch seine Familie in allerhöchster Gefahr schwebt …

»Stefan Holtkötter schafft in Schneetreiben den perfekten Plot für einen Krimi.«
Cellesche Zeitung

05/2525/01/L

Susanne Mischke

Der Tote vom Maschsee

Kriminalroman. 304 Seiten.
Piper Taschenbuch

Im grünlichen Wasser des Maschsees treibt eine Leiche. Die Zunge des Toten liegt abgetrennt auf dem Stöckener Friedhof in Hannover, auf dem Grabmahl der Opfer des Massenmörders Fritz Haarmann. Schnell findet die Kripo Hannover heraus, dass es sich bei dem Ermordeten um einen namhaften Psychiater handelt, einen Experten für Sexualstraftäter, dessen kühle, rationale Thesen sogar im Fernsehen für Aufregung gesorgt haben. Aber wer wollte den Mann so symbolträchtig zum Schweigen bringen?

»Ein spannender, gut und schlüssig konstruierter Krimi, der die dunklen Seiten der Psyche und ihre Abgründe auslotet.«
Saarbrücker Zeitung

05/2536/01/R